LOS CABALLEROS DE CRISTALIA

BRANDON SANDERSON

Ilustraciones de
HAYLEY LAZO

Traducción de Pilar Ramírez Tello
Galeradas revisadas por Antonio Torrubia

B DE BLOK

Barcelona • Madrid • Bogotá • Buenos Aires • Caracas • México D.F.
Miami • Montevideo • Santiago de Chile

Título original: *Alcatraz versus the Knights of Crystallia*
Traducción: Pilar Ramírez Tello
1.ª edición: noviembre 2016

© 2009 by Dragonsteel Entertainment, LLC
© Ediciones B, S. A., 2016
    para el sello B de Blok
    Consell de Cent, 425-427 - 08009 Barcelona (España)
    www.edicionesb.com

Printed in Spain
ISBN: 978-84-16712-13-7
Depósito legal: DL B 20109-2016

Impreso por QP Print

Para Jane, que hace lo que puede por vestirme a la moda, y lo hace de un modo tan adorable que ya ni siquiera soy capaz de llevar los calcetines desparejados (salvo los jueves)

Prólogo del autor

Soy impresionante.

No, en serio, soy la persona más asombrosa sobre la que hayáis leído en vuestra vida. La persona más asombrosa sobre la que leeréis. No hay nadie como yo ahí fuera. Soy Alcatraz Smedry, el increíblemente increíble.

Si habéis leído los dos libros anteriores de mi autobiografía (y espero que así sea, porque si no después me burlaré de vosotros) os sorprenderá ver que soy tan positivo. En los dos volúmenes anteriores me esforcé mucho por conseguir que me odiarais. En el primer libro os conté sin rodeos que yo no era una buena persona, y después, en el segundo, procedí a demostraros que era un mentiroso.

Me equivocaba. Soy una persona asombrosa y formidable. Puede que a veces sea un poquito egoísta, pero, aun así, sigo siendo bastante increíble. Solo quería que lo supierais.

Quizá recordéis de las otras dos entregas (suponiendo que no estuvierais demasiado distraídos por lo genial que soy) que esta serie se publica a la vez en los Reinos Libres y en las Tierras Silenciadas. Los de los Reinos Libres —Mokia, Nalhalla y demás— pueden leerla como lo que realmente es: una obra autobiográfica que explica la verdad detrás de mi ascenso a la fama. En las Tierras Silenciadas —lugares como Estados Unidos, México y Australia— se publicará como una novela de fantasía para ocultársela a los agentes de los Bibliotecarios.

Ambas tierras necesitan este libro. Ambas necesitan comprender que no soy un héroe. He decidido que el mejor modo de explicarlo es hablar una y otra vez de lo genial, increíble y asombroso que soy.

Al final lo comprenderéis.

Capítulo

Así que allí estaba yo, colgado del revés bajo un pájaro de cristal gigante que volaba a ciento sesenta kilómetros por hora sobre el océano, sin correr ningún peligro en absoluto.

Efectivamente, no corría ningún peligro. En toda mi vida había estado tan a salvo, a pesar de que bajo mi cuerpo había varios cientos de metros de aire antes de llegar al suelo (o, bueno, por encima de mí, ya que estaba del revés).

Avancé con cautela unos cuantos pasos. Las enormes botas que llevaba puestas tenían un tipo de cristal especial en el fondo, llamado cristal de amarrador, que les permitía pegarse a otras cosas fabricadas de cristal. Eso evitaba que me cayera. Porque, si me caía, lo que estaba arriba acabaría estando abajo muy deprisa en mi descenso hacia la muerte. La gravedad es lo que tiene.

De haberme visto con el viento aullando a mi alrededor y el mar agitándose más abajo, quizá no habríais estado de acuerdo con mi afirmación de que no corría peligro. Pero estas cosas

—como lo de qué es arriba y qué abajo— son relativas. Veréis, me había criado como niño de acogida en las Tierras Silenciadas: tierras controladas por los malvados Bibliotecarios. Ellos me habían observado con atención durante mi infancia a la espera de que llegara el día en que recibiera de mi padre una bolsa de arena muy especial.

Recibí la bolsa, me robaron la bolsa, recuperé la bolsa. Ahora me encontraba pegado al buche de un pájaro de cristal gigante. Muy sencillo, en realidad. Si no tiene sentido para vosotros, os recomiendo que leáis los dos primeros libros de la serie antes de probar con el tercero, ¿no os suena lógico?

Por desgracia, sé que a algunos de vosotros, los de las Tierras Silenciadas, os cuesta contar hasta tres, ya que los colegios controlados por los Bibliotecarios no quieren que seáis capaces de dominar las matemáticas complejas. Así que he preparado esta útil guía.

Definición de «libro uno»: El mejor lugar por el que empezar una serie. Podéis identificar el «libro uno» por el hecho de que dice «libro uno» en la contracubierta. Los Smedry bailan para celebrarlo cada vez que leéis primero el libro uno. La entropía agita un puño airado al descubrir que sois lo bastante listos como para organizar el mundo.

Definición de «libro dos»: El libro que leéis después del libro uno. Si empezáis por el libro dos, me burlaré de vosotros. Vale, me burlaré de vosotros de todos modos, pero, en serio, ¿de verdad queréis darme más munición?

Definición de «libro tres»: En estos momentos, el peor lugar para empezar una serie. Si empezáis aquí, os lanzaré cosas.

Definición de «libro cuatro»: Y... ¿cómo os las habéis apañado para empezar por ese? Si ni siquiera lo he escrito todavía... Estos escurridizos viajeros del tiempo...

En fin, si no habéis leído los dos primeros libros, os habéis perdido algunos acontecimientos de suma importancia, entre ellos: un viaje a la legendaria Biblioteca de Alejandría, un fango con ligero sabor a plátano, Bibliotecarios fantasmales que quieren chuparte el alma, gigantescos dragones de cristal, la tumba de Alcatraz I y —lo más importante— un extenso análisis sobre la pelusilla del ombligo. Al no leer los dos primeros libros también habéis obligado a un gran número de personas a perder todo un minuto leyendo este resumen. Espero que os sintáis satisfechos.

Avancé con pesadas zancadas hacia una figura solitaria que se encontraba de pie cerca del pecho del pájaro. A ambos lados de mí batían unas enormes alas de cristal, y pasé junto a las gruesas patas del ave, que estaban dobladas y recogidas hacia atrás. El pájaro —que se llamaba *Viento de Halcón*— no era tan majestuoso como nuestro anterior vehículo, un dragón de cristal llamado *Dragonauta*. Aun así, contaba con unos bonitos compartimentos interiores en los que viajar a todo lujo.

Mi abuelo, por supuesto, no se iba a molestar en hacer algo tan normal como esperar dentro del transporte, no: él tenía que aferrarse a la parte de abajo y quedarse mirando el océano. Luché contra el viento para acercarme... y, de repente, el viento desapareció. Me quedé paralizado por la sorpresa, hasta que la bota que había dejado en alto se pegó por fin al pájaro de cristal.

El abuelo Smedry se sobresaltó y se volvió para mirarme.

—¡Por el rotativo Rothfuss! —exclamó—. ¡Me has sorprendido, chaval!

—Lo siento —respondí mientras me acercaba, acompañado por el tintineo que producían mis botas cada vez que despegaba una, daba un paso y volvía a pegarla en el cristal.

Como siempre, mi abuelo vestía un elegante esmoquin negro; creía que así encajaba mejor en las Tierras Silenciadas. Estaba calvo, salvo por un mechón de pelo blanco que le rodeaba la parte de atrás de la cabeza, y llevaba un bigote blanco de impresionante envergadura.

—¿Qué le ha pasado al viento? —pregunté.

—¿Ummm? Ah, eso.

Mi abuelo levantó una mano para darles unos toquecitos a los anteojos con motas verdes que tenía puestos. Eran lentes oculantistas, un tipo de gafas mágicas que, cuando las activaba un oculantista como el abuelo Smedry o como yo, hacían cosas muy interesantes. Por desgracia, entre esas cosas no está el obligar a los lectores perezosos a releer los dos primeros libros y evitar así la necesidad de que les explique esto una y otra vez.

—¿Lentes de soplatormentas? —pregunté—. No sabía que pudieran usarse así.

Yo había tenido unas lentes como aquellas y las había usado para disparar ráfagas de viento.

—Hace falta algo de práctica, muchacho —respondió el abuelo a su animada manera—. Estoy creando una burbuja de viento que sale disparada de mí en dirección contraria al viento que empuja contra mí, de modo que una anule al otro.

—Pero... ¿no debería salir yo volando hacia atrás también?

—¿Qué? ¡No, claro que no! ¿Qué te hace pensar eso?

—Pues... ¿la física? —respondí, aunque estaréis de acuerdo conmigo en que resulta un poco raro mencionar la física cuando uno está colgando boca abajo gracias a unas botas de cristal mágico.

El abuelo Smedry se rio.

—Un chiste excelente, chaval, excelente.

Me dio una palmada en el hombro. A los de los Reinos Libres, como mi abuelo, suelen hacerles bastante gracia los conceptos bibliotecarios como la física, que consideran una sarta de tonterías. Creo que los de los Reinos Libres menosprecian más de la cuenta a los Bibliotecarios: la física no es una tontería; solo está incompleta.

La magia y la tecnología de los Reinos Libres tienen su propia lógica. Por ejemplo, el pájaro de cristal. Estaba impulsado por una cosa que se llamaba motor silimático, que utilizaba distintos tipos de arena y cristal para moverse. Los Talentos de los Smedry y los poderes oculantistas se consideraban «magia» en los Reinos Libres, ya que solo la gente especial podía emplearlos. Si era algo que podía usar cualquiera —como el motor silimático o las botas que llevaba puestas—, lo llamaban «tecnología».

Cuanto más tiempo pasaba con la gente de los Reinos Libres, menos me creía aquella distinción.

—Abuelo, ¿alguna vez te he contado que conseguí activar unas botas de cristal de amarrador con tan solo tocarlas?

—¿Ummm? ¿Cómo dices?

—Inyecté a unas botas poder adicional con tan solo tocarlas. Como si yo fuera una especie de pila o fuente de energía.

Mi abuelo guardó silencio.

—¿Y si eso es lo que hacemos con las lentes? —pregunté mientras me daba toquecitos en las que tenía puestas—. ¿Y si ser oculantista no es algo tan limitado como creemos? ¿Y si podemos afectar a todo tipo de cristales?

—Suenas como tu padre, chaval —dijo el abuelo—. Tiene una teoría que habla justo sobre lo que me estás contando.

Mi padre. Miré arriba. Después volví a mirar al abuelo Smedry y me concentré en las lentes de soplatormentas que mantenían el viento a raya.

—Lentes de soplatormentas —dije—. Rompí las que me diste.

—¡Ja! —exclamó—. Eso no me sorprende, chaval. Tu Talento es bastante poderoso.

Mi Talento, mi Talento Smedry, era la habilidad mágica de romper cosas. Todos los Smedry tienen un Talento, incluso los que solo lo son por vía matrimonial. El Talento de mi abuelo era la habilidad de llegar tarde a las citas.

Los Talentos eran tanto bendiciones como maldiciones. El de mi abuelo, por ejemplo, resultaba bastante útil cuando llegaba tarde a cosas como balas o el día de presentar la declaración de la renta. Pero también había llegado demasiado tarde para evitar que los Bibliotecarios robaran mi herencia.

El abuelo Smedry guardó un silencio muy poco característico en él mientras contemplaba el océano, que parecía colgar sobre nosotros. Oeste. Hacia Nalhalla, mi lugar de origen, aunque nunca lo había pisado.

—¿Qué ocurre? —pregunté.

—¿Ummm? ¿Ocurrir? ¡Nada, nada! ¡Pero si hemos rescatado a tu padre de los Conservadores de Alejandría! Y debo decir que has demostrado una agilidad mental muy propia de los Smedry. ¡Muy bien hecho! ¡Nos alzamos victoriosos!

—Salvo por el detalle de que mi madre ahora tiene unas lentes de traductor.

—Ah, sí. Eso.

Con las Arenas de Rashid, las que habían empezado todo este lío, se habían forjado unas lentes que podían traducir cualquier idioma. Después de que mi padre, de algún modo, lograra reunir las Arenas de Rashid, las había dividido y me había enviado la mitad, lo suficiente para forjar unas únicas lentes. Con la otra mitad, se había fabricado unas para él. Tras el fiasco de la Biblioteca de Alejandría, mi madre había conseguido robarle las suyas (yo todavía conservaba las mías, por suerte).

Aquel robo significaba que si accedía a un oculantista podría leer el idioma olvidado y comprender los secretos de los antiguos incarna. Leería sobre sus maravillas tecnológicas y mágicas, y descubriría armas avanzadas. Eso era un problema porque, veréis, mi madre era una Bibliotecaria.

—¿Qué vamos a hacer? —pregunté.

—No estoy seguro, pero pretendo hablar con el Consejo de los Reyes. Tendrán algo que decir al respecto, sin duda. —Se animó—. De todos modos, ¡no tiene sentido preocuparse por eso ahora! ¡No habrás venido hasta aquí para que tu abuelo favorito te ponga mal cuerpo!

Estuve a punto de contestar que era mi único abuelo, pero

entonces pensé en lo que supondría tener un solo abuelo. Puaj.

—En realidad —dije, alzando la vista hacia *Viento de Halcón*—, quería preguntarte por mi padre.

—¿Qué pasa con él, chaval?

—¿Ha estado siempre tan...?

—¿Ausente?

Asentí con la cabeza.

El abuelo Smedry suspiró.

—Tu padre es un hombre muy dedicado, Alcatraz. Ya sabes que no apruebo que te abandonara para que te criasen en las Tierras Silenciadas..., pero, bueno, ha logrado grandes cosas en la vida. ¡Los estudiosos llevan milenios intentando descifrar el idioma olvidado! Yo estaba convencido de que no era posible. Además, no creo que ningún otro Smedry haya logrado dominar su Talento tan bien como él.

A través del cristal de arriba veía sombras y formas: nuestros compañeros. Mi padre estaba allí, el hombre sobre el que me había estado preguntando durante toda mi infancia. Había esperado que fuera un poco más... Bueno, que se emocionara un poquito más al verme.

Aunque hubiese sido él el que me había abandonado.

El abuelo Smedry me apoyó una mano en el hombro.

—Ah, no pongas esa cara tan seria. ¡Por el asombroso Abraham, chaval! ¡Estás a punto de visitar Nalhalla por primera vez! Conseguiremos solucionarlo todo. Relájate y descansa un poco. Te esperan unos meses muy ocupados.

—¿Y cuánto falta para llegar, ya puestos? —pregunté.

Llevábamos volando casi toda la mañana. Y eso después de

pasar dos semanas acampados en el exterior de la Biblioteca de Alejandría, esperando a que mi tío Kaz encontrara el camino a Nalhalla y enviara un transporte a recogernos. El abuelo y él habían decidido que sería más rápido que Kaz fuera solo. Como nos pasa a los demás, el Talento de Kaz —que es la habilidad para perderse de modos muy espectaculares— puede resultar impredecible.

—No mucho, diría —respondió, señalando—. Más bien lo contrario...

Me volví para mirar más allá de las aguas, y allí estaba, un continente lejano que empezaba a quedar a la vista. Di un paso adelante y entorné los ojos desde mi privilegiada posición boca abajo. Había una ciudad construida a lo largo de la costa del continente, alzándose con audacia a la luz del alba.

—Castillos —susurré al acercarnos—. ¿Está llena de castillos?

Había docenas de ellos, puede que cientos. Toda la ciudad se componía de castillos que intentaban tocar el cielo, con altas torres y delicadas agujas. Banderas ondeaban en las puntas. Cada castillo tenía un diseño y una forma distintos, y un majestuoso muro lo rodeaba todo.

Tres estructuras dominaban al resto. Una era un castillo negro en el extremo sur de la ciudad. Sus muros eran lisos y prominentes, y representaba la pura imagen del poder, como una montaña. O un culturista de piedra muy grande. En medio de la ciudad había un extraño castillo blanco que parecía una pirámide con torres y parapetos. Lucía una enorme bandera de color rojo chillón que se veía incluso de lejos.

En el extremo norte de la ciudad, a mi derecha, estaba la estructura más rara de todas. Parecía un champiñón de cristal gigante. Medía al menos treinta metros de alto y el doble de ancho, y brotaba de la ciudad, con una parte superior en forma de campana que proyectaba una enorme sombra sobre un puñado de castillos más pequeños. Sobre el champiñón había un castillo más tradicional que relucía a la luz del sol, como si estuviera hecho de cristal.

—¿Cristalia? —pregunté, señalando.

—¡Efectivamente! —exclamó el abuelo Smedry.

Cristalia, hogar de los caballeros de Cristalia, protectores juramentados del clan Smedry y de la realeza de los Reinos Libres. Levanté la mirada hacia el *Viento de Halcón*. Bastille esperaba dentro, todavía castigada por haber perdido su espada en las Tierras Silenciadas. Su regreso a casa no sería tan agradable como el mío.

Pero..., bueno, no podía concentrarme en eso en aquel momento, ya que por fin iba a conocer mi hogar. Ojalá fuera ca-

paz de explicaros cómo me sentí al ver por fin Nalhalla. No era una emoción demencial, ni un alborozo loco..., sino algo mucho más sereno. Imaginaos cómo sería despertar por la mañana, revitalizados y alerta después de una noche de sueño reparador.

Era como debía ser. Me sentía en paz.

Por supuesto, eso significaba que había llegado el momento de que estallara algo.

Capítulo

Odio las explosiones. No solo son malas para la salud, en general, sino que también son muy exigentes. Siempre que surge una, hay que prestarle atención en vez de dedicarse a lo que estuvieras haciendo. De hecho, en ese sentido, las explosiones se parecen sospechosamente a las hermanas menores.

Por suerte, ahora mismo no os voy a hablar de la explosión del *Viento de Halcón*, sino de algo que no tiene nada que ver: los palitos de merluza. Acostumbraos; hago este tipo de cosas continuamente.

Los palitos de merluza son, sin duda, lo más repugnante que se ha inventado. El pescado normal ya es malo de por sí, pero los palitos de merluza... Bueno, llevan la asquerosidad a un nivel superior. Es como si solo existieran para que los escritores inventáramos palabras nuevas para describirlos, ya que las antiguas no son lo bastante horribles. Estoy pensando en usar *cacapusqueroso*.

Definición de *cacapusqueroso*: «Adj. Se usa para describir un artículo que es tan nauseabundo como los palitos de merluza.» Nota: Esta palabra solo puede utilizarse para describir los palitos de merluza en sí, ya que no se ha encontrado todavía nada igual de cacapusqueroso. Aunque el hueco sucio, mohoso y desordenado debajo de la cama de Brandon Sanderson no le anda a la zaga.

¿Que por qué os estoy hablando sobre palitos de merluza? Bueno, pues porque, además de ser una plaga malsana sobre la faz de la Tierra, son todos más o menos iguales. Si no te gustan de una marca, lo más probable es que no te guste ninguno.

El asunto es que me he dado cuenta de que la gente suele tratar los libros como si fueran palitos de merluza: prueba uno y cree que ya los ha probado todos.

Los libros no son palitos de merluza. Aunque no todos son tan geniales como el que tenéis ahora entre las manos, hay tanta variedad que resulta perturbador. Incluso dentro del mismo género, nunca hay dos libros iguales.

Después hablaremos más sobre el tema. Por ahora procurad simplemente no tratar los libros como si fueran palitos de merluza. Y si os veis obligados a comer una de las dos cosas, elegid los libros. Confiad en mí.

El lateral derecho del *Viento de Halcón* estalló.

El vehículo se escoró y los relucientes fragmentos de cristal roto salieron volando por los aires. A mi lado, la pata del pájaro de cristal se rompió, y el mundo se sacudió, giró y distorsionó; era como montar en un tiovivo diseñado por un loco.

En aquel momento, presa del pánico, me di cuenta de que el trozo de cristal que tenía bajo los pies —ese al que todavía estaban pegadas mis botas— se había desprendido del *Viento de Halcón*. El vehículo seguía volando como podía, pero yo no. A no ser que caer en picado hacia la muerte a ciento sesenta kilómetros por hora cuente como volar.

Lo veía todo borroso. El gran trozo de cristal al que estaba pegado daba vueltas sobre sí mismo, ya que el viento lo zarandeaba como si fuera una hoja de papel. No tenía mucho tiempo.

«¡Rómpete!», pensé, enviando una descarga de mi Talento a través de las piernas, que rompió las botas y la hoja de cristal bajo ellas. Los fragmentos estallaron a mi alrededor, pero dejé de dar vueltas. Me volví, mirando hacia las olas. No tenía lentes que pudieran salvarme, tan solo las de traductor y las de oculantista. Todas las demás se habían roto, las había regalado o habían vuelto a manos del abuelo.

Eso me dejaba con mi Talento. El viento me silbaba en los oídos; alargué los brazos. Siempre me había preguntado qué podría romper mi Talento si se le daba la oportunidad. ¿Podría, quizás...? Cerré los ojos y reuní mi poder.

«¡¡¡Rómpete!!!», pensé mientras disparaba el poder por las manos y lo lanzaba al aire.

No pasó nada.

Abrí los ojos, aterrado, mientras las olas corrían a mi alcance. Y seguían corriendo. Y corriendo. Y... corriendo un poco más.

«Pues sí que estoy tardando en caer en picado hasta la muerte», pensé. Era como si cayera, pero las cercanas olas no parecían seguir aproximándose.

Me volví y miré hacia arriba. Allí, cayendo hacia mí, estaba el abuelo Smedry, con la chaqueta del esmoquin ondeando al viento y una cara de concentración extrema mientras me ofrecía una mano con los dedos extendidos.

«¡Me está haciendo llegar tarde a mi caída!», comprendí. Yo había conseguido alguna vez utilizar mi Talento a distancia, pero era difícil e impredecible.

—¡Abuelo! —chillé de emoción.

Justo en ese momento, cayó sobre mí de cara y los dos nos sumergimos en el océano. El agua estaba fría, y mi exclamación de sorpresa no tardó en convertirse en un borboteo.

Salí del mar entre escupitajos. Por suerte, el agua estaba en calma, aunque helada, y las olas no eran grandes. Me enderecé las lentes —que, curiosamente, no se me habían caído—, y busqué con la mirada a mi abuelo, que salió del agua unos segundos después con el bigote goteando y los mechones de pelo blanco pegados a la cabeza medio calva.

—¡Por el walkman de Westerfeld! —exclamó—. Ha sido emocionante, ¿verdad, chaval?

Me estremecí a modo de respuesta.

—Vale, prepárate —dijo el abuelo Smedry, que, sorprendentemente, tenía pinta de estar cansado.

—¿Para qué?

—Estoy dejando que lleguemos tarde a parte de esa caída —respondió—, pero no puedo anularla por completo. ¡Y no creo que pueda contenerla mucho más!

—Entonces, quieres decir que...

Dejé de hablar al sentirlo. Fue como si cayera de nuevo al

mar; me quedé sin aliento y me hundí en el agua, desorientado y helado, para después obligarme a bucear como pude hacia la luz. Salí al exterior y tomé aire, jadeando.

Entonces me golpeó otra vez. El abuelo Smedry había fragmentado nuestra caída en pequeños pasos, así que apenas pude ver a mi abuelo, que intentaba mantenerse a flote y no le iba mejor que a mí.

Me sentía impotente, debería haber podido hacer algo con mi Talento. Todos me decían que mi habilidad para romper cosas era poderosa y, de hecho, había logrado hazañas asombrosas con ella. Sin embargo, todavía no poseía el control que tanto envidiaba al abuelo y a mis primos.

Cierto, solo hacía unos cuatro meses que era consciente de mi herencia como Smedry, pero cuesta no decepcionarse con uno mismo cuando estás a punto de ahogarte. Así que hice lo más sensato y me desmayé.

Cuando desperté estaba —por suerte— vivo, aunque parte de mí deseaba no estarlo. Me dolía casi todo, como si me hubieran metido dentro de un saco de boxeo que hubiese después pasado por una batidora. Gruñí y abrí los ojos. Una joven esbelta estaba arrodillada junto a mí. Tenía una larga melena plateada y vestía un uniforme de estilo militar.

Parecía enfadada. En otras palabras: tenía el mismo aspecto de siempre.

—Lo has hecho a propósito —me acusó Bastille.

Me senté y me llevé una mano a la cabeza.

—Sí, Bastille, me paso el día intentando que me maten solo para molestarte.

Me miró. Era evidente que una pequeña parte de ella creía en serio que los Smedry nos metíamos en líos para complicarle la vida.

Todavía tenía mojados los vaqueros y la camiseta, y me encontraba tumbado en un charco de agua de mar salada, así que probablemente no hacía mucho de la caída. Veía el cielo abierto sobre mí y, a la derecha, el *Viento de Halcón* permanecía apoyado en su única pata, sobre un muro. Parpadeé y me fijé en que estábamos encima de una especie de torre de castillo.

—Australia consiguió hacer descender el *Viento de Halcón* para sacaros a los dos del agua —explicó Bastille en respuesta a mi pregunta silenciosa mientras se levantaba—. No estamos seguros de qué provocó la explosión. Procedía de uno de los cuartos, es lo único que sabemos.

Me obligué a ponerme de pie mientras observaba el vehículo silimático. Todo el lateral derecho había volado en pedazos, así que se veían las habitaciones del interior. Una de las alas estaba cubierta de grietas y —como con tanta claridad había descubierto— un gran trozo del pecho del pájaro se había desprendido.

Mi abuelo estaba sentado al lado de la barandilla de la torre y me saludó con cansancio cuando lo miré. Los demás intentaban salir poco a poco del pájaro. La explosión había destruido los escalones de acceso.

—Iré a buscar ayuda —dijo Bastille—. Échale un vistazo a tu abuelo y procura no caerte por el borde de la torre o algo así mientras yo no esté.

Tras decir aquello bajó corriendo unas escaleras que entraban en la torre.

Me acerqué al abuelo.

—¿Estás bien?

—Claro que sí, chaval, por supuesto.

El abuelo Smedry sonrió a través de su empapado bigote. Solo lo había visto tan cansado una vez, justo después de nuestra batalla con Blackburn.

—Gracias por salvarme —le dije mientras me sentaba a su lado.

—Solo te devolvía el favor —respondió con un guiño—. Creo que tú fuiste el que me salvó en aquella infiltración en la biblioteca.

Aquello había sido cuestión de suerte, más bien. Miré a *Viento de Halcón*, donde nuestros acompañantes seguían intentando encontrar el modo de salir.

—Ojalá pudiera usar mi Talento como tú el tuyo.

—¿Qué? Alcatraz, tú utilizas muy bien tu Talento. Te vi destruir ese cristal al que estabas pegado. No podría haberte tenido a la vista a tiempo de no haberlo hecho. Lo que te ha salvado la vida ha sido tu agilidad mental.

—Intentaba hacer más. Pero no funcionó.

—¿Más?

Me ruboricé porque ahora sonaba tonto.

—Supuse... Bueno, creía que podría romper la gravedad, que podría volar.

El abuelo se rio entre dientes.

—Conque romper la gravedad, ¿eh? Muy osado, sí. ¡Un intento muy Smedry! Pero un poquito más allá del alcance de tu poder, diría. ¡Imagínate el caos si la gravedad dejara de funcionar en todo el mundo!

No me lo tengo que imaginar: lo he vivido. Pero ya llegaremos a eso. En algún momento.

Oímos un tumulto, y por fin una figura consiguió saltar del lado roto del *Viento de Halcón* y aterrizar en lo alto de la torre. Draulin, la madre de Bastille, era una mujer austera con armadura plateada. Caballero de Cristalia de pleno derecho —un título que Bastille había perdido hacía poco—, Draulin era muy eficiente en todo lo que hacía. Entre lo que hacía se incluía: proteger a los Smedry, que todo le disgustase y conseguir que los demás nos sintiéramos unos vagos.

Una vez en el suelo pudo ayudar a bajar a los otros dos ocupantes del vehículo. Australia Smedry, mi prima, era una chica mokiana rellenita de dieciséis años. Llevaba un vestido colorido que parecía una sábana y, como su hermano, tenía la piel tostada y el pelo oscuro, ya que los mokianos son parientes de los polinesios de las Tierras Silenciadas. Al llegar al suelo, corrió hacia nosotros.

—¡Ay, Alcatraz! ¿Estás bien? No te vi caer, estaba demasiado ocupada con la explosión. ¿La has visto?

—Estooo, claro, Australia. Fue lo que me echó volando del *Viento de Halcón*.

—Ah, sí —respondió ella mientras rebotaba sobre los talones una y otra vez—. ¡De no ser por Bastille, que estaba mirando, no habríamos visto dónde caíais! No te dolió mucho cuando te dejé caer en la torre, ¿no? Tuve que recogeros del agua con la pata de *Viento de Halcón* y dejaros aquí para poder aterrizar. Ahora le falta una pata. No sé si te has dado cuenta.

—Sí —respondí con cansancio—. La explosión, ¿recuerdas?

—¡Por supuesto que lo recuerdo, tonto!

Esa es Australia. No es que sea boba; es que le cuesta recordar ser lista.

La última persona en salir del *Viento de Halcón* fue mi padre, Attica Smedry. Era un hombre alto con el pelo alborotado y llevaba unas lentes de oculantista con cristales rojos. De algún modo, cuando las lucía él no resultaban rositas y tontas, como siempre me lo parecían cuando me las ponía yo.

Se nos acercó al abuelo Smedry y a mí.

—Ah, bien, veo que todo el mundo está a salvo. Genial.

Nos quedamos mirando durante un embarazoso momento. Era como si mi padre no supiera qué más decir, como si la necesidad de actuar como un padre le resultara incómoda. Cuando Bastille apareció escaleras arriba, pareció aliviado; detrás de ella iba toda una flota de criados con el atuendo estándar de los Reinos Libres: túnicas y pantalones.

—Ah —dijo mi padre—, ¡excelente! Seguro que los criados sabrán qué hacer. Me alegro de que no estés herido, hijo.

Tras decir aquello, se fue rápidamente hacia las escaleras.

—¡Señor Attica! —dijo uno de los criados—. Cuánto tiempo.

—Sí, bueno, he regresado. Necesitaré que arreglen de inmediato mis habitaciones y que me preparen un baño. Decid al Consejo de los Reyes que me dirigiré a ellos a la mayor brevedad para informar sobre un asunto muy importante. Además,

que los periódicos sepan que estoy disponible para entrevistas.
—Vaciló—. Ah, y atended a mi hijo. Necesitará..., estooo..., ropa
y cosas así.

Desapareció escaleras abajo con una manada de criados detrás siguiéndolo como cachorros.

—Espera un segundo —dije mientras me levantaba y miraba a Australia—. ¿Por qué obedecen tan deprisa?

—Son sus criados, tonto. Es lo que hacen.

—¿Sus criados? —pregunté mientras me acercaba al lateral
de la torre para asomarme y ver mejor el edificio de abajo—.
¿Dónde estamos?

—En el Torreón Smedry, claro —respondió Australia—.
¿Dónde si no?

Miré hacia la ciudad y me di cuenta de que habíamos aterri-
zado el *Viento de Halcón* en una de las torres del robusto castillo negro que había visto antes. El Torreón Smedry.

—¿Tenemos nuestro propio castillo? —pregunté, perplejo,
al volverme hacia mi abuelo.

Le había sentado bien descansar unos minutos, y había recuperado el brillo de los ojos cuando se levantó mientras se
sacudía el esmoquin empapado.

—¡Por supuesto, chaval! ¡Somos Smedry!

Smedry. Todavía no entendía bien lo que significaba. Para
vuestra información, significaba... Bueno, lo explicaré en el siguiente capítulo. Ahora mismo estoy un poco vago.

Uno de los criados, una especie de médico, empezó a toque-
tear al abuelo Smedry y a mirarle los ojos mientras le pedía que
contara hacia atrás. El abuelo tenía cara de querer escapar, pero

entonces vio a Bastille y a Draulin hombro con hombro, con los brazos cruzados e igual de decididas. Por sus posturas, estaba claro que el abuelo y yo pasaríamos por un examen médico aunque eso supusiera que nuestras caballeros tuvieran que atarnos y colgarnos de los pies.

Suspiré y apoyé la espalda en el borde de la torre.

—Oye, Bastille —dije mientras algunos criados nos traían toallas.

—¿Qué? —preguntó, acercándose.

—¿Cómo has bajado? —pregunté con un gesto de cabeza hacia el vehículo roto—. Todos los demás estaban atrapados dentro cuando desperté.

—Pues...

—¡Salió de un salto! —exclamó Australia—. Draulin dijo que el cristal era frágil y que debería examinarlo primero, ¡pero Bastille saltó sin más!

Bastille lanzó una mirada asesina a Australia, pero la mokiana siguió hablando sin percatarse.

—Debía de estar muy preocupada por ti, Alcatraz, porque corrió a tu lado. Y...

Bastille intentó pisarle un pie con mucha sutileza.

—¡Ay! —exclamó Australia—. ¿Es que estamos aplastando hormigas?

Curiosamente, Bastille se ruborizó. ¿Se avergonzaba por haber desobedecido a su madre? Siempre intentaba con todas sus fuerzas agradar a aquella mujer, pero yo estaba bastante seguro de que agradar a Draulin era poco menos que imposible. Es decir, seguro que no saltó del vehículo porque estuviera preocupada por mí. Yo era muy consciente de lo irritante que me encontraba.

Pero... ¿y si estaba preocupada por mí de verdad? ¿Qué quería decir? De repente, yo también me ruboricé.

Y ahora voy a hacer todo lo que esté en mis manos por distraeros de ese último párrafo. Lo cierto es que no debería haberlo escrito. Debería haber sido lo bastante listo como para cerrar el pico. Debería haber ahuecado el ala para alejarme del tema pisando huevos.

¿He mencionado ya que puedo llegar a ser un poco gallina?

En aquel momento, Sing apareció en las escaleras y nos ahorró a Bastille y a mí nuestro momento incómodo. Sing Sing Smedry, mi primo y hermano mayor de Australia, era un titán de hombre. Medía más de metro ochenta y era bastante rellenito (que es una forma amable de decir que estaba gordo). El mokiano tenía el Talento Smedry de tropezar y caer al suelo, cosa que hizo en cuanto llegó a lo alto de la torre.

Juro que sentí temblar las piedras. Todos nos agachamos mientras intentábamos localizar el origen del peligro. El Talento de Sing suele activarse cuando algo está a punto de hacerle daño. Sin embargo, en ese momento no ocurrió nada. Sing miró a su alrededor, se puso de pie y corrió a levantarme (ya que yo me había hecho un ovillo) para darme un abrazo asfixiante.

—¡Alcatraz! —chilló. Alargó un brazo y agarró a Australia para abrazarla también a ella—. ¡Chicos, tenéis que leer el trabajo que he escrito sobre las técnicas de regateo y la metodología publicitaria de las Tierras Libres! ¡Es muy emocionante!

Veréis, Sing era antropólogo, especializado en la cultura y el armamento de las Tierras Libres, aunque, por suerte, esta vez no parecía llevar ningún arma colgando del cuerpo. Lo más triste es que la mayoría de la gente que he conocido en los Reinos Libres —sobre todo mi familia— piensa que leer un estudio antropológico es algo emocionante. Necesitan que alguien les enseñe lo que es un videojuego.

Sing nos soltó al fin, se volvió hacia el abuelo Smedry y se inclinó brevemente.

—Señor Smedry —dijo—. Tenemos que hablar. Hemos tenido algunos problemas en tu ausencia.

—Siempre hay problemas en mi ausencia —respondió el abuelo—. Y también los hay de sobra cuando estoy aquí. ¿Qué es esta vez?

—Los Bibliotecarios han enviado un embajador al Consejo de los Reyes —explicó Sing.

—Bueno —respondió el abuelo Smedry como si nada—, espero que el trasero del embajador no se hiciera demasiado daño cuando Brig lo echó de la ciudad.

—El rey supremo no desterró al embajador, mi señor —dijo Sing en voz baja—. De hecho, creo que van a firmar un tratado.

—¡Eso es imposible! —exclamó Bastille—. ¡El rey supremo nunca se aliaría con los Bibliotecarios!

—Escudera Bastille, guarda silencio y no contradigas a tus superiores —le espetó Draulin, que estaba de pie, muy derecha, con las manos detrás de la espalda.

Bastille se ruborizó y bajó la vista.

—Sing —dijo el abuelo Smedry con urgencia—, ¿qué dice este tratado sobre la lucha en Mokia?

Sing miró a un lado.

—Pues... Bueno, el tratado entregaría Mokia a los Bibliotecarios a cambio del fin de la guerra.

—¡Por el dubitativo Dashner! —exclamó el abuelo—. ¡Llegamos tarde! ¡Tenemos que hacer algo!

De inmediato salió corriendo por el tejado y se puso a bajar las escaleras a toda prisa.

Los demás nos miramos los unos a los otros.

—¡Debemos actuar con osada imprudencia y un intenso vibrato! —Nos llegó el eco de su voz desde las escaleras—. ¡Pero así somos los Smedry!

—Creo que deberíamos seguirlo —dije.

—Sí —repuso Sing, mirando a su alrededor—. Es que se emociona mucho. ¿Dónde está el señor Kazan?

—¿No está aquí? —preguntó Australia—. Fue el que envió al *Viento de Halcón* a por nosotros.

Sing negó con la cabeza.

—Kaz se fue hace unos días diciendo que se reuniría con vosotros.

—Su Talento debe de haberlo perdido —dijo Australia con un suspiro—. A saber dónde estará.

—Estooo, ¿hola? —dijo el abuelo Smedry asomando la cabeza desde las escaleras—. ¡Por el jacarandoso Jones, gente! ¡Tenemos un desastre que evitar! ¡Hay que ponerse en movimiento!

—Sí, señor Smedry —respondió Sing mientras se le acercaba con sus andares de pato—. Pero ¿adónde vamos?

—¡Pide un reptista! —ordenó el anciano—. ¡Tenemos que llegar al Consejo de los Reyes!

—Pero... ¡están en sesión!

—Mejor que mejor —respondió el abuelo Smedry mientras alzaba una mano en un gesto teatral—. ¡Así nuestra entrada será mucho más interesante!

Capítulo

Tener sangre real es insoportable de verdad. Confiad en mí, mis fuentes son muy fiables y todas están de acuerdo: ser rey es un rollo. De proporciones mayestáticas.

En primer lugar, están los horarios. Los reyes trabajan las veinticuatro horas. Si hay una emergencia en plena noche, tienes que estar preparado para levantarte porque eres el rey. ¿Si una guerra intempestiva empieza en plenas Playoffs? Mala suerte. Los reyes no tienen vacaciones, ni pausas para el baño, ni fines de semana.

Lo que sí tienen son responsabilidades.

De entre todas las cosas del mundo que son casi cacapusquerosas, la más terrible es la responsabilidad. Hace que la gente coma ensaladas en vez de chocolatinas y que se acueste temprano por voluntad propia. Cuando estás a punto de lanzarte por los aires atado a la espalda de un pingüino propulsado por un cohete, es esa puñetera responsabilidad la que te advierte de que el vuelo quizá no sea bueno para las cuotas de tu seguro de vida.

Estoy convencido de que la responsabilidad es una especie de enfermedad psicológica. ¿Qué si no un desajuste cerebral podría impulsar a alguien a hacer *jogging*? El problema es que los reyes tienen más responsabilidad que nadie. Son como pozos insondables de responsabilidad; y, si no tienes cuidado, pueden acabar afectándote.

Por suerte, el clan Smedry se dio cuenta de esto hace años e hizo algo al respecto.

—¿Que hicimos qué? —pregunté.

—Renunciamos al reino —respondió el abuelo Smedry alegremente—. Puf. Se acabó. Abdicamos.

—¿Por qué lo hicimos?

—Por el bien de las chocolatinas del mundo —contestó el abuelo; le brillaban los ojos—. Alguien se las tiene que comer, ya sabes.

—¿Cómo? —pregunté.

Estábamos en un balcón enorme del castillo, esperando al «reptista», fuera lo que fuese. Sing estaba con nosotros, además de Bastille y su madre. Australia se había quedado atrás para hacer un recado al abuelo y mi padre había desaparecido en sus aposentos. Al parecer, no podía prestar atención a algo tan simple como la inminente caída de Mokia en manos de los Bibliotecarios.

—Bueno, deja que te lo explique de este modo —dijo el abuelo, poniéndose las manos detrás de la espalda mientras contemplaba la ciudad—. Hace algunos siglos, la gente se dio cuenta de que había demasiados reinos. La mayoría era del tamaño de una ciudad y apenas podías dar un paseo vespertino sin atravesar tres o cuatro de ellos.

—Por lo que he oído, era un rollo —coincidió Sing—. Cada reino tenía sus propias normas, su propia cultura y sus propias leyes.

—Entonces, los Bibliotecarios empezaron con su conquista —explicó el abuelo Smedry—. Los reyes se dieron cuenta de que eran presa fácil, así que se unieron poco a poco, juntaron todos sus reinos en uno y acordaron alianzas.

—A menudo, eso suponía matrimonios de uno u otro tipo —añadió Sing.

—Eso fue durante la época de nuestro antepasado, el rey Leavenworth Smedry VI —continuó el abuelo—. Decidió que lo mejor sería combinar nuestro pequeño reino de Smedrius con el de Nalhalla, y así evitar a los Smedry el aburrimiento de reinar para que pudiéramos concentrarnos en las cosas importantes, como luchar contra los Bibliotecarios.

No supe bien cómo reaccionar. Era el heredero de la línea. Eso quería decir que si nuestro antepasado no hubiera cedido el reino, yo sería uno de los herederos al trono. Era un poco como descubrir que te has quedado a un número de ganar la lotería.

—Lo cedimos —dije—. ¿Todo?

—Bueno, todo no. ¡Solo las partes aburridas! Nos quedamos con un asiento en el Consejo de los Reyes para poder participar en la política y, como ves, también tenemos un bonito castillo y una gran fortuna para mantenernos ocupados. Además, seguimos siendo de la nobleza.

—Entonces, ¿eso para qué sirve?

—Bueno, tiene algunas ventajas —respondió el abuelo—. Los mejores asientos en los restaurantes, acceso a los establos reales y a la flota de transporte silimática real; creo que hemos conseguido destruir dos de sus navíos en el último mes. También un título nobiliario, que es una forma elegante de decir que podemos intervenir en las disputas civiles, celebrar ceremonias de matrimonio, detener criminales y esas cosas.

—Espera, ¿puedo casar gente?

—Claro.

—¡Pero solo tengo trece años!

—Bueno, tú no podrías casarte con nadie, pero si alguien te pidiera que lo casaras, podrías celebrar la ceremonia. ¡El rey no puede encargarse de todo él solo! Ah, aquí está.

Volví la vista atrás y di un brinco al ver un enorme reptil que trepaba por los muros de los edificios hacia nosotros.

—¡Dragón! —grité, señalándolo.

—Brillante observación, Smedry —dijo Bastille, que estaba a mi lado.

Estaba demasiado asustado para responder con un comentario ingenioso. Por suerte, soy el autor de este libro, así que puedo reescribir la historia como me parezca necesario. Voy a intentarlo otra vez.

Ejem.

Volví la vista atrás y, al hacerlo, me percaté de que un peligroso lagarto escamoso ascendía reptando por los muros de los edificios con la clara intención de devorarnos a todos.

—¡Mirad! —grité—. Se aproxima una bestia inmunda del inframundo. ¡Colocaos detrás de mí y yo acabaré con ella!

—Oh, Alcatraz —jadeó Bastille—, eres tan asombrosamente genial y varonilísimo...

—Pardiez, así es —respondí.

—No te alarmes, chaval —dijo el abuelo Smedry mientras miraba hacia el reptil—. Es nuestro vehículo.

Vi que la criatura, con cuernos, pero sin alas, tenía un artilugio en el lomo, algo similar a la barquilla de un globo. El enorme animal desafiaba a la gravedad agarrándose a las fachadas de piedra de los edificios, casi como un lagarto aferrado a un precipicio, salvo que este lagarto era tan grande que podría haberse tragado un autobús. El dragón llegó al Torreón Smedry y trepó con las garras hasta nuestro balcón. Di un paso atrás sin querer cuando su enorme cabeza de serpiente se asomó a la barandilla para mirarnos.

—Smedry —dijo con voz profunda.

—Hola, Tzoctinatin —lo saludó el abuelo—. Necesitamos que nos lleves al palacio a toda prisa.

—Eso he oído. Subid.

—Espera —dije—, ¿utilizamos a los dragones de taxistas?

El dragón me miró, y en ese ojo vi una inmensidad. Unas profundidades turbulentas, colores y más colores, pliegues y más pliegues. Me hizo sentir pequeño e insignificante.

—No hago esto por voluntad propia, joven Smedry —murmuró la bestia.

—¿Cuánto te queda de tu condena? —le preguntó el abuelo Smedry.

—Trescientos años —respondió la criatura, apartando la mirada—. Trescientos años para que me devuelvan las alas y pueda volar de nuevo.

Tras decir aquello, la criatura subió por un muro un poco alejado para que la barquilla quedara a la vista. De ella salió una pasarela, y los demás empezaron a entrar.

—¿Qué hizo? —le susurré al abuelo Smedry.

—¿Ummm? Ah, deglución de doncella en primer grado, creo. Sucedió hace unos cuatro siglos. Una historia trágica. Cuidado con el primer escalón.

Seguí a los demás al interior de la barquilla. Dentro había una habitación bien amueblada, con cómodos sofás incluidos. Draulin fue la última en subir, así que cerró la puerta. De inmediato, el dragón empezó a moverse. Lo supe al mirar por la ventana, porque lo cierto es que no noté el movimiento; al parecer, daba igual la dirección que tomara el animal o que estuviéramos boca arriba o boca abajo: para los ocupantes de la barquilla la gravedad siempre apuntaba en el mismo sentido.

Después descubriría que esto, como muchas de las cosas de los Reinos Libres, se debía a un tipo de cristal —el de orientación—, que permite que uno establezca que una dirección sea «abajo» cuando lo forjas con forma de caja. A partir de ahí, tirará en esa dirección de cualquier cosa que esté dentro de la caja, por muchas vueltas que dé la misma.

· Los caballeros de Cristalia ·

Me quedé un buen rato mirando por la ventana, que brillaba un poco a través de las lentes de oculantista. Después del caos de la explosión y de estar a punto de morir, no había tenido la oportunidad de contemplar la ciudad. Era asombrosa. Tal como había visto antes, estaba llena de castillos, y no solo simples edificios de ladrillo y piedra, sino castillos de verdad, con muros y torres enormes, todos diferentes entre sí.

Algunos tenían un aire como de cuento de hadas, con arcos y picos estilizados. Otros eran toscos y prácticos, la clase de castillos que te imaginabas reinados por sanguinarios señores de la guerra. Aquí cabe mencionar que el Honorable Gremio de Sanguinarios Señores de la Guerra se ha esforzado mucho por contrarrestar el estereotipo negativo de sus miembros. Tras organizar varias ventas de pasteles y subastas benéficas, alguien sugirió eliminar el «Sanguinarios» del nombre de su sociedad. La sugerencia, finalmente, se rechazó debido a que Gurstak *el Despiadado* acababa de encargar una caja de tarjetas de visita con grabado en relieve.

Había castillos a ambos lados de las calles, como los rascacielos de una ciudad de las Tierras Silenciadas. Desde el reptista veía gente moviéndose —algunos en carruajes tirados por caballos—, pero nuestro dragón siguió avanzando como un lagarto por las fachadas de los edificios. Los castillos estaban tan cerca entre sí que, cuando llegaba a un hueco entre edificios, simplemente tenía que estirarse para pasar de uno a otro.

—Asombroso, ¿verdad? —preguntó Bastille.

Me volví hacia ella; no me había dado cuenta de que se había colocado a mi lado, en la ventana.

—Sí que lo es.

—Siempre sienta bien volver. Me encanta lo limpio que está todo. El cristal reluciente, la mampostería, los grabados...

—Creía que esta vez te resultaría duro volver —respondí—. Como te fuiste siendo caballero y regresas de escudera...

—Sí que se te dan bien las mujeres —repuso, poniendo una mueca—. ¿Te lo habían dicho alguna vez?

Me ruboricé.

—Es que... Bueno...

Porras. Cuando escriba mis memorias pienso meter aquí una respuesta mucho mejor (qué pena que se me olvidara; tengo que prestar más atención a mis notas).

—Sí, lo que tú digas —dijo Bastille mientras se apoyaba en la ventana para mirar abajo—. Supongo que me he resignado a mi castigo.

«Otra vez lo mismo, no, por favor», pensé, preocupado. Después de perder su espada y de que su madre la reprendiera por ello, Bastille había pasado por un momento de bajón. Lo peor era que la culpa había sido mía, ya que Bastille había perdido la espada porque yo la había roto al intentar luchar contra unas novelas románticas que cobraron vida. Su madre parecía decidida a demostrar que ese único error significaba que Bastille no era merecedora del título de caballero.

—Ay, no me mires así —me soltó Bastille—. ¡Cristales rayados! Que me haya resignado al castigo no significa que me rinda por completo. Todavía pretendo descubrir quién me tendió esta encerrona.

—¿Estás segura de que fue una encerrona?

Ella asintió y entornó los ojos, cada vez con un aire más vengativo. Me alegraba de que, por una vez, su ira no fuese dirigida contra mí.

—Cuanto más lo pienso, más sentido tienen las cosas que me dijiste la semana pasada —siguió explicando—. ¿Por qué asignarme a mí, una caballero recién nombrada, una misión tan peligrosa? En Cristalia hay alguien que deseaba que fracasase, alguien celoso de lo deprisa que había alcanzado el título de caballero, que quería avergonzar a mi madre o, simplemente, que pretendía demostrar que no podía tener éxito.

—No suena muy honorable —comenté—. Un caballero de Cristalia no haría algo así, ¿no?

—Pues... no lo sé —respondió ella mirando a Draulin.

—Me cuesta creerlo —añadí, aunque no era cierto del todo.

Veréis, los celos se parecen mucho a los pedos: no te imaginas a un valiente caballero haciendo ninguna de las dos cosas, pero lo cierto es que los caballeros no son más que personas. Sienten celos, cometen errores y, sí, ventosean. Aunque, por supuesto, ellos jamás usarían el término «ventosear», ya que prefieren «tocar los címbalos». Supongo que es lo normal con tanta armadura encima.

Draulin estaba en la parte de atrás del habitáculo y, por una vez, no se encontraba en la postura de descanso militar, sino que abrillantaba su enorme espada de cristal. Bastille sospechaba que su madre había sido la que le había tendido la trampa, ya que Draulin era uno de los caballeros que le habían asignado la misión. Pero ¿por qué enviaría a su propia hija a hacer un trabajo que estaba claro que era demasiado para ella?

—Algo va mal —comentó Bastille.

—¿Te refieres a algo más aparte de la misteriosa explosión del halcón volador?

—Eso lo hicieron los Bibliotecarios —repuso ella, restándole importancia con un gesto de la mano.

—¿Ah, sí?

—Por supuesto. Tienen un embajador en la ciudad y nosotros vamos a evitar que se queden con Mokia. Por tanto, han intentado matarnos. Después de que los Bibliotecarios hayan intentado volarte en pedazos una docena de veces, te acostumbras.

—¿Seguro que fueron ellos? Dijiste que había estallado una de las habitaciones. ¿La de quién?

—La de mi madre. Creemos que fue por el cristal de detonador que le metieron en la mochila antes de salir de Nalhalla. Lo llevó encima por toda la Biblioteca de Alejandría, y estaba programado para estallar cuando entrara de nuevo en el área de la ciudad.

—Vaya, cuánta planificación.

—Así son los Bibliotecarios. De todos modos, algo inquieta a mi madre. Se lo noto.

—Quizá se sienta mal por haberte castigado con tanta dureza.

—No creo —resopló ella—. Es otra cosa, algo sobre la espada...

Dejó la frase sin terminar y no parecía tener nada más que añadir. Unos segundos después, el abuelo Smedry me hizo señas para llamarme.

—¡Alcatraz! ¡Ven a escuchar esto!

Mi abuelo estaba sentado con Sing en los sofás. Me acerqué y me senté a su lado; el sofá era muy cómodo. Como no había visto ningún otro dragón como aquel trepando por los muros de la ciudad, supuse que aquel vehículo era un privilegio especial.

—Sing, cuéntale a mi nieto lo que me has contado a mí —dijo el abuelo Smedry.

—Bueno, verás —explicó Sing, inclinándose hacia delante—, esta embajadora que han enviado los Bibliotecarios es de los Guardianes de la Norma.

—¿Quiénes?

—Es una de las sectas bibliotecarias —respondió Sing—. Blackburn era de la Orden de los Oculantistas Oscuros, mientras que el asesino al que te enfrentaste en la Biblioteca de Alejandría era de la Orden de los Huesos del Escriba. Los Guardianes de la Norma siempre han afirmado ser los Bibliotecarios más afables.

—¿Bibliotecarios afables? Suena a oxímoron.

—Es todo teatro —dijo el abuelo—. Toda la orden se basa en la idea de parecer inocentes; en realidad son las víboras más peligrosas del nido. Los Guardianes mantienen la mayoría de las bibliotecas de las Tierras Silenciadas. Fingen hacerlo porque no son más que un puñado de burócratas, porque no son peligrosos como la Orden de los Oculantistas Oscuros o la Orden de las Lentes Fragmentadas.

—Bueno, fingido o no, son los únicos Bibliotecarios que han intentado trabajar con los Reinos Libres en vez de limitarse a intentar conquistarnos —añadió Sing—. Esta embajadora ha convencido al Consejo de los Reyes de que va en serio.

Yo escuchaba con interés, pero no estaba del todo seguro de por qué mi abuelo deseaba que supiera aquello. Soy una persona bastante increíble (¿lo he mencionado ya?), pero la verdad es que no se me da demasiado bien la política. Es uno de los tres campos en los que no tengo ninguna experiencia; los otros dos son escribir libros y montar en un pingüino impulsado por un cohete en dirección a la atmósfera (esa puñetera responsabilidad...).

—Entonces..., ¿qué tiene esto que ver conmigo? —pregunté.

—¡Pues todo, muchacho! —exclamó el abuelo, señalándome—. Somos Smedry. Cuando entregamos nuestro reino, juramos proteger todos y cada uno de los Reinos Libres. ¡Somos los guardianes de la civilización!

—Pero ¿no sería bueno que los reyes hicieran las paces con los Bibliotecarios?

Sing puso cara de sentirse dolido.

—Alcatraz —dijo—, ¡hacerlo significaría entregar Mokia, mi hogar! Se integraría en las Tierras Silenciadas y dentro de un par de generaciones los mokianos ni siquiera recordarían que antes eran libres. Mi gente no puede seguir luchando contra los Bibliotecarios sin el apoyo de los demás Reinos Libres. Somos demasiado pequeños.

—Los Bibliotecarios no cumplirán su promesa de paz —dijo el abuelo—. Llevan años detrás de Mokia... Todavía no sé por qué están tan obsesionados con ella en concreto. En cualquier caso, llevarse Mokia los acercaría un paso más a controlar el mundo entero. ¡Por la maleable Moon! ¿De verdad crees que podemos regalar un reino entero sin más?

Miré a Sing. Me había encariñado con el enorme antropólogo y su hermana en los últimos meses. Eran sinceros y leales hasta el final, y Sing había creído en mí incluso cuando intenté apartarlo de mi lado. Solo por eso, deseaba hacer todo lo que pudiera por ayudarlo.

—No —dije—, tenéis razón, no podemos permitir que suceda. Debemos evitarlo.

El abuelo Smedry sonrió y me puso una mano en el hombro.

Quizá no os parezca gran cosa, pero fue un punto de inflexión esencial para mí. Fue cuando por fin decidí que estaba metido en esto de verdad. Solo había entrado en la Biblioteca de Alejandría porque me perseguía un monstruo. Solo me había metido en la guarida de Blackburn porque el abuelo Smedry me lo había pedido.

Aquello era distinto. Entonces entendí por qué mi abuelo me había llamado para que lo escuchara: quería que formara parte de todo, no que fuera un crío que se deja llevar, sino que me convirtiera en un participante de pleno derecho.

Algo me dice que me habría ido mucho mejor de haberme escondido en mi cuarto. Responsabilidad. Es lo contrario de egoísmo. Ojalá hubiera sabido adónde me llevaría. Sin embargo, esto fue antes de mi traición y de que me quedara ciego.

A través de una de las ventanas vi que el dragón había iniciado el descenso. Un instante después, la barquilla se posó en el suelo.

Habíamos llegado.

De acuerdo, lo entiendo. Estáis desconcertados. Que no os dé vergüenza, puesto que le ocurre a todo el mundo de vez en cuando (salvo a mí, por supuesto).

Tras leer los dos primeros libros de mi autobiografía (como estoy segurísimo de que habéis hecho ya), sabéis que no suelo tener muy buen concepto de mí mismo. Os he contado que soy un mentiroso, un sádico y una persona horrible. Sin embargo, ahora, en este volumen, he empezado a hablar de lo increíble que soy. ¿De verdad he cambiado de idea? ¿De verdad he decidido que soy un héroe? ¿Llevo puestos ahora mismo calcetines con gatitos?

No (los calcetines son de delfines).

Me he dado cuenta de algo: al ser tan duro conmigo en los libros anteriores parecía que era una persona humilde. Los lectores supusieron que, como decía que era una persona horrible, debía de ser un santo.

Sinceramente, ¿es que estáis decididos a volverme loco? ¿Por qué no os limitáis a estar callados y atender a lo que os cuento?

En cualquier caso, he llegado a la conclusión de que la única forma de convencer a los lectores de que soy una persona horrible es demostrarles lo arrogante y egocéntrico que soy, y lo haré hablando sobre mis virtudes. Incesantemente. Todo el tiempo. Hasta que acabéis hartos de oírme hablar de mi superioridad.

A lo mejor así lo entendéis.

El palacio real de Nalhalla resultó ser un castillo piramidal blanco en el centro de la ciudad. Salí de la góndola intentando mantener la boca cerrada mientras contemplaba con asombro aquel magnífico edificio. Los grabados de la mampostería llegaban tan arriba que ni siquiera veía el final.

—¡Adelante! —exclamó el abuelo Smedry mientras subía corriendo los escalones como un general camino de la batalla. Para ser una persona que siempre llega tarde a todo, es muy ágil.

Miré a Bastille, que parecía un poco mareada.

—Creo que esperaré fuera —dijo.

—Vas a entrar —le soltó Draulin mientras subía los escalones acompañada del tintineo de su armadura.

Fruncí el ceño. Draulin casi siempre se empeñaba en que Bastille esperase fuera de los sitios, ya que una simple escudera no debería participar en los asuntos importantes. ¿Por qué insistía en que entrara en el palacio? Miré a Bastille con curiosidad, pero ella se limitó a hacer una mueca, así que corrí para alcanzar a mi abuelo y a Sing.

—... me temo que no puedo contar mucho más, señor Smedry —decía Sing—. Folsom es el que ha estado al tanto del Consejo de los Reyes en tu ausencia.

—Ah, sí —dijo el abuelo—. Supongo que estará aquí, ¿no?

—¡Debería!

—¿Otro primo? —pregunté.

El abuelo asintió.

—El hermano mayor de Quentin, hijo de mi hija Pattywagon. ¡Folsom es un gran chaval! Brig le tenía echado el ojo para casarlo con una de sus hijas, creo.

—¿Brig?

—El rey Dartmoor —respondió Sing.

Dartmoor.

—Espera —dije—, eso es una cárcel, ¿no? ¿Dartmoor?

Como veis, sé mucho del tema.

—Efectivamente, chaval —respondió el abuelo.

—¿No quiere eso decir que somos familia?

Era una pregunta estúpida. Por suerte, sabía que escribiría mis memorias y entendía que a mucha gente le desconcertaría este asunto. Por lo tanto, usando mis poderes de asombrosidad, planteé esta pregunta tan estúpida para sentar las bases de mi serie de libros.

Espero que apreciéis el sacrificio.

—No —contestó el abuelo—. Que tengas nombre de cárcel no significa necesariamente que seas un Smedry. La familia del rey es tradicional, como la nuestra, así que suelen usar una y otra vez los nombres de gente famosa de la historia. Los Bibliotecarios después utilizaron esos mismos nombres de individuos famosos para llamar a sus cárceles y, de ese modo, desacreditarlos.

—Ah, vale.

En aquella explicación había algo que me inquietaba, pero no lograba ver el qué; seguramente porque la idea estaba dentro de mi cabeza y para verla habría tenido que sacarme el cerebro del cráneo y ponérmelo delante, lo que suena un poco doloroso.

Además, la belleza del pasillo que había al otro lado de aquellas puertas me detuvo en seco y apartó de mi mente todo pensamiento.

No soy poeta. Cada vez que intento escribir poesía me salen insultos. Habría estado bien hacerme rapero, o al menos político. El caso es que a veces me cuesta expresar la belleza a través de las palabras.

Baste con decir que el enorme pasillo me dejó pasmado, incluso después de haber visto una ciudad repleta de castillos; incluso después de haber viajado a lomos de un dragón. El pasillo era grande. Era blanco. Estaba lleno de algo que parecían ser cuadros, pero sin nada dentro de los marcos. Aparte de cristal.

«Diferentes tipos de cristal —comprendí mientras recorríamos el espléndido pasillo—. ¡Aquí el cristal es arte!»

Efectivamente, cada pieza de cristal enmarcada tenía un color distinto. Unas placas indicaban de qué tipo de cristal se trataba. Reconocí algunos, y la mayoría brillaba un poco. Llevaba puestas mis gafas de oculantista, lo que me permitía ver las auras de los cristales poderosos.

En un palacio de las Tierras Silenciadas, los reyes presumían de su oro y de su plata. Aquí, los reyes presumían de sus cristales más caros y especiales.

Mientras lo contemplaba todo, maravillado, deseaba que

Sing y el abuelo Smedry no caminaran tan deprisa. Al final atravesamos unas puertas y entramos en una larga cámara rectangular llena de asientos elevados a derecha e izquierda. La mayor parte de ellos estaban llenos de gente que observaba en silencio lo que sucedía abajo.

En el centro de la sala había una ancha mesa a la que se sentaban unas dos docenas de hombres y mujeres vestidos con suntuosos ropajes de diseños exóticos. Distinguí de inmediato al rey Dartmoor, ya que estaba sentado en una silla elevada al final de la mesa. Ataviado con una majestuosa túnica en azul y oro, llevaba una poblada barba roja, y mis lentes de oculantista —que a veces ampliaban las imágenes de las personas y de los lugares que veía— me lo mostraron un poco más alto de lo que era en realidad. Más noble, más mítico.

Me detuve en el umbral. Nunca antes había estado en presencia de la realeza y...

—¡Leavenworth Smedry! —chilló una animada voz femenina—. ¡Por fin has vuelto, granuja!

Toda la sala pareció volverse a la vez para mirar a la mujer rellenita (¿recordáis lo que significa eso?) que se levantó de un salto de la silla para correr hacia mi abuelo. Tenía el pelo rubio y corto, y cara de alegría.

Creo que es la primera vez que vi una chispa de miedo en los ojos de mi abuelo. La mujer procedió a atrapar al diminuto oculantista en un abrazo de oso. Entonces me vio.

—¿Este es Alcatraz? —preguntó—. Cristales rayados, chico, ¿vas siempre por ahí con la boca abierta?

La cerré.

—Chaval —dijo el abuelo cuando por fin lo soltó la mujer—, esta es tu tía Pattywagon Smedry. Mi hija y madre de Quentin.

—Perdonad —dijo una voz desde abajo. Me ruboricé al ver que el monarca nos observaba—. Señora Smedry —añadió el rey Dartmoor con voz potente—, ¿es necesario que interrumpas el proceso?

—Lo siento, Majestad —respondió ella—, ¡pero estos tipos son mucho más emocionantes que vos!

El abuelo Smedry suspiró y me susurró:

—¿Te imaginas cuál es su Talento?

—¿Provocar interrupciones?

—Casi. Puede decir cosas inapropiadas en los momentos más inoportunos.

Me encajaba.

—Ay, no me miréis así —dijo la mujer, regañando al rey con un dedo—. No podéis decirme que no estáis también encantado de verlos.

El rey suspiró.

—Nos tomaremos un descanso de una hora para el reencuentro familiar. Señor Smedry, ¿has regresado con tu nieto perdido, como indicaban los informes?

—¡Así es! —proclamó el abuelo Smedry—. ¡Y no solo eso, sino que también traemos las legendarias lentes de traductor, forjadas a partir de las mismísimas Arenas de Rashid!

Aquello hizo reaccionar a la multitud, que empezó a murmurar de inmediato. Un pequeño contingente de hombres y mujeres que teníamos sentados justo enfrente pareció disgustarse bastante de ver al abuelo. En vez de túnicas o togas, los miembros de dicho grupo vestían trajes: los hombres, pajaritas, y las mujeres, chales. Muchos llevaban gafas con montura de carey.

Bibliotecarios.

El caos se adueñó de la sala cuando el público se levantó y los murmullos de emoción se convirtieron en un zumbido, como si, de repente, hubiesen liberado a mil avispones. Mi tía Patty empezó a hablar animadamente con su padre para pedirle detalles de su temporada en las Tierras Silenciadas. De algún modo, conseguía hacerse oír por encima de la multitud, aunque no parecía gritar. Así era ella.

—¿Alcatraz?

Miré a un lado, donde estaba Bastille, arrastrando los pies con pinta de sentirse incómoda.

—¿Sí? —respondí.

—Puede que... sea el momento más apropiado para mencionar una cosa.

—Espera —respondí, poniéndome nervioso—. Mira, ¡el rey viene hacia aquí!

—Por supuesto —respondió—. Quiere ver a su familia.

—Por supuesto. Quiere... Espera, ¿qué?

En aquel momento, el rey Dartmoor llegó hasta nosotros. El abuelo Smedry y los demás lo saludaron con una reverencia —incluso Patty—, así que hice lo mismo. Después, el rey besó a Draulin.

Eso es: la besó. Me quedé mirándolos, pasmado, y no solo porque nunca hubiera imaginado que alguien quisiera besar a Draulin (era un poco como besar a un caimán).

Y si Draulin era la mujer del rey, eso quería decir que...

—¡Eres una princesa! —exclamé, señalando a Bastille con un dedo acusador.

—Sí, más o menos —respondió ella con una mueca.

—¿Cómo se puede ser «más o menos» una princesa?

—Bueno, no puedo heredar el trono. Renuncié a todos mis derechos en ese sentido cuando me uní a los caballeros de Cristalia. Voto de pobreza y tal.

La multitud deambulaba por todas partes, algunos salieron de la sala y otros se pararon —curiosamente— a mirarnos boquiabiertos a mi padre y a mí.

Debería haberme dado cuenta de que Bastille pertenecía a la realeza. Nombres de cárceles. Ella tiene uno, pero su madre no. Era una pista fácil que indicaba que la familia de su padre era de clase alta. Además, este tipo de historias siempre tiene como mínimo a un miembro oculto de la realeza entre el elenco principal. Es una especie de norma del sindicato, o algo así.

En aquel momento se me presentaban varias opciones. Por suerte, elegí la que no me hacía parecer un idiota redomado.

—¡Eso es genial! —exclamé.

Bastille parpadeó.

—¿No estás enfadado conmigo por no habértelo dicho antes?

—Bastille —repuse, encogiéndome de hombros—, yo también soy una especie de noble raro. ¿Por qué me iba a importar que lo seas tú? Además, no es que me hayas mentido ni nada; es que no te gusta hablar sobre ti.

Preparaos, porque va a pasar algo muy raro. Más raro que los dinosaurios que hablan. Más raro que los pájaros de cristal.

Más raro, incluso, que mis analogías con los palitos de merluza.

A Bastille se le humedecieron los ojos. Y después me abrazó.

Chicas, ¿puedo haceros una sugerencia llegados a este punto? No vayáis por ahí abrazando a la gente sin avisar. Para muchos de nosotros (aproximadamente para la mitad) es como derramarnos un bote entero de salsa superpicante en la boca.

Creo que, llegados a este momento de la historia, dejé escapar unos cuantos ruidos muy interesantes e incoherentes, seguidos, quizá, de una cara de pasmo y algo de babeo.

Alguien estaba hablando.

—... no puedo interferir en las reglas de Cristalia, Bastille.

Recuperé poco a poco la consciencia. Bastille me había liberado de su espontáneo abrazo sin provocación previa y se había acercado a hablar con su padre. La sala se había vaciado bastante, aunque todavía quedaban algunas personas de pie en el perímetro, observando con curiosidad a nuestro grupito.

—Lo sé, padre —respondió Bastille—. Debo enfrentarme a su reprimenda, ya que tal es mi deber para con la orden.

—Esa es mi chica —dijo el rey mientras le apoyaba una mano en el hombro—. Pero no te tomes lo que te digan demasiado mal. El mundo es un lugar mucho menos intenso de lo que los caballeros a veces dan a entender.

Draulin arqueó una ceja. Al mirarlos —el rey con sus ropajes azules y dorados, Draulin con su armadura de plata—, lo cierto era que encajaban.

Aun así, me sentía mal por Bastille. «Con razón es tan estirada», pensé. Por un lado, la realeza; por otro, una caballero de la línea dura. Sería como intentar crecer aplastada entre dos cantos rodados.

—Brig —lo saludó el abuelo Smedry—, tenemos que hablar sobre lo que pretende hacer el Consejo.

El rey se volvió hacia él.

—Llegas demasiado tarde, me temo, Leavenworth. Ya hemos tomado una decisión. Podrás votar, pero dudo que suponga una diferencia.

—¿Cómo puedes tan siquiera pensar en entregar Mokia? —preguntó el abuelo.

—Porque deseo salvar vidas, amigo mío. —El rey hablaba con voz cansada, y casi pude ver la carga que llevaba sobre los hombros—. No es una decisión agradable, pero si acaba con la guerra...

—¿De verdad crees que cumplirán sus promesas? ¡Por el habilidoso Heinlein, hombre! Es una locura.

El rey sacudió la cabeza.

—No seré el rey al que ofrecieron la paz y la rechazó, Leavenworth. No seré el que instigue la guerra. Si existe una posibilidad de reconciliación... Pero deberíamos hablar de esto en un lugar que no esté expuesto al público. Vamos a retirarnos a mi sala de estar.

Mi abuelo asintió bruscamente y después se apartó para hacerme señas.

—¿Tú qué piensas? —me preguntó en voz baja cuando me acerqué.

—Parece sincero —respondí, encogiéndome de hombros.

—Brig es, ante todo, un hombre sincero —susurró el abuelo—. Es apasionado; esos Bibliotecarios deben de haber sido muy inteligentes para convencerlo. Aun así, no es el único que vota en el Consejo.

—Pero es el rey, ¿no?

—Es el rey supremo —respondió el abuelo Smedry con un dedo en alto—. Es nuestro principal líder, pero Nalhalla no es el único reino de la coalición. Hay trece reyes, reinas y dignatarios como yo sentados en ese Consejo. Si logramos que un número suficiente de ellos vote en contra del tratado, quizá podamos tumbarlo.

—¿Qué puedo hacer para ayudar? —pregunté. Mokia no podía caer y me aseguraría de que no lo hiciera.

—Hablaré con Brig. Tú ve a ver si puedes localizar a tu primo Folsom. Lo puse a cargo de los asuntos de los Smedry en Nalhalla. Puede que sepa algo más sobre este lío.

—Vale.

El abuelo Smedry se metió la mano en uno de los bolsillos de la chaqueta de su esmoquin.

—Toma, a lo mejor quieres recuperar esto.

Me entregó unas lentes sin ningún color ni tintura. Brillaban con intensidad a través de mis lentes de oculantista, más que cualquiera de las otras lentes que hubiera visto, salvo las de traductor.

Casi me había olvidado de ellas. Las había descubierto en la Biblioteca de Alejandría, sobre la tumba de Alcatraz I, pero no había logrado averiguar para qué servían. Se las había entregado a mi abuelo para que las examinara.

—¿Sabes qué hacen? —pregunté al cogerlas.

Él asintió con ganas.

—Tuve que hacerles muchas pruebas. Pretendía contártelo ayer, pero, bueno...

—Llegaste tarde.

—¡Exacto! —exclamó el abuelo—. En fin, que son unas lentes muy útiles. Útiles de verdad. Casi míticas. Ni yo me lo creía; tuve que repetir la prueba tres veces para convencerme.

Cada vez más emocionado, empecé a imaginarme que las lentes podían invocar a los espíritus de los muertos para que lucharan a mi lado. O que quizás hicieran estallar a la gente en una nube de humo rojo si me concentraba en ellas. El humo rojo mola.

—Entonces, ¿qué hacen?

—Te permiten saber si alguien dice la verdad.

No era del todo lo que me esperaba.

—Sí —siguió diciendo el abuelo—, unas lentes de buscaverdades. Creía que jamás sostendría unas en las manos. ¡Es algo extraordinario!

—Pero... supongo que no harán estallar a la gente cuando miente, ¿no?

—Me temo que no, chaval.

—¿Nada de humo rojo?

—Nada de humo rojo.

Suspiré y me guardé las lentes en un bolsillo de todos modos. Sí que parecían útiles, aunque después de descubrirlas escondidas en la tumba esperaba que fueran algún tipo de arma.

—No pongas esa cara, chaval. Creo que no comprendes la joya que guardas en el bolsillo. Esas lentes te podrían resultar extremadamente útiles en los próximos días. Tenlas a mano.

Asentí.

—Supongo que no tendrás por ahí otras lentes de prendefuegos que prestarme, ¿no?

Se rio entre dientes.

—¿Es que te pareció poco estropicio el que montaste con las últimas? No tengo más de esas, pero... Espera, deja que mire. —Se puso a rebuscar por su chaqueta—. ¡Ah! —exclamó al sacar otras lentes que despedían un brillo modesto y tenían un tinte violeta.

Exacto, violeta. ¿Es que la gente que forjaba las lentes oculantistas intentaba hacernos parecer florecillas silvestres o se trataba de algo accidental?

—¿Qué son? —pregunté.

—Lentes de disfrazador. Póntelas, concéntrate en la imagen de alguien y las lentes te disfrazarán para que te parezcas a esa persona.

Parecía bastante chulo. Las cogí, agradecido.

—¿Pueden hacerme parecer otras cosas? ¿Como una roca, por ejemplo?

—Supongo. Aunque esa roca tendría que llevar gafas. Las lentes aparecerán en cualquier disfraz que uses.

Eso las hacía menos poderosas, pero supuse que se me ocurriría el modo de utilizarlas.

—Gracias —le dije.

—Puede que tenga algunas otras lentes ofensivas que pueda recoger después, cuando volvamos al torreón —comentó el abuelo Smedry—. Sospecho que nos pasaremos otras dos o tres horas deliberando antes de cerrar la sesión hasta que toque votar esta noche. Ahora son más o menos las diez; nos reuniremos en el Torreón Smedry dentro de tres horas para informar, ¿de acuerdo?

—De acuerdo.

El abuelo Smedry me guiñó un ojo.

—Pues nos vemos esta tarde. Si rompes algo importante, asegúrate de culpar a Draulin. Le vendrá bien.

Asentí con la cabeza y nos separamos.

Capítulo

Ha llegado el momento de hablar de alguien que no sea yo. Por favor, no os acongojéis; de vez en cuando necesitamos hablar de alguien que no sea tan encantador, inteligente e impresionante como yo.

Exacto, ha llegado el momento de hablar de vosotros.

De vez en cuando, en mis incursiones en las Tierras Silenciadas, me encuentro con gente joven y emprendedora que quiere enfrentarse al control bibliotecario de su país. Y me preguntáis qué podéis hacer para luchar. Bueno, tengo tres respuestas.

Primero, aseguraos de comprar montones de ejemplares de mis libros. Tienen múltiples usos (los analizaré dentro de un momento), y por cada uno que compréis donaré dinero a la Fundación en Defensa de la Vida Salvaje de Alcatraz Smedry para Comprar a Alcatraz Smedry Cosas Chulas.

Lo segundo que podéis hacer no es tan fantástico, pero sigue siendo bueno. Leed.

Los Bibliotecarios controlan el mundo a través de la información. El abuelo Smedry dice que la información es mucho mejor que las espadas y las lentes oculantistas, y empiezo a pensar que quizás esté en lo cierto (aunque la motosierra con gatitos de la que hablé en el segundo libro no le va a la zaga).

La mejor forma de luchar contra los Bibliotecarios es leer muchos libros. Todos los que podáis. Después, haced lo tercero que os voy a contar.

Comprad muchos ejemplares de mis libros.

No, esperad, ¿lo había mencionado ya? Bueno, pues entonces son cuatro las cosas que podéis hacer. Pero esta introducción se está alargando mucho, así que os contaré la última más tarde. Sin embargo, sabed que tiene que ver con palomitas.

—Vale —dije, volviéndome hacia Bastille—, ¿cómo encontramos a ese tal Folsom?

—No lo sé —respondió ella sin más, señalando algo—. ¿Quizá preguntándole a su madre, que está ahí mismo?

«Ah, claro —pensé—. El hermano de Quentin; eso significa que Pattywagon es su madre.»

Estaba hablando animadamente (porque ella siempre habla así) con Sing. Le hice un gesto a Bastille para que me acompañara, pero ella vaciló.

—¿Qué? —pregunté.

—Oficialmente, mi misión ha terminado —respondió mientras hacía una mueca y miraba a Draulin—. Tengo que presentarme en Cristalia para informar.

Draulin se había dirigido a la salida y miraba a Bastille de esa forma suya que conseguía combinar insistencia con paciencia.

—¿Y tu padre? —pregunté mirando hacia el lugar por el que el abuelo Smedry y él se habían marchado—. Apenas os ha visto.

—El reino tiene prioridad con respecto a todo lo demás.

Eso me sonó a frase ensayada. Seguramente, Bastille lo había escuchado más de una vez cuando era niña.

—Vale —dije—. Bueno, pues... nos vemos, entonces.

—Sí.

Me preparé para otro abrazo (conocido en la industria como «reinicio forzoso de adolescente»), pero se quedó plantada donde estaba; después dejó escapar un reniego y corrió detrás de su madre. Me quedé intentando averiguar cuándo exactamente nuestra relación se había vuelto tan incómoda.

Sentí la tentación de pensar en todos los buenos ratos que habíamos pasado juntos: Bastille pegándome en la cara con su bolso; Bastille dándome una patada en el pecho; Bastille burlándose de una estupidez que había dicho yo... Quizá pudiera haberla denunciado por abuso de no ser porque: (1) le rompí la espada, (2) la pateé antes y (3) yo era increíble.

Con una extraña sensación de abandono, me acerqué a mi tía Patty.

—¿Ya has terminado de ponerte cariñoso con la joven caballero? —me preguntó—. Mona, ¿verdad?

—¿Qué pasa aquí? —intervino Sing—. ¿Me he perdido algo?

—¿Eh? —exclamé, ruborizándome—. ¡No, nada!

—Estoy segura —repuso Patty con un guiño.

—Mira, ¡necesito encontrar a tu hijo Folsom!

—Ummm, ¿para qué?

—Asuntos importantes de los Smedry.

—Bueno, menos mal que soy una Smedry importante, ¿verdad?

Me había pillado.

—El abuelo quiere que le pregunte qué han estado haciendo los Bibliotecarios en la ciudad desde que él se fue.

—¿Y por qué no me lo has dicho antes? —preguntó Patty.

—Porque..., bueno...

—Corto de entendimiento —dijo Patty, como consolándome—. No pasa nada, cielo. Tu padre tampoco es demasiado listo. Bueno, ¡vamos a buscar a Folsom! ¡Hasta luego, Sing!

Me volví hacia Sing con la esperanza de que no me abandonara con aquella horrible mujer, pero él ya se había alejado con otra gente y Patty me tenía agarrado por el brazo.

Debería detenerme aquí para comentar que en los años transcurridos desde aquel día he llegado a cogerle mucho cariño a la tía Pattywagon. Esta afirmación no tiene nada que ver con que me haya amenazado con lanzarme por una ventana si no la incluyo.

La descomunal señora me sacó a rastras de la sala y tiró de mí por el pasillo. No tardamos en salir a los escalones de la entrada, donde esperamos a la luz del sol mientras Patty enviaba a uno de los criados a por un transporte.

—En realidad, si me dices dónde está Folsom puedo ir yo solo a buscarlo —le dije—. No hace falta...

—Está por ahí ocupándose de un asunto muy importante —respondió ella—. Tendré que llevarte. No puedo decirte adónde. Verás, como experto en Bibliotecarios, lo han puesto al mando de una deserción muy reciente.

—¿Deserción?

—Sí. Ya sabes, cuando un agente extranjero decide unirse al otro bando. Una Bibliotecaria huyó de su tierra y se unió a los Reinos Libres. La misión de mi hijo es ayudarla a acostumbrarse a la vida de aquí. ¡Ah, aquí está nuestro transporte!

Me volví, casi esperando encontrarme con otro dragón, pero, al parecer, no nos merecíamos un dragón de tamaño natural para los dos solos, así que nos enviaron a un cochero con un carruaje abierto tirado por dos caballos bastante corrientes.

—¿Caballos? —pregunté.

—Por supuesto —respondió Patty mientras subía—. ¿Qué esperabas? ¿Un...? ¿Cómo lo llamáis? ¿Un *ortomóvil*?

—Automóvil —respondí, subiendo detrás de ella—. No, no esperaba eso. Es que los caballos parecen muy... rústicos.

—¿Rústicos? —repitió mientras el cochero urgía a sus animales a ponerse en movimiento—. Bueno, ¡son mucho más avanzados que esos *ascomóviles* que usáis en las Tierras Silenciadas!

En los Reinos Libres es habitual creer que todo lo que tienen es más avanzado que lo que tenemos en las atrasadas Tierras Silenciadas. Por ejemplo, les gusta decir que las espadas son más avanzadas que las pistolas. Puede que os suene ridículo, pero eso solo será hasta que os deis cuenta de que las espadas son mágicas y, efectivamente, son mucho más avanzadas que algunas pistolas... Que las primeras pistolas que los de los Reinos Libres usaban antes de pasarse a la tecnología silimática.

Sin embargo, los caballos... Eso no me lo he tragado nunca.

—Vale, mira —le dije—. Los caballos no son más avanzados que los coches.

—Claro que lo son —insistió Patty.

—¿Por qué?

—Sencillo. La caca.

—¿La caca? —repetí, desconcertado.

—Sí. ¿Qué fabrican esos *tontomóviles*? Gas que huele mal. ¿Qué fabrican los caballos?

—¿Caca?

—Caca. Fertilizante. Sirven para llegar a donde quieras y, encima, consigues un subproducto útil.

Me eché atrás, algo inquieto. No por lo que había dicho Patty, ya que estaba acostumbrado a las racionalizaciones de los de los Reinos Libres, sino por habérmelas apañado de algún modo para hablar sobre excrementos y flatulencias a lo largo de dos capítulos.

Si por casualidad lograra meter también los vómitos, tendría una trifecta escatológica completa.

Ir en el carruaje me permitió echar un buen vistazo a la gente de la ciudad, los edificios y las tiendas. Aunque resulte curioso, me sorprendía lo..., bueno, lo normal que parecía todo el mundo. Sí, había castillos. Sí, la gente llevaba túnicas y togas en vez de pantalones y blusas. Pero sus expresiones —la risa, la frustración e incluso el aburrimiento— eran iguales que las de casa.

Conducir por aquella calle tan concurrida —con las cimas de los castillos elevándose como escarpadas montañas camino del cielo— se parecía una barbaridad a ir en taxi por Nueva

York. Las personas son personas; vengan de donde vengan o tengan el aspecto que tengan, todas son iguales. Como dijo una vez el filósofo Garnglegoot *el Confundido*: «Póngame un plátano y un sándwich de ceras de colores, por favor.» Cabe aclarar que Garnglegoot se iba siempre por las ramas.

—¿Y dónde vive toda esta gente? —pregunté, aunque después me encogí un poco a la espera de que Bastille me soltara algo en plan: «En sus casas, estúpido.»

Tardé un segundo en recordar que Bastille no podía burlarse de mí porque no estaba allí. Aquello me entristeció, a pesar de que evitar la burla debería haberme alegrado.

—Bueno, la mayoría es de la ciudad de Nalhalla —respondió Patty—, aunque es probable que bastantes hayan llegado hoy a través del cristal de transportador.

—¿Cristal de transportador?

La rubia tía Patty asintió.

—Se trata de una tecnología muy interesante desarrollada por el Instituto Kuanalu de Halaiki, en la que utilizan la arena que tu padre descubrió hace unos años. Permite a la gente cubrir grandes distancias en un instante mediante un gasto bastante reducido de arena brillante. He leído unos estudios muy emocionantes sobre el tema.

Parpadeé. Creo haber mencionado ya que el clan de los Smedry es tan erudito que resulta irracional. Una cantidad notable de sus miembros son catedráticos, investigadores o científicos. Somos como una mezcla nefasta de *La tribu de los Brady* con el programa de estudios avanzados de la Universidad de California.

—Eres profesora universitaria, ¿verdad? —pregunté, acusador.

—¡Pues claro, querido!

—¿Silimática?

—Exacto; ¿cómo lo has averiguado?

—Pura chamba —respondí—. ¿Alguna vez has oído la teoría de que los oculantistas pueden insuflar energía a cristales tecnológicos, además de a sus lentes?

—Veo que has estado hablando con tu padre —dijo ella después de carraspear.

—¿Mi padre?

—Conozco muy bien el estudio que escribió —siguió diciendo la tía Patty—, pero no me lo trago. Afirmar que los oculantistas son, de algún modo, arena brillante en forma humana... ¿No te parece una tontería? ¿Cómo puede la arena tener forma humana?

—Pues...

—Reconozco que existen ciertas discrepancias —continuó sin hacer caso de mi intento de intervenir—. Sin embargo, tu padre saca conclusiones apresuradas. ¡Haría falta investigarlo mucho más de lo que lo ha investigado él! Y tendría que hacerlo gente con mucha más experiencia en la verdadera silimática que ese sinvergüenza. Oh, por cierto, creo que te está saliendo una espinilla en la nariz. Qué pena que el hombre del carruaje de al lado acabe de hacerte una foto.

Di un bote y miré hacia el carruaje que acababa de acercarse. El hombre de dentro sostenía unos cuadrados de cristal de unos treinta centímetros de lado y los apuntaba hacia nosotros antes de darles unos toquecitos. Para mí era algo nuevo, pero estaba bastante seguro de que aquello era muy similar a hacer fotos con una cámara. Cuando se percató de mi atención, bajó los paneles de cristal y se llevó la mano a la gorra para saludarme antes de alejarse con su carruaje.

—¿De qué iba eso? —pregunté.

—Bueno, cielo, al fin y al cabo perteneces al linaje de los Smedry, por no mencionar que eres un oculantista criado en las Tierras Silenciadas. Esa clase de historias interesan a la gente.

—¿La gente me conoce? —pregunté, sorprendido.

Sabía que había nacido en Nalhalla, pero había dado por hecho que los habitantes de los Reinos Libres se habían olvidado de mí.

—¡Por supuesto que sí! Eres famoso, Alcatraz... ¡El Smedry que desapareció misteriosamente de pequeño! Se han escrito cientos de libros sobre ti. Hace unos años, cuando se corrió la voz de que te estaban criando en las Tierras Silenciadas, el asunto se volvió aún más interesante. ¿Crees que todas esas personas de ahí me están mirando a mí?

No había estado antes en Nalhalla (evidentemente), así que no me había resultado raro que la gente estuviera parada en las aceras observando la calzada. En aquel momento, sin embargo, me di cuenta de la cantidad de viandantes que señalaban nuestro transporte.

—Cristales rayados —susurré—. Soy Elvis.

Puede que los de los Reinos Libres no conozcáis ese nombre. Elvis fue un poderoso monarca del pasado de las Tierras Silenciadas conocido por sus apasionados discursos a sus compañeros de celda, por su extraño calzado y por parecerse menos a sí mismo que la gente que lo imitaba. Desapareció como por arte de magia como resultado de un encubrimiento bibliotecario.

—No sé quién es ese, cielo —dijo la tía Patty—, pero, sea quien sea, seguramente es mucho menos conocido que tú.

Me eché atrás, pasmado. El abuelo Smedry y los demás habían intentado explicarme lo importante que era nuestra familia, pero nunca lo había entendido del todo. Teníamos un castillo tan grande como el palacio del rey, controlábamos una riqueza increíble, teníamos poderes mágicos que otros envidiaban y se habían escrito montones de libros sobre nosotros.

En aquel instante, montado en aquel carruaje, por fin fui consciente del asunto. Lo entendí. «Soy famoso», pensé, esbozando una sonrisa.

Fue un momento muy importante de mi vida, cuando empecé a darme cuenta del poder que tenía. La fama no me intimidaba, sino que me resultaba emocionante. En vez de ocultarme de la gente con cámaras silimáticas, empecé a saludarla. La gente se puso a señalarme con más ganas, y la atención me hizo sentir bien; un cosquilleo cálido, como si de repente me bañara la luz del sol.

Algunos dicen que la fama es algo efímero. Bueno, pues a mí se me ha pegado con tenacidad, como un chicle en la acera, ennegrecido de pisarlo mil veces. No consigo sacudírmela de encima, por mucho que me empeñe.

Algunos dicen que la fama es superficial. Es fácil afirmarlo cuando no te has pasado la niñez yendo de una familia a otra, soportando burlas y desprecios por una maldición que te hacía romper todo lo que tocabas.

La fama es como una hamburguesa con queso. Quizá no sea la mejor comida ni la más saludable, pero te llena. En realidad no te importa lo sana o no que sea una cosa hasta que la pierdes durante mucho tiempo. Como una hamburguesa con queso, la fama cubre una necesidad y está muy rica cuando te la tragas.

Hasta que no pasan unos cuantos años no te das cuenta de lo que le has hecho a tu corazón.

—¡Ya estamos aquí! —exclamó la tía Patty al mismo tiempo que frenaba el carruaje.

Me llevé una sorpresa, puesto que, después de enterarme de que mi primo Folsom estaba a cargo de proteger a antiguos Bibliotecarios, esperaba que me llevaran a una especie de comisaría o de escondite del servicio secreto. Pero nos encontrábamos en un barrio comercial con tiendecitas abiertas en los bajos de los castillos. La tía Patty pagó a nuestro cochero con unas monedas de cristal y bajamos del carruaje.

—Creía que me habías dicho que estaba protegiendo a una espía bibliotecaria —dije al salir.

—Así es, cielo.

—¿Y dónde se hace eso?

La tía Patty señaló una tienda que mostraba un sospechoso parecido con una heladería.

—¿Dónde, si no?

Una vez, cuando era muy joven, mi madre de acogida me llevó a la piscina pública. Fue hace mucho tiempo, un recuerdo tan lejano que apenas lo guardo ya en la memoria. Debía de tener unos tres o cuatro años.

Conservo una imagen: un grupo de edificios de extrañas formas a un lado de la calle. Los había visto antes y siempre me había preguntado por lo que eran. Parecían pequeñas cúpulas blancas y había tres o cuatro, del tamaño de casas.

Al pasar junto a ellos, me volví hacia mi madre de acogida: «Mamá, ¿qué son esas cosas?»

«Ahí es donde van los locos», me respondió.

No me había dado cuenta de que era un hospital psiquiátrico. Pero estaba bien saber dónde se encontraba. Durante muchos años, cuando alguien sacaba el tema de la salud mental, le explicaba dónde estaba el hospital. De niño me sentía orgulloso de saber a dónde llevaban a los locos cuando se volvían..., bueno, locos.

A los doce años o así, recuerdo haber pasado de nuevo junto al mismo lugar con una familia de acogida diferente. Entonces ya sabía leer (era bastante avanzado para mi edad, ya veis). Me fijé en el cartel que colgaba de los edificios abovedados.

No decía que se tratara de un hospital psiquiátrico, sino que era una iglesia.

De repente lo entendí. «Ahí es donde van los locos» significaba algo muy distinto para mi madre de acogida de lo que significaba para mí. Me había pasado todos aquellos años explicándole con orgullo a la gente dónde estaba el hospital, sin saber que me equivocaba por completo.

Esto será relevante, en serio.

Entré en la heladería y procuré prepararme para lo que fuera. Había visto neveras que resultaban ser salas de banquetes ocultas. Había visto bibliotecas que en realidad eran oscuros escondites de cultos malvados. Supuse que un sitio que parecía una heladería sería algo completamente distinto, como unas instalaciones de pruebas de ceras explosivas (en plan: «¡Ja! ¡Lo tienes bien merecido por escribir en la pared, Jimmy!»).

Si la heladería era una tapadera, tapaba pero que muy bien. Parecía recién sacada de los años cincuenta, incluidos los colores pastel, los taburetes junto a las mesas y las camareras vestidas con faldas a rayas rojas y blancas. Aunque dichas camareras servían *banana splits* y batidos de chocolate a un puñado de clientes con ropajes medievales.

En la pared había un cartel que anunciaba con orgullo que aquel lugar era un «¡AUTÉNTICO RESTAURANTE DE LAS TIERRAS SILENCIADAS!». Cuando la tía Patty y yo entramos, todos guardaron silencio. Fuera, otras personas se asomaban por las ventanas y me miraban.

—No pasa nada, gente —proclamó la tía Patty—. En realidad no es tan interesante. Lo cierto es que huele un poco mal, así que casi mejor que guardéis las distancias.

Me puse como un tomate.

—¿Te has fijado en cómo he evitado que se te acerquen para adularte? —me dijo, dándome unas palmaditas en el hombro—. Ya me darás las gracias después, cielo. ¡Iré a buscar a Folsom!

La tía Patty se abrió paso por el abarrotado comedor. En cuanto desapareció, los habitantes de los Reinos Libres empezaron a acercarse sin hacer caso de su advertencia, aunque vacilaban; incluso los hombres de mediana edad parecían tímidos como niñitos.

—Estooo... ¿puedo ayudaros en algo? —pregunté al verme rodeado.

—Eres él, ¿no? —preguntó uno de ellos—. Alcatraz *el Perdido*.

—Bueno, no me siento tan perdido —respondí, cada vez más incómodo.

Tenerlos tan cerca y tan pasmados... Bueno, lo cierto es que no sabía cómo reaccionar. ¿Cuál era el protocolo correcto para un famoso que lleva un tiempo desaparecido cuando se revela por primera vez ante el mundo?

Un joven admirador de unos siete años resolvió el problema. Se acercó y me mostró un trozo de cristal cuadrado de unos trece o catorce centímetros de lado. Era transparente y plano, como si lo hubieran cortado de una ventana. Después me ofreció el cristal con mano temblorosa.

«Vale —pensé—. Esto es raro.»

Fui a coger el cristal. En cuanto lo toqué, empezó a brillar y el chico que me lo había dado tiró de él con ansia. Entonces vi que mis dedos habían dejado relucientes huellas en él; al parecer, era su versión de pedir un autógrafo.

Los demás empezaron a acercarse. Algunos tenían cuadrados de cristal. Otros querían estrecharme la mano, hacerse fotos conmigo o que utilizara mi Talento para romper algo suyo de recuerdo. Puede que aquel trajín hubiera molestado a otra persona, pero después de una infancia en la que se burlaban de mí (por romper cosas) o me temían (por romper cosas), estaba más que dispuesto a que me adularan un poco.

Al fin y al cabo, ¿no me lo merecía? Había evitado que los Bibliotecarios consiguieran las Arenas de Rashid. Había vencido a Blackburn. Había salvado a mi padre de los horrores de la Biblioteca de Alejandría.

El abuelo Smedry estaba en lo cierto: había llegado el momento de relajarse y disfrutar. Dejé huellas de dedos, posé para fotos, estreché manos y respondí preguntas. Para cuando regresó la tía Patty, estaba en plena narración teatral de mi primera infiltración con el abuelo Smedry.

Aquel día en la heladería fue cuando me di cuenta de que algún día podría llegar a ser un buen escritor. No se me daba mal contar historias. Espoleaba el interés de la gente con información sobre lo que se avecinaba, dando pistas sobre el final, pero sin revelarlo nunca.

Por cierto, ¿sabéis que ese mismo día, más tarde, alguien intentará asesinar al rey Dartmoor?

—Vale, vale —dijo la tía Patty mientras apartaba a mis fans a empujones—. Dadle un poco de espacio al chico. —Después me agarró por el brazo—. No te preocupes, cielo, yo te rescataré.

—¡Pero...!

—No hace falta que me des las gracias —repuso ella, y después, en voz más alta, anunció—: ¡Que todo el mundo retroceda! ¡Alcatraz ha estado en las Tierras Silenciadas! No querréis coger alguna de esas locas enfermedades de los Bibliotecarios, ¿no?

Vi que muchos palidecían y que la multitud retrocedía unos pasos. La tía Patty me condujo entonces a una mesa ocupada por dos personas. Una era un joven de unos veinte años con pelo negro y rostro aguileño, que me resultaba vagamente familiar. Me di cuenta de que debía de ser Folsom Smedry; se parecía mucho a su hermano, Quentin. La joven que estaba sentada frente a él vestía una falda granate y una blusa blanca; tenía la piel oscura, y llevaba las gafas colgadas de una cadena.

Si os soy sincero, no me esperaba que la Bibliotecaria fuese tan guapa, ni tan joven. Sin duda, hasta ahora no había conocido a ninguna tan bonita. Que sí, que a la mayoría las había conocido intentando matarme, así que quizá no fuera del todo justo.

Folsom se puso de pie.

—¡Alcatraz! —exclamó mientras me ofrecía una mano—. Soy Folsom, tu primo.

—Encantado de conocerte. ¿Cuál es tu Talento?

Ya había aprendido que debía preguntárselo a los Smedry en cuanto los conocía. Sentarse a comer con un Smedry sin conocer su Talento era un poco como aceptar una granada de mano sin saber si habían sacado el pasador.

Folsom sonrió con modestia mientras nos estrechábamos la mano.

—En realidad no es un Talento demasiado importante. Verás, sé bailar bastante mal.

—Ah, impresionante.

Intenté que sonara sincero, aunque me costó. Es que es muy complicado felicitar a alguien por bailar mal.

Folsom sonrió, encantado, y me soltó la mano para indicarme con un gesto que me sentara.

—Es fantástico conocerte al fin —dijo—. Ah, y le daría a ese apretón de manos un cuatro de seis.

—¿Perdona? —pregunté mientras me sentaba.

—Cuatro de seis —repitió, sentándose a su vez—. Firmeza razonable con buen contacto visual, pero un pelín demasiado largo. En cualquier caso, permíteme que te presente a Himalaya Rockies, antigua habitante de las Tierras Silenciadas.

Miré a la Bibliotecaria y después le ofrecí la mano, vacilante. Casi esperaba que sacara una pistola y me disparase (o que, al menos, me regañase por devolver tarde algún libro).

—Encantada de conocerte —me saludó mientras aceptaba mi mano sin tan siquiera intentar apuñalarme—. He oído que creciste en Estados Unidos, como yo.

Asentí. La chica tenía acento de Boston. Solo había salido de Estados Unidos en un par de ocasiones y últimamente estaba deseando huir de allí, pero sentaba bien dar con alguien de mi tierra natal.

—Entonces, estooo, ¿eres una Bibliotecaria? —le pregunté.

—Una Bibliotecaria en rehabilitación —me corrigió ella rápidamente.

—Himalaya desertó hace seis meses —me explicó Folsom—. Nos trajo información muy interesante.

«Seis meses, ¿eh?», pensé, mirando a Folsom. No daba ninguna señal de ello, pero, si habían pasado seis meses, era raro que siguieran vigilando a Himalaya. Supuse que Folsom y el rey debían de seguir temiendo que fuera una espía de los Bibliotecarios.

Los reservados que nos rodeaban se llenaron rápidamente; mi presencia en la heladería sirvió para un repentino florecimiento del negocio. El propietario debió de darse cuenta porque no tardó en acercarse a nuestra mesa.

—¡El famoso Alcatraz Smedry en mi humilde establecimiento! —exclamó.

El rollizo heladero, que vestía unos pantalones a rayas blancas y rojo chillón, llamó con la mano a una de las camareras, que corrió a traernos un cuenco lleno de nata montada.

—¡Por favor, dejad que os invite a un *bandana split*!

—¿Bandana? —pregunté, ladeando la cabeza.

—Se equivocan con algunas cosas —me susurró Himalaya—, pero no deja de ser lo más parecido a comida estadounidense que se encuentra en Nalhalla.

Asentí para dar las gracias al propietario, que sonrió encantado. A continuación nos dejó unos caramelos de menta en la mesa, aunque no sé bien por qué, y regresó a atender a los clientes. Miré el postre que me había regalado: efectivamente, se tra-

taba de una bandana rellena de helado. La probé con reticen-
cia, pero lo cierto es que estaba buena, aunque sabía raro. No
lograba averiguar a qué.

Eso debería haberme preocupado.

—Alcatraz Smedry —dijo Folsom, como si estuviera sabo-
reando el nombre—. Debo reconocer que tu último libro fue
una decepción. Una estrella y media sobre cinco.

Viví un momento de pánico, pensando que se refería al segundo libro de mi autobiografía. Sin embargo, no tardé en darme cuenta de que eso era una tontería, ya que no solo no lo
había publicado todavía, sino que ni siquiera lo había escrito.
Abandoné al instante ese hilo de pensamiento antes de provocar un desgarro en el espacio-tiempo y acabar haciendo algo estúpido, como matar una mariposa o interferir en el primer viaje
de curvatura de la humanidad.

—No tengo ni idea de lo que me hablas —dije mientras comía más helado.

—Bueno, lo tengo aquí, por alguna parte —respondió Folsom mientras rebuscaba en su bandolera.

—A mí no me pareció tan malo —intervino Himalaya—.
Claro que mis gustos están contaminados por mis diez años de
Bibliotecaria.

—¿Diez años? —pregunté, extrañado, ya que no parecía tener más de veinticinco.

—Empecé joven —explicó mientras jugaba con aire distraído con los caramelos de la mesa—. Fui aprendiza de un maestro Bibliotecario después de demostrar mi habilidad para utilizar el sistema de faro inverso.

—¿El qué?

—Es cuando ordenas un grupo de libros alfabéticamente según la tercera letra del apellido de soltera de la madre del autor. En fin, que, una vez dentro, los Bibliotecarios me permitieron vivir la buena vida durante un tiempo; me doraban la píldora con ejemplares de libros que todavía no habían salido a la venta y algún que otro bollo en la sala de descanso. Cuando cumplí los dieciocho años, empezaron a introducirme en el culto.

Se estremeció, como si recordara los horrores de aquellos primeros días, pero no me lo tragaba. Por muy simpática que fuera, todavía sospechaba de sus motivaciones.

—Ah —dijo Folsom sacando algo de su bolso—. Aquí está.

Dejó un libro en la mesa; uno que parecía tener un retrato mío en la cubierta: salía yo montado sobre una enorme aspiradora y tocado con un sombrero mexicano. En una mano sostenía un fusil de chispa y, en la otra, lo que tenía toda la pinta de ser una reluciente tarjeta de crédito mágica.

Alcatraz Smedry y la llave del mecánico, decía.

—Ay, cielos —dijo la tía Patty—. ¡Folsom, no me digas que lees esas horrorosas novelas de fantasía!

—Son divertidas, madre —respondió él—. En realidad, no tienen sentido, pero, como entretenimiento, le doy al género tres sobre cuatro puntos. Sin embargo, esta es horrible. Tenía todos los elementos necesarios para una gran historia: un arma mística, un chico en un viaje y compañeros graciosos. Pero acaba fastidiándose al intentar decir algo importante en vez de limitarse a ser ameno.

—¡Ese soy yo! —exclamé, señalando la cubierta.

· Los caballeros de Cristalia ·

De haber estado allí Bastille, habría dicho algo sucinto como: «Me alegro de que seas capaz de reconocer tu propia cara, Smedry. Procura no dejarte bigote, no vayas a confundirte.»

Por desgracia, Bastille no estaba allí. De nuevo me enfadé y de nuevo me enfadé por enfadarme, lo que probablemente os haga enfadar a vosotros. Sé que a mi editor le pasa.

—Por supuesto, no es una novelización —seguía diciendo Folsom sobre el libro—. La mayoría de los eruditos sabe que no hiciste ninguna de estas cosas. No obstante, estás tan presente en el inconsciente colectivo que los libros sobre ti son bastante populares.

«¿El inconsciente qué?», pensé, perplejo. ¡La gente estaba escribiendo libros sobre mí! O, al menos, libros en los que yo era el héroe. Estaba bastante guay, aunque se alejara mucho de los hechos reales.

—Son la clase de cosas que creen que ocurren en las Tierras Silenciadas —me dijo Himalaya con una sonrisa, sin dejar de jugar con los caramelos—. Batallas épicas contra los Bibliotecarios en las que se usa tecnología extraña. Está todo muy idealizado y exagerado.

—Novelas de fantasía —añadió la tía Patty, negando con la cabeza—. En fin, deja que se te pudra el cerebro, si quieres. Eres lo bastante mayor como para que tenga que decirte lo que tienes que hacer, ¡aunque me alegro de que se te pasara la costumbre de hacerte pis en la cama antes de irte de casa!

—Gracias, madre —respondió Folsom, ruborizándose—. Es muy... amable por tu parte. Deberíamos... —Dejó la frase a medias y miró a Himalaya—. Oye, lo estás haciendo otra vez.

La antigua Bibliotecaria se quedó paralizada y miró los caramelos que tenía delante.

—¡Ay, no!

—¿Qué? —pregunté.

—Estaba clasificándolos —respondió Folsom—. Organizándolos por forma, tamaño y, al parecer, color.

Los caramelos estaban en una ordenada filita, por colores y de mayor a menor.

—Es que cuesta mucho dejar la costumbre —explicó Himalaya, frustrada—. Ayer me di cuenta de que estaba catalogando las baldosas de mi cuarto de baño, contando cuántas había de cada color y cuántas estaban desconchadas. ¡No puedo parar!

—Al final lo conseguirás —le aseguró Folsom.

—Eso espero —respondió ella, suspirando.

—Bueno —dijo la tía Patty mientras se ponía de pie—, tengo que volver al debate en la corte. Seguro que Folsom puede darte la información que necesitas, Alcatraz.

Nos despedimos, y la tía Patty salió de la heladería, aunque no sin antes comentarle al propietario que debería hacer algo con su mal corte de pelo.

—¿Qué información querías? —preguntó Folsom

Miré a Himalaya para intentar decidir lo que podía decir delante de ella.

—No te preocupes —añadió Folsom—, es de toda confianza.

«Si es así, ¿por qué necesita que la vigiles?»

No me tragaba que Folsom fuera necesario para que ella se acostumbrara a la vida en los Reinos Libres... después de seis meses. Por desgracia, no parecía haber forma de evitar hablar en su presencia, así que decidí explicárselo. Me pareció que no revelaba nada demasiado delicado.

—A mi abuelo y a mí nos gustaría que nos informaras sobre las actividades de los Bibliotecarios en la ciudad. Entiendo que tú eres el encargado de estas cosas.

—Bueno, sí que me divierte estar pendiente de los Bibliotecarios —respondió, sonriendo—. ¿Qué quieres saber?

La verdad es que no estaba seguro, ya que todavía no me había acostumbrado a esto de ser un héroe. Era probable que las actividades recientes de los Bibliotecarios tuvieran algo que ver con su intento de conquistar Mokia, pero no sabía qué buscar exactamente.

—Cualquier cosa que parezca sospechosa —dije, intentando parecer hábil delante de mis fans, que quizá me estuvieran escuchando a escondidas (ser increíble es un trabajo continuo).

—Bueno, veamos. Este lío del tratado empezó hace seis meses, cuando una representación de los Guardianes de la Norma apareció en la ciudad afirmando desear establecer una embajada. El rey sospechaba, pero, tras años de intentar con todas sus fuerzas que los Bibliotecarios participaran en unas negociaciones de paz, no podía rechazar la propuesta.

—¿Seis meses? —pregunté.

Eso debía de haber sido poco después de que el abuelo Smedry saliera rumbo a las Tierras Silenciadas para ir a verme. También es el tiempo aproximado que dura un burrito en el congelador antes de volverse asqueroso (lo sé porque es algo muy heroico y viril).

—Exacto —dijo Himalaya—. Yo era una de las Bibliotecarias que llegó para trabajar en la embajada. Así escapé.

En realidad no me había fijado en la coincidencia, pero asentí como si eso fuera justo lo que estaba pensando, en vez de comparar mi virilidad con comida congelada.

—En fin —siguió contando Folsom—, que los Bibliotecarios anunciaron que iban a ofrecernos un tratado. Después empezaron a ir a fiestas y a socializar con la élite de la ciudad.

Sonaba a la clase de cosas que quería saber mi abuelo. Me pregunté si no debería coger a Folsom y llevármelo conmigo.

Pero, bueno, el abuelo todavía tardaría horas en volver al castillo y, además, no era el chico de los recados. No había ido hasta allí solo para recoger a Folsom y sentarme a esperar. Alcatraz Smedry, valiente jinete de aspiradoras y portador del sombrero fantástico, no se dedicaba a eso. ¡Era un hombre de acción!

—Quiero reunirme con algunos de estos Bibliotecarios —acabé diciendo—. ¿Dónde los puedo encontrar?

Folsom parecía preocupado.

—Bueno, supongo que podríamos ir a la embajada.

—¿No podríamos cruzarnos con ellos en alguna parte? ¿En un sitio un poco más neutral?

—Seguramente estarán comiendo en la fiesta de algún príncipe —dijo Himalaya.

—Sí, pero ¿cómo vamos a entrar ahí? Tienes que confirmar la asistencia con meses de antelación.

Me levanté, decidido.

—Vamos, no te preocupes por entrar... Yo me encargo.

Vale, volved a leer las introducciones de los capítulos dos, cinco y seis. No os preocupéis, puedo esperar. Iré a hacer palomitas.

Pop. Pop-pop. Pop-pop-pop. Pop. ¡Pop!

¿Qué, ya las habéis leído? Seguro que no lo habéis hecho con mucho cuidado. Volved atrás y empezad de nuevo.

Ñam, ñam, ñam. Ñam, ñam, ñam.

Vale, eso está mejor. Deberíais haber leído sobre:

1. Palitos de merluza.
2. Algunas de las cosas que podéis hacer para luchar contra los Bibliotecarios.
3. Hospitales psiquiátricos que en realidad son iglesias.

La relación entre estas tres cosas ya debería resultaros obvia:

Sócrates.

Sócrates era un griego muy gracioso, más conocido por olvidarse de escribir las cosas y por gritar «¡Mira, soy un filósofo!» en una zona no apta para filósofos. Después lo obligaron a comerse sus palabras, junto con un poco de veneno.

Sócrates inventó algo muy importante: la pregunta. Eso es, antes de Sócrates en ningún idioma no se podía preguntar nada. Las conservaciones eran una cosa así:

Blurg: Jo, ojalá hubiera un modo de hablar con Grug y ver si se siente bien.

Grug: Por el tono de tu voz, me doy cuenta de que sientes curiosidad por mi salud. Como acaba de caérseme esta roca en el pie, me gustaría solicitar tu ayuda.

Blurg: Pardiez, aunque nuestro idioma ha desarrollado el imperativo, todavía nos queda por descubrir un método para usar la interrogación. Ojalá hubiera una forma sencilla de facilitar la comunicación entre nosotros.

Grug: Veo que, en este momento, un pterodáctilo te está mordiendo la cabeza.

Blurg: Sí, cierto es. Ay.

Por suerte, apareció Sócrates y se inventó la pregunta, lo que permitió a gente como Blurg y Grug hablar de un modo menos incómodo.

De acuerdo, estoy mintiendo: Sócrates no inventó la pregunta. Sin embargo, sí que la popularizó a través de algo que llamamos el «método socrático». Además, nos enseñó a preguntar por todo y a no dar nada por sentado.

Preguntar. Dudar. Pensar.

Y eso es lo mejor que podéis hacer para luchar contra los

Bibliotecarios malvados. Eso y comprar muchos de mis libros (¿lo había mencionado ya?).

—Entonces, ¿quién es ese príncipe que monta la fiesta? —pregunté durante el viaje en carruaje con Folsom e Himalaya.

—El hijo del rey supremo —respondió Folsom—. Rikers Dartmoor. Le daría un cinco y medio sobre siete coronas. Es simpático y agradable, pero no tiene la genialidad de su padre.

Llevaba un rato intentando averiguar por qué Folsom le ponía nota a todo, así que le pregunté:

—¿Por qué le pones nota a todo?

(¡Gracias, Sócrates!)

—¿Cómo? Ah, vale. Es que soy un crítico.

—¿Ah, sí?

—Crítico literario jefe del *Nalhalla Daily* —respondió con orgullo—. ¡Y también soy escritor en plantilla de obras teatrales!

Debería haberlo sabido. Como dije, todos los Smedry parecían estar metidos en algún campo académico. Este era el peor de los que había conocido hasta entonces. Aparté la mirada, cohibido de repente.

—¡Cristales rayados! —exclamó él—. ¿Por qué todo el mundo hace eso cuando se entera?

—¿Hacer el qué? —pregunté, intentando actuar como si no estuviera intentando actuar de ningún modo.

—Todo el mundo se siente incómodo cuando hay un crítico cerca —se quejó—. ¿Es que no entienden que no puedo evaluarlos como debe ser si no actúan con normalidad?

—¿Evaluarlos? —grazné—. ¿Me estás evaluando?

—Pues claro. Todos evaluamos, pero los críticos nos hemos formado para hablar de ello.

Aquello no ayudaba. De hecho, me sentí más incómodo todavía. Miré el ejemplar de *Alcatraz Smedry y la llave del mecánico*. ¿Estaba Folsom juzgando hasta qué punto me comportaba como el héroe del libro?

—Venga, no dejes que eso te moleste —me dijo Himalaya, que estaba sentada a mi lado; sentada demasiado cerca, teniendo en cuenta lo poco que confiaba en ella. Sonaba muy amistosa, ¿sería una trampa?

—El libro —dijo, señalándolo—. Seguro que te molesta lo trivial y ridículo que es.

Volví a mirar la cubierta.

—No sé, no es tan malo...

—Alcatraz, estás montado en una aspiradora.

—Y era un noble corcel. O, estooo, bueno, lo parece...

Muy dentro de mí —oculto en lo más profundo, junto con los nachos que me había tomado para cenar hacía unas semanas—, en parte sabía que la chica tenía razón: la historia parecía bastante tonta.

—Menos mal que ese ejemplar es de Folsom —siguió diciendo Himalaya—. Si no, tendríamos que escuchar esa horrible banda sonora cada vez que abrieras el libro. Folsom les quita la placa musical a los libros antes de leerlos.

—¿Y por qué? —pregunté, decepcionado.

«¿Tengo una banda sonora?»

—Ah —dijo Folsom—, ¡aquí estamos!

Levanté la mirada mientras el carruaje se detenía junto a un castillo muy alto y de color rojo. Tenía una amplia zona verde (de las que suelen estar adornadas aleatoriamente con estatuas de personas a las que les faltan partes del cuerpo) y había numerosos carruajes aparcados delante. Nuestro cochero nos llevó hasta las puertas principales, en las que había varios hombres con uniformes blancos y aspecto muy *mayordomil*.

Uno se acercó a nuestro carruaje.

—¿Invitación? —preguntó.

—No tenemos —respondió Folsom, ruborizado.

—Ah, bueno, entonces podéis seguir por ahí para marcharos, después... —empezó a explicar el mayordomo.

—No necesitamos invitación —lo interrumpí tras reunir confianza—. Soy Alcatraz Smedry.

—Seguro que sí —repuso el mayordomo, mirándome con cara de guasa—. Bueno, por ahí se sale de...

—No —insistí mientras me ponía en pie—. De verdad, lo soy. Mira —añadí, enseñándole la portada del libro.

—Se te olvidó el sombrero mexicano —respondió sin más.

—Pero se parece a mí.

—Reconoceré que existe un parecido razonable, pero dudo que una leyenda mítica haya aparecido de repente para poder ir a una fiesta.

Parpadeé. Era la primera vez en mi vida que alguien se había negado a creer que yo era yo.

—Pero sí que me debes reconocer a mí —intervino Folsom, que se colocó a mi lado—. Folsom Smedry.

—El crítico —dijo el mayordomo.

—Estooo, sí.

—El que dejó por los suelos el último libro de Su Alteza.

—Solo... Bueno, intentaba ofrecer una crítica constructiva —respondió Folsom, ruborizado de nuevo.

—Debería darte vergüenza intentar usar a un impostor de Alcatraz para insultar a Su Alteza en su propia fiesta. Ahora, por favor, dirigíos hacia...

Aquello empezaba a fastidiarme, así que hice lo primero que se me ocurrió: rompí la ropa del mayordomo.

No me costó demasiado, ya que mi Talento es muy poderoso, aunque algo difícil de controlar. No tuve más que tocarle la manga y enviar una corriente de poder de rotura hasta su camisa. Antes, solo habría conseguido que se le cayera, pero estaba aprendiendo a controlar mis habilidades. Así que primero volví el uniforme de color rosa y después se le cayó a pedazos.

El mayordomo estaba allí, en ropa interior, señalando a lo lejos con un brazo desnudo, mientras la ropa rosa yacía en un montón a sus pies.

—Oh —dijo al fin—. Bienvenido entonces, señor Smedry. Permítame conducirlo a la fiesta.

—Gracias —contesté, y bajé del carruaje de un salto.

—Ha sido fácil —comentó Himalaya cuando se nos unió.

El mayordomo encabezó la marcha, todavía en ropa interior, pero caminando con mucho decoro de todos modos.

—El Talento de Romper —dijo Folsom, sonriente—. ¡Se me había olvidado! Es extremadamente raro, y solo una persona viva, leyenda mítica o no, lo tiene. Alcatraz, eso ha sido una maniobra de cinco sobre cinco.

—Gracias —respondí—, pero ¿qué libro del príncipe recibió una reseña tan mala?

—Estooo, bueno... ¿No te has fijado en el nombre del autor del libro que llevas?

Bajé la vista, sorprendido: la novela de fantasía llevaba un nombre en la portada en el que no me había fijado en absoluto porque estaba encantado de ver el mío. Era Rikers Dartmoor.

—¿El príncipe es novelista?

—Su padre sufrió una decepción terrible cuando se enteró de su afición —respondió Folsom—. Ya sabrás que los autores suelen ser personas horribles.

—Sobre todo se trata de facinerosos antisociales —coincidió Himalaya.

—Por suerte, el príncipe ha evitado la mayoría de los malos hábitos de los autores —dijo Folsom—, probablemente porque escribir no es más que un *hobby* para él. De todos modos, está fascinado con las Tierras Silenciadas y los temas mitológicos como las motos y las batidoras de huevos.

«Genial», pensé mientras entrábamos por la puerta del castillo. Los pasillos del interior lucían carteles enmarcados de películas clásicas de las Tierras Silenciadas: filmes de indios y vaqueros, *Lo que el viento se llevó*, películas de serie B con monstruos cubiertos de cieno. Empecé a comprender de dónde sacaba el príncipe sus raras ideas sobre la vida en Estados Unidos.

Entramos en un enorme salón de baile. Estaba lleno de gente con ropa elegante que bebía y charlaba. Un grupo de músicos tocaba restregando copas de cristal con los dedos.

—Oh, oh —dijo Himalaya mientras tiraba de Folsom, que había comenzado a sacudirse erráticamente, para sacarlo del salón.

—¿Qué? —pregunté, alarmado y preparado para un ataque.

—No es nada —respondió ella mientras le tapaba los oídos con bolas de algodón.

No tuve tiempo de comentar el extraño comportamiento de Folsom, ya que el mayordomo casi desnudo se aclaró la garganta, me señaló y anunció con un vozarrón:

—El señor Alcatraz Smedry y sus invitados.

Después se dio media vuelta y se alejó.

Me quedé plantado en la puerta, de repente consciente de mi sosa vestimenta: camiseta y vaqueros, con una chaqueta verde. La gente que tenía delante no parecía seguir un único estilo: algunos llevaban vestidos o calzas medievales, otros lo que parecían ser chalecos y trajes anticuados. Pero todos estaban mejor vestidos que yo.

De repente, una figura se abrió pasó entre la multitud, un hombre de treinta y tantos años, con una lujosa túnica azul y plata, y una barbita pelirroja. También lucía una gorra de béisbol roja. Sin duda se trataba de Rikers Dartmoor, novelista, príncipe y asesino de la moda.

—¡Estás aquí! —exclamó el príncipe mientras me agarraba la mano y me la estrechaba—. ¡Apenas puedo controlar la emoción! ¡Alcatraz Smedry en carne y hueso! ¡Me han contado que estallaste al aterrizar en la ciudad!

—Sí, bueno, no fue una explosión tan mala, en general.

—¡Tienes una vida tan emocionante...! —siguió diciendo—. Justo como me la imaginaba. ¡Y ahora estás en mi fiesta! ¿Y quién está contigo? —Se le borró la sonrisa al reconocer a Folsom, que tenía las orejas rellenas de algodón—. Ah, el crítico —dijo el príncipe—. Bueno, supongo que no podemos elegir a nuestros parientes, ¿verdad? —añadió en voz más baja mientras me guiñaba un ojo—. ¡Entrad, por favor! ¡Deja que te presente a todo el mundo!

Y lo decía en serio.

Cuando escribí por primera vez la siguiente parte del libro, intenté ser preciso y detallado. Entonces me di cuenta de que era muy aburrido. Esto es una historia sobre Bibliotecarios malvados, cristal teletransportador y luchas con espadas, no sobre fiestas tontas. Así que, en vez de eso, os resumo lo que sucedió a continuación:

Persona uno: ¡Alcatraz, eres increíble!

Yo: Sí, lo sé.

El príncipe: Siempre lo he sabido. Por cierto, ¿has leído mi último libro?

Persona dos: Alcatraz, eres aún mucho más increíble que tú mismo.

Yo: Gracias. Creo.

El príncipe: Es amigo mío, ya sabes. Escribo libros sobre él.

Y de este modo nos pasamos una hora o así. Aunque, en aquel momento, a mí no me resultaba aburrido, sino que lo disfruté un montón. La gente me prestaba atención, me decía lo estupendo que era. Empecé a creerme en serio que yo era el Alcatraz de las historias de Rikers. Me costaba concentrarme

en la razón por la que había acudido a la fiesta. Mokia podía esperar, ¿no? Era importante conocer a la gente, ¿no?

Al final, el príncipe me llevó a la sala, mientras charlaba sobre cómo habían conseguido que sus libros tuvieran música. En la sala, la gente estaba sentada en cómodos sillones charlando mientras tomaban bebidas exóticas. Pasamos junto a un gran grupo de invitados que se reían y parecían concentrados en alguien a quien no podía ver.

«Otro famoso —pensé—. Debería ser amable con quien sea, no estaría bien que sintiera celos porque yo soy mucho más popular.»

Nos acercamos al grupo. El príncipe Rikers dijo:

—Y, por supuesto, ya conoces a la siguiente persona.

—¿Ah, sí? —pregunté, sorprendido.

La figura que estaba en el centro del grupo se volvió hacia mí. Era mi padre.

Me detuve en seco. Los dos nos miramos. Mi padre contaba con un buen puñado de admiradores y me di cuenta de que la mayoría de ellos eran jóvenes atractivas. De esas con vestidos a los que les faltaba un buen pedazo de tela en la espalda o en los laterales.

—¡Attica! —exclamó el príncipe—. Debo decir que tu hijo está demostrando ser un invitado muy popular!

—Por supuesto —respondió él mientras bebía de su copa—. Al fin y al cabo, es mi hijo.

La forma en que lo dijo me molestó; era como si diera a entender que toda mi fama se reducía a mi relación con él. Me sonrió —una de esas sonrisas falsas que se ven en la tele—, me dio la espalda y dijo algo ingenioso. Las mujeres gorjearon encantadas.

Aquello me fastidió del todo la mañana. Cuando el príncipe intentó alejarme para conocer a más amigos suyos, me quejé de dolor de cabeza y le pregunté si podía sentarme. No tardé en encontrarme en un rincón oscuro de la sala, sentado en un lujoso sillón. El suave susurro de la música de cristal flotaba por encima del parloteo de los invitados. Bebí un poco de zumo de fruta.

¿Qué derecho tenía mi padre a tratarme con tanto desdén? ¿Acaso no le había salvado la vida? Me había tenido que criar dentro de las Tierras Silenciadas, oprimido por los Bibliotecarios, solo porque él no era lo bastante responsable como para ocuparse de mí.

De todas las personas de la sala, ¿no debería ser él el que estuviera más orgulloso de mí?

Seguramente aquí debería decir algo para aligerar el tono, pero me cuesta. Lo cierto era que no tenía ganas de reírme, así que no creo que vosotros debáis tenerlas tampoco (si no hay más remedio, imaginaos otra vez al mayordomo en calzoncillos).

—¿Alcatraz? —preguntó una voz—. ¿Podemos sentarnos contigo?

Levanté la mirada y vi que el criado que me protegía estaba reteniendo a Folsom y a Himalaya. Le hice un gesto para que los dejara pasar, y se sentaron cerca de mí.

—Bonita fiesta —dijo Folsom, que hablaba demasiado alto—. Le doy cuatro sobre cinco copas de vino, aunque el picoteo solo se merece una y media.

No hice ningún comentario.

—¿Has encontrado lo que buscabas? —me preguntó Folsom en voz alta. Todavía tenía las orejas llenas de algodón, por algún motivo.

¿Había encontrado lo que buscaba? ¿Qué era lo que buscaba? «Bibliotecarios —pensé—. Eso es.»

—No he visto ningún Bibliotecario.

—¿A qué te refieres? —dijo Himalaya—. Están por todas partes.

«¿Ah, sí?»

—Estooo... Quiero decir que no los he visto haciendo nada vil.

—Traman algo —repuso Himalaya—. Te apuesto lo que quieras. Aquí hay un montón. Mira, he preparado una lista.

La miré, entre sorprendido y avergonzado, mientras me pasaba la hoja.

—Están ordenados por su secta —dijo, casi a modo de disculpa—. Después por edad. Y después, bueno..., por altura. —Miró a Folsom—. Y por grupo sanguíneo. Lo siento, no he podido evitarlo.

—¿Qué? —preguntó él, ya que le costaba oír.

Examiné la lista. Había unas cuarenta personas; pues sí que había estado distraído. No reconocía los nombres, pero...

Dejé de leer al dar con un nombre al final de la lista. Fletcher.

—¿Quién es esta? —pregunté mientras señalaba el nombre.

—¿Cómo? Ah, solo la he visto una vez, no sé a cuál de las órdenes pertenece.

—Enséñamela —le dije, levantándome.

Himalaya y Folsom se levantaron y me condujeron por el salón de baile.

—¡Eh, Alcatraz! —me llamó alguien.

Me volví y vi a un grupo de jóvenes con trajes suntuosos que me saludaban con la mano. Uno de ellos era un hombre llamado Rodrayo, un noble menor que me había presentado el príncipe. Todos parecían tan deseosos de ser mis amigos que me costaba no unirme a ellos, pero el nombre de la lista, Fletcher, me intimidaba demasiado. Saludé con la mano para disculparme y seguí adelante con Himalaya.

Unos instantes después, me puso una mano en el hombro.

—Ahí —añadió, señalando a una figura que salía por las puertas principales.

La mujer se había teñido el cabello de castaño desde la última vez que la había visto y llevaba un vestido de los Reinos Libres en vez de su típico traje de chaqueta.

Pero era ella: mi madre. La señora Fletcher era un alias. De repente sentí vergüenza por haberme dejado llevar a la fiesta. Seguro que significaba algo que mi madre estuviera en la ciudad. Era demasiado formal para socializar sin más, siempre estaba tramando algo.

Y tenía las lentes de traductor de mi padre.

—Venga —les dije a Folsom y a Himalaya—, vamos a seguirla.

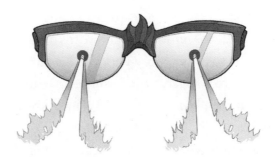

Érase una vez un chico llamado Alcatraz que hizo algunas cosas de cierto interés. Entonces, un día, traicionó a los que dependían de él, condenó al mundo y asesinó a alguien que lo quería.

Fin.

Algunas personas me han preguntado por qué necesito varios volúmenes para explicar mi historia. Al fin y al cabo, la idea de mi argumento es muy sencilla: os la acabo de contar en un solo párrafo.

¿Por qué no dejarlo así?

Cuatro palabras: resumir es un asco.

Resumir es cuando coges una historia complicada e interesante y la metes en el microondas hasta que queda convertida en un trocito negro crujiente que parece alquitrán. Un hombre sabio dijo una vez: «Cualquier historia, por buena que sea, sonará muy, pero que muy tonta si la reduces a unas cuantas frases.»

Por ejemplo, leed esta historia: «Érase una vez un tío británico de pies peludos que tenía que ir a tirar el anillo de su tío a un agujero en el suelo.» Suena tonta, ¿verdad?

No quiero hacer eso. Lo que quiero es que experimentéis todos y cada uno de los momentos dolorosos de mi vida. Quiero demostrar que soy horrible, y para ello hablaré de lo increíble que soy. Quiero obligaros a leer toda una serie antes de explicaros la escena con la que empezó el primer libro.

La recordáis, ¿no? ¿Esa en la que estoy atado a un altar de enciclopedias, a punto de morir sacrificado por los Bibliotecarios? Ahí fue donde tuvo lugar mi traición. Quizás os estéis preguntando cuándo voy a llegar de una vez a ese punto esencial de mi vida.

Quinto libro. Avisados estáis.

—Entonces, ¿quién es esta persona a la que seguimos? —preguntó Folsom mientras se sacaba el algodón de las orejas, ya fuera del castillo.

—Mi madre —respondí bruscamente, mirando a mi alrededor. En aquel momento salía un carruaje, y vi dentro el rostro de mi madre—. Ese. Vamos.

—Espera —dijo Folsom—. ¿Esa es Shasta Smedry? No la he reconocido.

Asentí.

Él silbó.

—Esto podría ponerse peligroso.

—Hay más —dijo Himalaya, tras alcanzarnos—. Si lo que he oído es cierto, entonces La Que No Puede Ser Nombrada llegará pronto a la ciudad.

—Espera, ¿quién? —pregunté.

—Te lo acabo de decir —respondió Himalaya—. La Que No Puede Ser Nombrada. Como a los Bibliotecarios no les satisface el rumbo tomado por las negociaciones del acuerdo, han decidido enviar a un peso pesado.

—Eso es malo —comentó Folsom.

—¿La Que No Puede Ser Nombrada? —pregunté—. ¿Por qué no podemos decir su nombre? ¿Porque atraerá la atención de los poderes oscuros? ¿Porque la tememos? ¿Porque su nombre ha caído como una maldición sobre el mundo?

—No seas tonto. No decimos su nombre porque nadie es capaz de pronunciarlo.

—Kangech... —intentó Folsom—. Kangenchenug... Kagenchachsa...

—La Que No Puede Ser Nombrada —concluyó Himalaya—. Es más fácil.

—En cualquier caso —dijo Folsom—, tenemos que informar al señor Smedry. Esto se va a poner peligroso a pasos agigantados.

Resoplé.

—¡No más peligroso que cuando testifiqué contra los acrofóbicos profesores de inglés de Poughkeepsie!

—Estooo, Alcatraz, eso no lo hiciste de verdad —me indicó él—. Estaba en uno de los libros de Rikers.

Me quedé paralizado. Era cierto. Había estado hablando de ello con el príncipe, pero eso no cambiaba el hecho de que no había sucedido nunca.

Tampoco cambiaba el hecho de que el carruaje de Shasta estaba a punto de desaparecer.

—Mira —dije, señalándolo—, mi abuelo te puso a cargo de vigilar a los Bibliotecarios de la ciudad. ¿Y ahora vas a dejar que la más infame de ellos se aleje sin seguirla?

—Ummm... Bien visto.

Corrimos escaleras abajo y nos dirigimos a los carruajes. Elegí uno y salté al interior.

—¡Requiso este vehículo! —exclamé.

—Muy bien, señor Smedry —respondió el cochero.

No había esperado que fuera tan sencillo. Recordad que los Smedry somos agentes oficiales del gobierno de Nalhalla, así que podemos requisar lo que nos dé la gana, normalmente. Lo único que queda fuera de nuestro alcance son los dónuts, por culpa de la Ley de Exclusión de los Dónuts del siglo VIII. Por suerte, los dónuts no existen en los Reinos Libres, así que la ley no se usa mucho.

Himalaya y Folsom saltaron al interior del carruaje detrás de mí, y yo apunté con un dedo al vehículo de Shasta, que ya apenas se veía.

—¡Siga a ese carruaje! —ordené en tono teatral.

Y eso hizo el cochero. Ahora bien, no sé si alguna vez habéis estado en un carruaje urbano, pero viajan a unos tres kilómetros por hora, sobre todo con el tráfico de la tarde. Después de mi dramática y heroica (si se me permite decirlo) exclamación, la cosa se ralentizó mucho: nuestro cochero guio a los caballos a la calle y después trotó detrás del vehículo de Shasta. Era más un tranquilo paseo nocturno que una persecución a toda velocidad.

Me senté.

—No es demasiado emocionante, ¿no?

—Reconozco que esperaba algo más —respondió Folsom.

En aquel momento pasamos junto a un artista callejero que tocaba el laúd a un lado de la calle. Himalaya alargó las manos hacia Folsom, pero llegó tarde: mi primo se levantó como un rayo, saltó a la parte de atrás del carruaje y se puso a hacer movimientos de kung-fu como un experto.

—¡Aj! —exclamé mientras me lanzaba al suelo para esquivar por los pelos un golpe de kárate en la cabeza—. Folsom, ¿qué estás haciendo?

—Es su Talento —explicó Himalaya mientras se agachaba a mi lado—. ¡Baila fatal! En cuanto oye música, se pone así. Es...

Cuando salimos del alcance del artista callejero, Folsom se quedó paralizado en pleno movimiento de patada, con el pie a pocos centímetros de mi rostro.

—Huy, lo siento mucho, Alcatraz. Mi Talento puede llegar a ser un poco complicado.

«Un poco complicado» es una forma muy suave de decirlo. Después supe que Folsom una vez se metió por error en un concurso de bailes de salón. No solo consiguió hacer tropezar a todas las personas de la sala, sino que acabó metiendo a uno de los jueces dentro de una tuba. Por si os lo estáis preguntando, sí, por eso Himalaya le había llenado las orejas de algodón antes de que entrara en la fiesta. También por eso había quitado Folsom el cristal de banda sonora de su ejemplar de *Alcatraz Smedry y la llave del mecánico*.

—¡Alcatraz! —exclamó entonces Himalaya, señalando algo mientras nos sentábamos.

Me volví y vi que el carruaje de mi madre se había parado en un cruce, y que el nuestro se colocaba a su lado.

—¡Aj! Cochero, ¿qué está haciendo?

El cochero se volvió hacia mí, desconcertado.

—Seguir al carruaje, como me ha dicho.

—Bueno, ¡pero no puede saber que lo seguimos! ¿Es que no ha visto ninguna película de superespías?

—¿Qué es una película? —preguntó el cochero, seguido de—: Y... ¿qué es un superespía?

No tenía tiempo para explicaciones, así que les hice un gesto a Himalaya y a Folsom para que se agacharan. Por desgracia, no había espacio suficiente, así que uno de los tres debía quedarse sentado. ¿Reconocería mi madre a Folsom, un Smedry famoso? ¿Y a Himalaya, una Bibliotecaria rebelde? Todos éramos obvios.

—¿No puedes hacer algo para escondernos? —siseó Himalaya—. Ya sabes, poderes mágicos y demás.

—Podría darle una paliza a su caballo, si tuviéramos música —comentó Folsom, pensativo.

Himalaya me miró, preocupada, y fue entonces cuando por fin recordé que yo era oculantista.

Oculantista. Portador de lentes. Tenía gafas mágicas, incluidas las que me había dado mi abuelo antes. Solté un improperio y saqué las gafas moradas, a las que había llamado «lentes de disfrazador». Me había dicho que debía concentrarme en la imagen de alguien y que parecería ser esa persona. Me puse las lentes y me concentré.

Himalaya chilló.

—¡Pareces un viejo!

—¿Señor Smedry? —preguntó Folsom, desconcertado.

Aquello no servía porque Shasta habría reconocido al abuelo Smedry, sin lugar a dudas. Me enderecé y pensé en otra persona. Mi profesor de sexto, el señor Mann. En el último momento recordé que debía imaginármelo con una túnica, como si fuera de los Reinos Libres. Después miré a mi madre, que estaba sentada en el carruaje de al lado.

Me miró. El corazón me latía desbocado en el pecho (es lo que suelen hacer los corazones, a no ser que seas un zombi; después os cuento más sobre el tema).

Los ojos de mi madre pasaron por encima de mí sin dar muestras de reconocerme, así que suspiré aliviado mientras los carruajes arrancaban de nuevo.

Las lentes de disfrazador eran más difíciles de usar que las demás lentes que había utilizado hasta entonces. Recibía una descarga cada vez que cambiaba de forma, y eso sucedía siempre que dejaba la mente vagar. Tenía que seguir concentrado para mantener la ilusión.

Seguimos nuestro camino, aunque yo estaba avergonzado por haber tardado tanto en recordar las lentes. Bastille solía regañarme por olvidarme de que era un oculantista, y tenía razón: todavía no me había acostumbrado a mis poderes, como veréis después.

Os daréis cuenta de que a menudo menciono ideas que voy a explicar más adelante. A veces lo hago porque queda muy bien como anticipación. Otras, para fastidiaros. Os dejaré decidir cuál es cuál.

—¿Alguno de los dos sabe dónde estamos? —pregunté mientras seguía la persecución de carruajes, por así llamarla.

—Nos dirigimos al palacio del rey, creo —respondió Folsom—. Mira, se ven las puntas de las torres.

Seguí su gesto y vi los picos blancos del palacio. Al otro lado de la calle pasamos junto a un enorme edificio rectangular con un cartel en la fachada que decía en grandes letras: «ARCHIVOS REALES (¡No son una Biblioteca!).» Doblamos la esquina y pasamos junto a una fila de castillos en la parte de atrás de la calle. El carruaje de mi madre dobló la esquina otra vez como si fuera a rodear la manzana de nuevo. Algo iba mal.

—Cochero, alcance al carruaje de ahí.

—Qué incisivos estamos hoy, ¿no? —refunfuñó el cochero, suspirando.

En el siguiente cruce, nos colocamos al lado y miré a mi madre.

Pero no estaba: en el carruaje había alguien que se parecía un poco a ella, pero no se trataba de la misma mujer.

—¡Cristales rayados! —exclamé.

—¿Qué? —preguntó Folsom, asomándose al borde.

—Nos ha dado esquinazo —respondí.

—¿Seguro que no es ella?

—Pues sí, confía en mí.

La «señora Fletcher» me había cuidado durante la mayor parte de mi infancia, a pesar de que por aquel entonces no supiera que se trataba de mi madre.

—Quizás está usando lentes, como tú —comentó Himalaya.

—No es oculantista —contesté—. No sé si sabía que la seguíamos, pero de alguna manera salió del carruaje mientras no mirábamos.

Los otros dos se levantaron del suelo y volvieron a sentarse. Miré a Himalaya. ¿Habría advertido de algún modo a mi madre de que la seguíamos?

—Shasta Smedry —dijo—. Entonces, ¿es pariente vuestra?

—La madre de Alcatraz —respondió Folsom, asintiendo.

—¿En serio? —preguntó Himalaya—. ¿Tu madre es una Bibliotecaria en rehabilitación?

—No estoy tan seguro de lo de la rehabilitación —respondí.

El carruaje con la doble se detuvo y la dejó bajar al lado de un restaurante. Ordené al cochero que esperara para poder echar un vistazo, pero sabía que no averiguaríamos nada nuevo.

—Su padre y ella rompieron poco después de que naciera Alcatraz —explicó Folsom—. Shasta volvió con los Bibliotecarios.

—¿De qué orden es?

—No lo sé —respondí—. La verdad es que... no encaja del todo con los demás. Es un poco distinta.

Mi abuelo dijo una vez que sus motivaciones estaban poco claras, incluso para los demás Bibliotecarios.

Tenía las lentes de Rashid; si encontraba a un oculantista que la ayudara, podría leer el idioma olvidado. Eso la convertía en un personaje muy muy peligroso. ¿Por qué habría ido a la fiesta? ¿Habría hablado con mi padre? ¿Estaba intentando hacerle algo al príncipe?

—Volvamos al castillo —dije.

Quizás el abuelo nos pudiera ayudar.

Los cambios de capítulo son muy útiles, ya que te permiten saltarte las partes aburridas de las historias. Por ejemplo, después de seguir —y perder— a mi madre, tuvimos un agradable paseo de vuelta al Torreón Smedry. Lo más emocionante fue que paramos porque Folsom necesitaba ir al servicio.

Quizás os hayáis dado cuenta de que los personajes de los libros rara vez van al váter. Existen varias explicaciones. En ocasiones es porque muchos libros —a diferencia de este— no son reales, y todo el mundo sabe que los personajes ficticios «se aguantan» lo que haga falta. Se limitan a esperar hasta el final de la historia para ir al baño.

En libros como este, que son reales, tenemos más problemas. Al fin y al cabo no somos personajes ficticios, así que tenemos que esperar hasta los cambios de capítulo, cuando nadie mira. En los capítulos más largos puede ponerse más complicado el tema, pero somos bastante sacrificados (me da mucha pena la gente de las novelas de Terry Pratchett, la verdad).

El carruaje nos acercó hasta la oscura piedra del Torreón Smedry, y me sorprendió descubrir que había un pequeño grupo de gente delante.

—Otra vez no —dijo Himalaya con un suspiro cuando algunas personas empezaron a agitar trozos de cristal hacia mí, haciéndome fotos a su extraña manera.

—Lo siento —añadió Folsom, haciendo una mueca—. Podemos echarlos, si quieres.

—¿Por qué íbamos a hacer eso? —pregunté.

Después de la decepción de perder a Shasta, sentaba bien ver a gente deseando volver a halagarme.

Himalaya y Folsom se miraron.

—Entonces te esperamos dentro —dijo Folsom mientras ayudaba a Himalaya a bajar.

Yo también bajé de un salto para encontrarme con mis devotos admiradores.

Los primeros en acercarse llevaban fajos de papel y plumas. Hablaban todos a la vez, así que intenté tranquilizarlos alzando las manos. No funcionó; se limitaron a seguir hablando para intentar llamar mi atención.

Así que rompí la barrera del sonido.

No lo había hecho antes, pero mi Talento es capaz de hacer cosas muy raras. Estaba allí de pie, frustrado, con las manos en el aire, deseando que se callaran, y mi Talento entró en acción. Se oyeron dos crujidos, como un par de latigazos.

La multitud guardó silencio. Di un bote, sobresaltado por los diminutos estallidos sónicos que había provocado.

—Estooo, sí, ¿qué queréis? —pregunté—. Y antes de que empecéis a discutir, vamos a empezar por ti, el del fondo.

—Entrevista —respondió el hombre, que llevaba un sombrero como el de Robin Hood—. Represento al Gremio de los Pregoneros del Este. Queremos escribir un artículo sobre ti.

—Oh —respondí, porque sonaba guay—. Sí, podemos hacerlo, pero ahora mismo no. ¿Esta noche, algo más tarde?

—¿Antes o después del voto? —preguntó el hombre.

«¿El voto? —pensé—. Ah, claro, el voto sobre el tratado con los Bibliotecarios.»

—Pues... después del voto.

Los demás empezaron a hablar, así que alcé las manos con aire amenazador y los silencié. Todos los periodistas querían entrevistas. Concerté citas con cada uno de ellos y se marcharon.

El siguiente grupo de personas se acercó. Estas no parecían periodistas de ningún tipo, lo que estaba bien. Cabe señalar que los periodistas son un poco como los hermanos pequeños: son parlanchines y molestos, y suelen ir en grupo. Además, si les gritas, saben cómo vengarse.

—Señor Smedry —dijo un hombre robusto—. Me preguntaba... Mi hija se casa el fin de semana que viene. ¿Podría celebrar la ceremonia?

—Pues... claro —respondí. Me habían advertido al respecto, pero no dejaba de ser una sorpresa.

Esbozó una sonrisa de oreja a oreja y me dijo dónde era la boda. La siguiente mujer de la cola quería que representara a su hijo en un juicio y que lo defendiera. No sabía bien qué hacer al respecto, así que le dije que ya le contestaría. El siguiente hombre quería que buscara —y castigara— a un malhechor que había robado algunos galfalgos de su jardín. Tomé nota mental de preguntarle a alguien lo que eran los galfalgos y le aseguré que me encargaría.

Había casi treinta personas con preguntas o peticiones por el estilo. Cuanto más me pedían, más incómodo me sentía. En realidad, ¿qué sabía de aquellas cosas? Al final me abrí paso entre ellas mientras hacía promesas vagas a la mayoría.

Había otro grupo más esperándome. Eran jóvenes bien vestidos, entre diecimuchos y veintipocos, y los reconocí de la fiesta.

—¿Rodrayo? —pregunté al que parecía dirigirlos.

—Hola.

—Y... ¿qué queréis de mí?

Un par de ellos se encogieron de hombros.

—Se nos ocurrió que estar cerca de ti sería divertido —explicó Rodrayo—. ¿Te importa que estemos de fiesta un rato contigo?

—Oh... Bueno, claro, supongo.

Conduje al grupo a través de los pasillos del Torreón Smedry, me perdí e intenté hacer como si supiera dónde estaba todo. Los pasillos del Torreón Smedry eran medievales, como debía ser, aunque el castillo resultaba bastante más cálido y acogedor de lo que cabría pensar. Había cientos de habitaciones —el edificio tenía las dimensiones de una mansión—, y de verdad que no sabía por dónde iba.

Al final encontré a unos criados y les pedí que nos condujeran a una sala con sofás y una chimenea. No estaba seguro de lo que quería decir «estar de fiesta conmigo» para Rodrayo y los demás. Por suerte, tomaron la iniciativa y enviaron a los criados a por comida, para después acomodarse en los sofás y sillones, y ponerse a charlar. No sabía bien para qué me necesitaban allí ni quiénes eran la mayoría de ellos, pero habían leído mis libros y creían que mis aventuras eran impresionantes. En mi opinión, eso los convertía en ciudadanos ejemplares.

Acababa de contarles lo de mi lucha contra los monstruos de papel cuando me di cuenta de que no había hablado todavía con el abuelo Smedry. Nos habíamos separado hacía unas cinco horas, y sentí la tentación de dejarlo pasar hasta que viniera a buscarme. Pero necesitábamos más aspirapilas y los criados habían desaparecido, así que decidí dejar a mis nuevos amigos e ir a buscar a los criados para que nos reabastecieran. Quizá supieran dónde estaba mi abuelo.

Sin embargo, encontrar criados resultó ser más difícil de lo que suponía. Me invadió un cansancio muy poco habitual en mí mientras recorría los pasillos, aunque en realidad no había hecho gran cosa durante las últimas dos horas, salvo sentarme y dejar que me adoraran.

Al final localicé una rendija de luz en un corredor de paredes de ladrillo. Resultó salir de una puerta entreabierta, así que me asomé: allí estaba mi padre, sentado a un escritorio, garabateando en un trozo de pergamino. Una lámpara de aspecto antiguo proyectaba una vacilante luz que apenas iluminaba la habitación. Vi muebles lujosos y cristales relucientes: lentes y otras maravillas oculantistas que parecían tener brillo propio gracias a mis gafas. En el escritorio había una copa de vino a medio beber, y todavía llevaba puesto el traje anticuado que había lucido en la fiesta, aunque el nudo de la corbata de volantes estaba deshecho. El cabello, que le llegaba a los hombros, era ondulado y estaba despeinado. Era como una estrella de rock de las Tierras Silenciadas después de dar un concierto nocturno.

De niño a menudo soñaba con cómo sería mi padre. Los únicos detalles que conocía era que me había puesto nombre de cárcel y que me había abandonado. Lo lógico habría sido que me imaginara a una persona horrible.

Sin embargo, en secreto deseaba que hubiera algo más; una buena razón para abandonarme; algo impresionante y misterioso. Me preguntaba si habría estado involucrado en algún tipo de trabajo de riesgo y me había enviado lejos para protegerme.

La llegada del abuelo Smedry y el descubrimiento de que mi padre estaba vivo y, además, trabajaba para salvar los Reinos Libres satisfacía muchos de esos deseos secretos. Al final había obtenido un retrato de cómo podría ser mi padre: una figura deslumbrante y heroica que no había querido librarse de mí, sino que, después de la traición de su mujer, se había visto obligado a entregarme por un bien mayor.

Aquel padre de mis sueños se habría emocionado mucho al reencontrarse con su hijo. Yo esperaba entusiasmo, no indiferencia. Me imaginaba a alguien un poco más como Indiana Jones y un poco menos como Mick Jagger.

—Mi madre estaba allí —dije mientras me colocaba en la entrada.

Mi padre no levantó la mirada de su documento.

—¿Dónde? —preguntó sin tan siquiera sorprenderse por la intromisión.

—En la fiesta de esta tarde. ¿La has visto?

—No podría afirmarlo —respondió.

—Me sorprendió verte allí.

Mi padre no contestó; se limitó a garabatear algo en un pergamino. Por más vueltas que le daba, no conseguía entender a aquella persona; en la fiesta parecía haber estado completamente metido en su papel de superestrella. Pero allí, en su escritorio, parecía absorto en su trabajo.

—¿En qué estás trabajando? —le pregunté.

Suspiró y me miró al fin.

—Entiendo que a veces los niños necesitan distraerse. ¿Puedo pedirles a los criados que te traigan algo? ¿Entretenimiento? Solo tienes que decirlo y se hará.

—No es necesario, gracias.

Asintió con la cabeza y regresó a su trabajo. La habitación quedó en silencio; lo único que se oía era la pluma arañando el pergamino.

Me fui, y ya no me apetecía ni buscar criados ni buscar a mi abuelo. Tenía el estómago revuelto. Como si me hubiera comido tres bolsas enteras de caramelos de Halloween y después me hubieran pegado un puñetazo en la barriga. Empecé a dar vueltas en la dirección aproximada de la habitación en la que había dejado a mis amigos. Sin embargo, cuando llegué me sorprendió verlos entretenidos por alguien insospechado.

—¿Abuelo? —pregunté al asomarme.

—Ah, Alcatraz, muchacho —me saludó el abuelo Smedry, que estaba sentado en una silla de altas patas—. ¡Qué oportuno! Les estaba explicando a estos simpáticos jóvenes que regresarías muy pronto y que no se preocuparan por ti.

No parecían demasiado preocupados, aunque sí que habían encontrado más aperitivos por alguna parte: palomitas y aspirapilas. Me quedé en la entrada. Por algún motivo, la idea de hablar con mis *groupies* delante del abuelo Smedry me revolvía aún más el estómago.

—Tienes mal aspecto, muchacho —comentó el abuelo mientras se enderezaba—. A lo mejor deberíamos ir a buscar algo que te ayude.

—Creo... que estaría bien.

—¡Volveremos en un pispás! —les dijo el abuelo a los otros mientras saltaba de la silla.

Lo seguí por el pasillo hasta que se detuvo en una intersección de piedra a oscuras y se volvió hacia mí.

—¡Tengo la solución perfecta, chaval! ¡Algo que te hará sentir mejor en un periquete!

—Genial, ¿el qué?

Me dio una bofetada en toda la cara.

Parpadeé de la sorpresa. En realidad no me había hecho daño, pero sí que me había pillado desprevenido.

—¿Qué ha sido eso? —pregunté.

—Te he pegado —respondió el abuelo, y en voz más baja añadió—: Es un viejo remedio familiar.

—¿Para qué?

—Para cuando te comportas como un quejitonto —respondió el abuelo; después suspiró y se sentó en la moqueta del pasillo—. Siéntate, chaval.

Todavía algo perplejo, lo hice.

—Hasta hace un momento estaba hablando con Folsom y su encantadora amiga Himalaya —me dijo el abuelo Smedry, que sonreía con placidez, como si no acabara de darme un guantazo en la cara—. ¡Al parecer, creen que eres un imprudente!

—¿Eso es un problema?

—¡Por el vehemente Verne, claro que no! Me sentí muy orgulloso de ti al escucharlo. Imprudencia y valentía, grandes cualidades de los Smedry. El tema es que dijeron otras cosas sobre ti... Cosas que solo han reconocido después de que les insistiera bastante.

—¿Qué cosas?

—Que eres egocéntrico. Que te crees mejor que la gente normal y que solo hablas de ti. Sin embargo, no es ese el Alcatraz que yo conocía, en absoluto. Así que vengo a investigar... ¿y qué me encuentro? A un puñado de los aduladores de Attica tirados en mi castillo, como en los viejos tiempos.

—¿Los aduladores de mi padre? —pregunté, mirando hacia la habitación de la que habíamos salido—. ¡Pero si son mis admiradores! No los de mi padre.

—¿Ah, sí?

—Sí, han leído mis libros y hablan de ellos todo el rato.

—Alcatraz, chaval, ¿tú has leído esos libros?

—Bueno, no.

—Entonces, ¿cómo narices sabes lo que pone en ellos?

—Bueno...

Aquello era frustrante. ¿Es que no me merecía que por fin alguien me admirara y me respetara? ¿Me alabara?

—Es culpa mía —dijo el abuelo, suspirando—. Debería haberte preparado para la clase de gente que encontrarías aquí. Pero, bueno, creía que utilizarías las lentes de buscaverdades.

Las lentes de buscaverdades. Casi me había olvidado de ellas: podían decirme si alguien mentía. Me las saqué del bolsillo y miré al abuelo Smedry. Él señaló con la cabeza la habitación que estaba más abajo, así que me levanté, vacilante, y me quité las lentes de oculantista mientras regresaba allí.

Miré adentro y me acerqué las lentes de buscaverdades a un ojo.

—¡Alcatraz! —exclamó Rodrayo—. ¡Te hemos echado de menos!

Mientras hablaba parecía escupir escarabajos negros por la boca, que salían retorciéndose y agitándose. Di un bote hacia atrás y me quité las lentes: los escarabajos desaparecieron al hacerlo. Me las volví a colocar con cautela.

—¿Alcatraz? —preguntó Rodrayo—. ¿Qué te pasa? Venga, queremos que nos cuentes más cosas sobre tus aventuras.

Más escarabajos. Solo cabía suponer que mentía.

—Eso, sí —añadió Jasson—. ¡Son muy divertidas!

Mentira.

—¡Ahí está el hombre más importante de la ciudad! —exclamó otro, señalándome.

Mentira.

Salí dando tumbos de la habitación y hui de vuelta por el

pasillo. El abuelo Smedry me esperaba, todavía sentado en el suelo.

—Entonces —dije, sentándome a su lado—, son todo mentiras. En realidad nadie me admira.

—Chaval, chaval —respondió mientras me apoyaba una mano en el hombro—, es que no te conocen. ¡Solo conocen las historias y las leyendas! Incluso esos de ahí dentro, por muy inútiles que suelan ser, tienen sus cosas buenas. Pero todo el mundo va a dar por supuesto que te conoce solo porque han oído hablar de ti un montón.

Eran palabras sabias; proféticas, en cierto modo. Desde que dejé las Tierras Silenciadas he sentido que cada persona que me miraba veía a alguien distinto, pero nunca a mí. Mi reputación no ha hecho más que crecer después de los acontecimientos en la Biblioteca del Congreso y la Aguja del Mundo.

—No es fácil ser famoso —dijo el abuelo Smedry—. Cada uno se enfrenta a la fama de un modo distinto. Tu padre se da un atracón de ella y después huye. Me he pasado años intentando enseñarle a controlar su ego, pero me temo que fracasé.

—Creía... —dije, bajando la mirada—. Creía que si mi padre oía a la gente hablar de lo increíble que era yo quizá me mirara de vez en cuando.

El abuelo Smedry guardó silencio.

—Ay, chaval —repuso al fin—. Tu padre es..., bueno, es lo que es. Simplemente tenemos que hacer lo que podamos por quererlo. Sin embargo, me da miedo que la fama te haga lo mismo que le hizo a él. Por eso me emocioné tanto cuando encontraste las lentes de buscaverdades.

—Supuse que eran para usarlas contra los Bibliotecarios.

—¡Ja! Bueno, quizá sirvan de algo contra ellos, pero un agente de los Bibliotecarios astuto sabe evitar las mentiras directas, por si lo pillan.

—Ah —contesté mientras guardaba las lentes.

—De todos modos, ¡tienes mejor aspecto, chaval! ¿Ha funcionado el viejo remedio familiar? Podemos probar otra vez, si quieres...

—No, me siento mucho mejor —respondí mientras levantaba las manos—. Gracias, supongo. Aunque era agradable pensar que tenía amigos.

—¡Y los tienes! Aunque ahora mismo no les hagas mucho caso.

—¿Que no les hago caso? ¿A quiénes?

—Pues a quiénes va a ser. ¿Dónde está Bastille?

—Huyó de mí —respondí—. Para irse con los otros caballeros.

El abuelo resopló.

—Para ir a juicio, te refieres.

—A un juicio injusto —repuse—. Ella no rompió su espada, fue culpa mía.

—Ummm, cierto. Ojalá hubiera alguien dispuesto a hablar en su nombre...

—Espera —contesté—, ¿puedo hacer eso?

—¿Qué te he dicho sobre ser un Smedry, chaval?

—Que puedo casar gente, detenerla y... —Y que podíamos exigir nuestro derecho a testificar en casos legales. Me levanté, sorprendido—. ¡Qué idiota soy!

—Prefiero el término «quejitonto» —repuso el abuelo Smedry—, aunque es probable que sea porque me lo acabo de inventar y siento cierto cariño paternal por él —añadió, guiñándome un ojo.

—¿Todavía hay tiempo? Antes de que empiece su juicio, quiero decir.

—Llevan toda la tarde con él —respondió el abuelo mientras sacaba un reloj de arena—. Y, seguramente, ya están casi listos para dictar una sentencia. Llegar allí a tiempo será complicado. ¡Por la lastrada Lowry, ojalá pudiéramos teletransportarnos usando una caja de cristal mágica que está en el sótano de este mismo castillo! —Hizo una pausa—. ¡Espera, sí que podemos! —Se puso en pie de un salto—. ¡Vamos! ¡Que llegamos tarde!

En las Tierras Silenciadas existe un horrendo método de tortura diseñado por los Bibliotecarios. Aunque se supone que este libro es para todas las edades, me parece que ha llegado el momento de enfrentarnos a esta práctica tan inquietante como cruel. Alguien debe demostrar el valor necesario para sacarla a la luz.

Efectivamente, ha llegado el momento de hablar de los especiales para después del cole.

Los especiales para después del cole son unos programas de la tele estadounidense que los Bibliotecarios ponen justo cuando los chavales llegan a casa después del colegio. Los especiales suelen ser películas sobre un crío que se enfrenta a un problema absurdo, como el *bullying*, la presión del grupo o los resoplidos de un gerbo. Vemos la vida del chico, su lucha, sus problemas... y después la película nos ofrece una solución bonita y sencilla que lo arregla todo al final.

Por supuesto, el objetivo de estos programas es que sea tan

doloroso y completamente insoportable verlos que los niños prefieran estar en clase. Así, cuando tienen que levantarse a la mañana siguiente para hacer largas divisiones, piensan: «Bueno, al menos no estoy en casa viendo ese horrible especial para después del cole.»

Incluyo esta explicación para todos los de los Reinos Libres, para que entendáis lo que estoy a punto de decir. Es muy importante que comprendáis que no quiero que este libro suene como un especial para después del cole.

Había dejado que la fama se me subiera a la cabeza. El objetivo de este libro no es demostrar que eso sea malo, sino mi verdadera forma de ser. Demostrar de lo que soy capaz. Creo que aquel primer día en Nalhalla dice mucho sobre mí.

Ni siquiera me gustan las aspirapilas.

En las profundidades del Torreón Smedry llegamos hasta una habitación protegida por seis guardias que recibieron al abuelo con un saludo marcial; el abuelo Smedry los saludó agitando los dedos (a veces tiene esas cosas).

Dentro descubrimos a un grupo de personas con túnicas negras que sacaban brillo a una gran caja metálica.

—Menuda caja —comenté.

—¿Verdad? —respondió el abuelo, sonriendo.

—¿No deberíamos llamar a un dragón o algo así para que nos lleve a Cristalia?

—Esto será más rápido.

El abuelo hizo un gesto hacia una de las personas con túnica (las túnicas negras en los Reinos Libres son como las batas blancas de los laboratorios, aunque el negro tiene mucho más sentido porque, así, cuando los científicos vuelan algo en pedazos, al menos las túnicas tienen alguna posibilidad de volver a utilizarse después).

—Señor Smedry —dijo la mujer—. Hemos solicitado un momento de intercambio con Cristalia. Todo estará listo dentro de unos cinco minutos.

—¡Excelente, excelente! —exclamó el abuelo Smedry; de repente, perdió la sonrisa.

—¿Qué? —pregunté, alarmado.

—Bueno, es que... hemos llegado pronto. No sé bien qué pensar al respecto. ¡Debes de ser una mala influencia para mí, muchacho!

—Lo siento —respondí.

Me costaba controlar los nervios. ¿Por qué no había pensado antes en ayudar a Bastille? ¿Llegaría a tiempo para que sirviera de algo? Si un tren sale de Nalhalla a cinco kilómetros por hora y otro sale de Bermuda a 45 MHz, ¿a qué hora tiene tortitas la sopa?

—Abuelo, hoy he visto a mi madre —dije mientras esperábamos.

—Folsom me lo mencionó. Demostraste una gran iniciativa al seguirla.

—Debe de estar tramando algo.

—Por supuesto, chaval. El problema es ¿qué?

—¿Crees que estará relacionado con el tratado?

El abuelo Smedry sacudió la cabeza.

—Puede. Shasta es astuta, no creo que trabaje con los Guardianes de la Norma en uno de sus proyectos, a no ser que eso la ayude a lograr sus propios objetivos. Sean cuales sean.

Aquello parecía inquietarlo. Me volví hacia los hombres y mujeres con túnicas, que estaban concentrados en unos grandes pedazos de cristal pegados a las esquinas de las caja metálica.

—¿Qué es esa cosa? —pregunté.

—¿Ummm? Ah, ¡un cristal de transportador, chaval! O, bueno, eso es lo que hay en las esquinas de la caja. Cuando llegue el momento, el que hemos programado con los ingenieros de Cristalia, que tienen una caja similar, ambos grupos iluminarán con arena brillante esos fragmentos de cristal. Entonces esta caja se intercambiará con la de Cristalia.

—¿Se intercambiará? —pregunté—. ¿Quieres decir que nos teletransportaremos allí?

—¡Efectivamente! Es una tecnología fascinante. Tu padre ayudó a desarrollarla, ¿sabes?

—¿Ah, sí?

—Bueno, fue el primero en descubrir lo que hacía la arena. Sabíamos que la arena tenía distorsiones oculantistas, pero no sabíamos lo que hacía. Tu padre se pasó muchos años investigándola y descubrió que esta nueva arena podía teletransportar cosas. Pero solo funcionaba si dos juegos de cristal de transportador se exponían a la vez a la arena brillante y si se transportaban dos artículos de exactamente el mismo tamaño.

Arena brillante. Era el combustible de la tecnología silimática. Cuando expones otros tipos de arena a la reluciente luz de la arena brillante, hacen cosas muy curiosas. Algunos tipos, por ejemplo, empiezan a flotar. Otros se vuelven muy pesados.

Vi unos contenedores enormes en las esquinas de la sala, seguramente llenos de arena brillante. Los laterales de los contenedores podían retirarse para que la luz iluminara el cristal de transportador.

—Entonces —dije—, habéis tenido que avisar a Cristalia y decirles a qué hora llegamos para que puedan activar su cristal de transportador en ese mismo momento.

—¡Exacto!

—¿Y si otra persona activara su arena brillante a la vez que nosotros? ¿Podríamos teletransportarnos allí por accidente?

—Supongo —respondió el abuelo Smedry—, pero tendrían que enviar una caja del mismo tamaño exacto que esta. No te preocupes, chaval. ¡Es prácticamente imposible que ocurra algo así!

Prácticamente imposible. En cuanto habéis leído esto, seguro que habéis dado por sentado que ese error sucederá antes de que acabe el libro. Nos ponéis muy difícil a los escritores sorprenderos de verdad porque...

¡¡¡Mirad allí!!!

¿Veis? No ha funcionado, ¿a que no?

—De acuerdo —dijo una de las personas con túnica negra—, ¡métanse en la caja y empecemos!

Todavía un poco preocupado por un desastre que era «prácticamente» imposible que sucediera, seguí al abuelo al interior de la caja. Era como meterse en un ascensor grande. Las puertas se cerraron y se volvieron a abrir de inmediato.

—¿Pasa algo? —pregunté.

—¿Pasar? ¡Hombre, si hubiera pasado algo estaríamos hechos pedacitos en un charco de lodo!

—¿Qué?

—Ah, ¿se me olvidó comentarte esa parte? —preguntó el abuelo Smedry—. Como dije, prácticamente imposible. ¡Venga, muchacho, tenemos que correr! ¡Llegamos tarde!

Salió a toda velocidad de la caja, pero yo lo seguí con más cautela. Efectivamente, nos habíamos teletransportado a otro lugar; había sido tan rápido que ni había notado el cambio.

La habitación a la que acabábamos de llegar era por entero de cristal. De hecho, todo el edificio que me rodeaba parecía estar hecho de cristal. Entonces recordé el enorme champiñón de cristal que había visto al llegar volando a la ciudad, con el castillo cristalino construido encima. Me pareció que podía afirmar sin miedo a equivocarme que estaba en Cristalia. Por supuesto, también estaban los dos caballeros con espadones tremendos fabricados en cristal que protegían la puerta. Eso era otra pista.

Los caballeros saludaron con la cabeza al abuelo Smedry, y él salió a toda prisa del cuarto. Corrí tras él.

—¿De verdad que estamos allí? —pregunté—. ¿En lo alto del champiñón?

—Efectivamente. Es un privilegio poco habitual que te permitan entrar en este lugar. Cristalia está prohibido para los de fuera.

—¿En serio?

—Como Smedrius, Cristalia antes era un reino soberano —me explicó el abuelo—. Durante los primeros días de Nalhalla, la reina de Cristalia se casó con el rey y tomó juramento a sus caballeros como protectores de su noble linaje. En realidad es una historia bastante romántica y dramática... Y te la contaría si no fuera porque hace poco que la olvidé debido a su excesiva longitud y su lamentable escasez de decapitaciones.

—Una razón justa para olvidar cualquier historia.

—Lo sé. En fin, que el acuerdo por el que se unieron Nalhalla y Cristalia estipulaba que la tierra que se encuentra sobre el champiñón se convertiría en el hogar de los caballeros, así que queda fuera del alcance de los ciudadanos normales. La orden de los caballeros también conservó el derecho a castigar y entrenar a sus miembros, una vez reclutados, sin que el exterior se entrometiera.

—Pero ¿no hemos venido a entrometernos?

—¡Por supuesto! —exclamó el abuelo Smedry, alzando una mano—. ¡Así somos los Smedry! ¡Nos entrometemos en todo! Pero también formamos parte de la nobleza de Nalhalla, y los caballeros han jurado protegernos y, lo más importante, no matarnos si nos colamos.

—No es un razonamiento demasiado tranquilizador para explicar por qué deberíamos estar a salvo.

—No te preocupes —repuso el abuelo alegremente—, lo he comprobado antes. ¡Tú disfruta de las vistas!

Era difícil. No porque las vistas no fueran espectaculares, claro. Estábamos caminando por un pasillo construido con bloques de cristal. Era última hora de la tarde, así que las paredes translúcidas refractaban la luz del sol y hacían brillar el suelo. Veía las sombras de las personas que se movían por los pasillos más alejados y distorsionaban aún más la luz. Era como si el castillo estuviera vivo y viera el latido de sus órganos dentro de los muros que me rodeaban.

El conjunto quitaba el aliento. Sin embargo, yo todavía le daba vueltas al hecho de que había traicionado a Bastille, de que acababa de arriesgarme a acabar convertido en un charco de pringue y de que lo único que evitaba que me hiciera pedazos un puñado de caballeros territoriales era mi apellido.

Además, estaba el sonido. Se oía un tintineo de fondo, como un cristal vibrando a lo lejos. No era muy fuerte, pero es una de esas cosas en las que cuesta mucho no fijarse una vez que te has dado cuenta.

Estaba claro que el abuelo Smedry conocía Cristalia, porque no tardamos en llegar a una cámara protegida por dos caballeros. Las puertas de cristal estaban cerradas, pero distinguía vagamente formas de personas al otro lado.

El abuelo se acercó para abrir la puerta, pero uno de los caballeros alzó una mano.

—Llega tarde, señor Smedry. El juicio ya ha comenzado.

—¿Cómo? —exclamó el abuelo—. ¡Me dijeron que no empezaría hasta dentro de una hora!

—Ya ha empezado —repuso el caballero.

Aunque me gustan mucho los caballeros debo reconocer que pueden ser muy..., bueno, muy directos. Y tozudos. Y que tienen poco sentido del humor (por eso me siento en la necesidad de mencionar de nuevo la página 47, solo por irritarlos).

—Seguro que puedes permitirnos pasar —dijo el abuelo Smedry—. ¡Somos testigos importantes de este caso!

—Lo siento —respondió el caballero.

—También somos amigos personales de la caballero implicada.

—Lo siento.

—Y tenemos buenos dientes —añadió el abuelo, y sonrió.

Aquello pareció desconcertar al caballero (el abuelo Smedry suele tener ese efecto en los demás). Sin embargo, de nuevo, el caballero negó con la cabeza y dijo:

—Lo siento.

El abuelo dio un paso atrás, enfadado, y yo sentí una punzada de desesperación. Había fracasado en mi intento de ayudar a Bastille después de todo lo que ella había hecho por mí. La pobre debería haber sabido que no se puede confiar en Alcatraz Smedry.

—¿Cómo te sientes, chaval? —me preguntó el abuelo.

Me encogí de hombros.

—¿Molesto? —sugirió.

—Sí.

—¿Frustrado?

—Un poco.

—¿Amargado?

—No estás ayudando.

—Lo sé. ¿Enfadado?

No respondí. Lo cierto era que sí que estaba enfadado. Sobre todo conmigo. Por haber estado de fiesta con Rodrayo y sus amigos mientras Bastille tenía problemas. Por olvidarme de Mokia y sus problemas. Por decepcionar a mi abuelo. Hasta no hacía mucho, daba por hecho que siempre decepcionaría a todo el mundo. Me dedicaba a apartar de mí a la gente antes de que pudiera abandonarme.

Pero después de trabajar con el abuelo y los demás, había empezado a sentir que podía llevar una vida normal. Quizá no tuviera que alejarme de todos. Quizá fuera capaz de tener amigos, familia...

Se oyó un crujido.

—¡Ups! —exclamó el abuelo en voz alta—. ¡Parece que alguien ha molestado al muchacho!

Me sobresalté, bajé la mirada y me di cuenta de que mi Talento había roto el cristal que tenía bajo los pies. Dos telarañas de grietas gemelas partían de mis zapatos y afeaban el cristal, que por lo demás era perfecto. Me ruboricé, avergonzado.

Los caballeros habían palidecido.

—¡Imposible! —exclamó uno.

—¡Se supone que este cristal es irrompible! —añadió el otro.

—Mi nieto tiene el Talento de Romper, ya sabéis —dijo el abuelo con orgullo—. Si lo molestáis mucho, podría romperse toda la planta. En realidad, todo el castillo podría...

—Pues sáquelo de aquí —dijo uno de los caballeros, espantándome como si yo no fuera más que un cachorro abandonado.

—¿Cómo? —repuso el abuelo—. ¡Si lo contrariáis echándolo, podría destruir el castillo entero! Solo tenemos que conseguir que se calme. Su Talento es bastante impredecible cuando se pone emotivo.

Me daba cuenta de lo que pretendía el abuelo. Vacilé, pero después concentré mi poder para intentar agrietar aún más el cristal del suelo. Fue algo realmente temerario; y por eso era justo la clase de plan que se le habría ocurrido al abuelo Smedry.

Las telarañas del cristal crecieron. Me apoyé en la pared para guardar el equilibrio y, de inmediato, se formó un anillo de grietas alrededor de mi mano.

—¡Espere! —exclamó uno de los caballeros—. ¡Entraré a preguntar si pueden pasar!

El abuelo esbozó una sonrisa de oreja a oreja.

—Qué tipo más simpático —dijo mientras me cogía por el brazo para evitar que siguiera rompiendo.

El caballero abrió la puerta y entró.

—¿Acabamos de chantajear a un caballero de Cristalia? —pregunté por lo bajo.

—A dos de ellos, creo. Y ha sido más «intimidación» que «chantaje». Puede que con un toque de «extorsión». ¡Siempre es mejor emplear la terminología correcta!

El caballero regresó y, con un suspiro, nos hizo un gesto para que entráramos en la sala. Lo hicimos, impacientes.

Y, entonces, el abuelo Smedry estalló.

Vale, en realidad no estalló. Solo quería que pasarais muy deprisa a la siguiente página.

Veréis, si pasáis las páginas muy deprisa, puede que rasguéis alguna. Si lo hacéis, obviamente querréis comprar otro ejemplar del libro. ¿Quién quiere un libro con una página rasgada? Vosotros no. Sois personas de gustos refinados.

De hecho, pienso en todas las maravillas que podríais hacer con este libro. Sería un posavasos excelente. Podríais utilizarlo como material de construcción. O enmarcar sus páginas para colgarlas (al fin y al cabo, cada una de ellas es una obra de arte perfecta; mirad la 56, que es una exquisitez).

Como es natural, vais a necesitar un montón de ejemplares. Uno no basta. Id a comprar más. ¿Se os ha olvidado que debéis luchar contra los Bibliotecarios?

En fin, después de no estallar, el abuelo Smedry entró en la cámara. Lo seguí, esperando encontrarme con la sala de un juzgado, pero me sorprendió ver una simple mesa de madera con tres caballeros sentados a ella. Bastille estaba de pie en la pared contraria, en posición de firmes, con las manos pegadas a los costados y la mirada clavada al frente. Los tres caballeros de la mesa ni siquiera la miraban mientras decidían cuál sería su castigo.

Uno de ellos era un hombre masculino y corpulento con una barbilla enorme. Era peligroso al estilo: «Soy un caballero y podría matarte, tío.»

A su lado estaba la madre de Bastille, Draulin, que era peligrosa al estilo: «Soy la madre de Bastille y también podría matarte.»

El tercero era un anciano caballero barbudo, peligroso al estilo: «¡Bajad de una vez esa música hip hop, malditos críos! Además, también podría mataros.»

A juzgar por sus expresiones, no se alegraban de vernos al abuelo y a mí.

—Señor Smedry —dijo el hombre de la barbilla—, ¿por qué ha interrumpido el proceso? Ya sabe que aquí no tiene autoridad.

—Si dejara que eso me detuviera, ¡nunca me divertiría! —exclamó el abuelo Smedry.

—Esto no es ninguna diversión, señor Smedry —repuso la madre de Bastille—. Esto es justicia.

—Ah, ¿y desde cuando es «justo» castigar a alguien por algo que no es culpa suya?

—No se trata de culpa —dijo el caballero anciano—. Si un caballero es incapaz de proteger a las personas que tiene a su cargo, se le debe privar de su título. No es culpa de la joven Bastille que la ascendiéramos demasiado deprisa y...

—No la ascendieron demasiado deprisa —solté—. Bastille es la caballero más asombrosa que tienen en sus filas.

—¿Y sabe mucho sobre los caballeros de nuestras filas, joven Smedry? —preguntó el caballero anciano.

Tenía razón. Me sentí un poco tonto, pero ¿cuándo ha detenido eso a un Smedry?

—No —reconocí—, pero sé que Bastille nos ha protegido estupendamente al abuelo Smedry y a mí. Es una soldado excelente; la he visto enfrentarse a uno de Los Huesos del Escriba y mantenerlo a raya con tan solo una daga. He sido testigo de cómo derribaba a dos Bibliotecarios guerreros antes de que pudieran parpadear.

—Perdió su espada —dijo Draulin.

—¿Y qué?

—Es el símbolo de un caballero de Cristalia —respondió Barbilla Grande.

—¡Bueno, pues denle otra espada!

—No es tan sencillo —explicó el caballero anciano—. El hecho de que un caballero no sea capaz de cuidar de su espada es muy inquietante. Debemos preservar la calidad en la orden, por el bien de toda la nobleza.

Di un paso adelante y pregunté:

—¿Os ha contado cómo se rompió la espada?

—Estaba luchando contra unos Animados —respondió Draulin—. Atravesó el pecho de uno de ellos, y entonces la golpearon y cayó. Cuando el Animado murió al caer a través del suelo, la espada se había perdido.

Miré a Bastille, que no me devolvió la mirada.

—No —respondí, volviendo de nuevo la vista hacia los caballeros—. Sucedió así, cierto, pero no es lo que *sucedió*. No fue por la caída, ni siquiera por la muerte del Animado, y la espada no se perdió sin más. Acabó destruida. Y fui yo. Mi Talento.

El caballero del enorme mentón se rio entre dientes.

—Señor Smedry —dijo—, entiendo que sea leal y se preocupe por sus amigos, y lo respeto por ello. ¡Es un buen hombre! Pero no debería exagerar de ese modo. ¡Todo el mundo sabe que los fragmentos crístines son inmunes a cosas tales como las lentes de oculantista y los Talentos de los Smedry!

Di un paso hacia la mesa.

—Pues páseme su espada.

El caballero se sobresaltó.

—¿Cómo dice?

—Que me la dé —insistí, extendiendo la mano—. Veamos si de verdad es inmune.

La pequeña cámara de cristal guardó silencio un momento. El caballero parecía no creérselo. Los crístines no permiten que los demás sostengan sus espadas. Pedirle la suya a Barbilla Grande fue como pedirle al presidente que me prestara sus códigos de lanzamiento de misiles nucleares para pasar el fin de semana.

Aun así, si se echaba atrás era como afirmar que creía mi afirmación. Le vi la indecisión en la mirada, mientras su mano flotaba sobre la empuñadura de su arma, como si fuera a pasármela.

—Ten cuidado, Archedis —dijo el abuelo Smedry en voz baja—. No debes subestimar el Talento de mi nieto. El Talento de Romper, según mis cálculos, no se ha manifestado con tanta fuerza desde hace siglos. Puede que milenios.

El caballero apartó la mano de la espada.

—El Talento de Romper —repitió—. Bueno, quizá sea posible que eso afecte a una espada crístina.

Draulin frunció los labios, y me di cuenta de que quería objetar.

—Bueno —dije, mirando a mi abuelo, que me indicó que siguiera hablando—. En cualquier caso, he venido a hablar en este juicio, ya que tengo derecho como miembro del clan de los Smedry.

—Creo que ya lo ha estado haciendo —dijo Draulin sin más. A veces entiendo de dónde ha sacado Bastille su sarcasmo.

—Sí, vale —seguí diciendo—. Quiero dar fe de la habilidad y la astucia de Bastille. Sin su intervención, tanto el abuelo Smedry como yo estaríamos muertos. Y puede que tú también, Draulin. No olvidemos que te capturó el mismo Bibliotecario al que venció Bastille.

—Lo vi a usted vencer a ese Bibliotecario, señor Smedry —dijo Draulin—. No a mi hija.

—Lo hicimos juntos —repuse—, como parte de un plan que elaboramos como equipo. Recuperaste tu espada solo porque Bastille y yo te la conseguimos.

—Sí —intervino el caballero anciano—, pero eso forma parte del problema.

—¿Ah, sí? —pregunté—. ¿Herir el orgullo de Draulin fue tan problemático?

Draulin se ruborizó; me sentí orgulloso, aunque algo avergonzado, de haberle arrancado semejante reacción.

—Es más que eso —dijo Barbilla Grande, digo, Archedis—. Bastille sostuvo la espada de su madre.

—No tuvo alternativa —respondí—. Estaba intentando salvarnos la vida a su madre y a mí, por no mencionar a mi padre, por asociación. Además, solo la tuvo en las manos un momento.

—Eso no importa —dijo Archedis—. Que Bastille usara la espada... la manipuló. Lo que nos impide permitir que los demás toquen nuestras espadas es algo más que la tradición.

—Espere —repuse—, ¿tiene esto que ver con los cristales que llevan en el cuello?

Los tres caballeros se miraron entre sí.

—No hablamos de esas cosas con los de fuera —respondió el caballero anciano.

—No soy de fuera, soy un Smedry. Además, ya lo sé casi todo.

Había tres clases de cristales crístines: los que se convertían en espadas, los que se implantaban en el cuello y una tercera clase de la que Bastille no me había querido hablar.

—Están vinculados a esos cristales del cuello —expliqué, señalándolos—. También están vinculados a las espadas, ¿no? ¿De eso va todo esto? Cuando Bastille cogió la espada de su madre para luchar contra Kilimanjaro, ¿interfirió con el vínculo?

—Todo esto no va solo de eso —respondió el caballero anciano—. Es mucho más importante. Lo que hizo Bastille al luchar con la espada de su madre fue una temeridad, lo mismo que perder su espada.

—¿Y? —quise saber.

—¿Y? —repitió Draulin—. Joven señor Smedry, somos una orden fundada en el principio de mantener viva a la gente como usted. Los reyes, la nobleza y, en concreto, los Smedry de los Reinos Libres parecen empeñados en buscar la muerte una y otra vez. Para protegerlos, los caballeros de Cristalia deben ser constantes e imperturbables.

—Con todo el respeto, joven señor Smedry —añadió el caballero anciano—, nuestro trabajo consiste en contrarrestar su naturaleza imprudente, no en animarla. Bastille todavía no está preparada para ser caballero.

—Mire —respondí—, alguien decidió que merecía ser caballero. ¿No deberíamos hablar con esa persona?

—Fuimos nosotros —explicó Archedis—. Los tres nombramos a Bastille caballero hace seis meses, y también somos los que decidimos su primera misión. Por eso somos los que debemos enfrentarnos a la triste tarea de despojarla del rango de caballero. Creo que ha llegado el momento de votar.

—Pero...

—Señor Smedry —me interrumpió Draulin, muy cortante—, ya ha dicho lo que tenía que decir, y nosotros lo hemos aguantado. ¿Tiene algo más productivo que aportar a esta discusión?

Todos me miraron.

—¿Llamarlos idiotas sería productivo? —pregunté, volviéndome hacia mi abuelo.

—Lo dudo —respondió, sonriendo—. Podrías probar con «quejitontos», ya que seguro que no saben lo que significa. Aunque tampoco serviría para gran cosa.

—Entonces, he terminado —concluí, más enfadado que antes de entrar en la sala.

—Draulin, tu voto —dijo el anciano, que al parecer estaba al mando.

—Voto por despojarla del rango de caballero —dijo Draulin—. Y desvincularla de la Piedra Mental durante una semana para eliminar su huella de las espadas crístinas que no le pertenecen.

—¿Archedis? —preguntó el anciano.

—El discurso del joven Smedry me ha conmovido —dijo el caballero de la gran barbilla—. Puede que nos hayamos apresurado. Voto por suspender su rango, pero no despojarla de él por completo. Hay que limpiar la huella de Bastille de la espada de otro, pero creo que una semana es demasiado. Bastaría con un día.

En realidad no sabía qué significaba esa última parte, pero el caballero grandote se ganó unos cuantos puntos por amable.

—Entonces depende de mí —intervino el caballero anciano—. Tomaré el camino de en medio. Bastille, te despojamos de tu rango, pero habrá otra audiencia dentro de una semana para volver a evaluar la situación. Se te desvinculará de la Piedra Mental durante dos días. Ambos castigos entrarán en efecto de inmediato. Preséntate en la cámara de la Piedra Mental.

Miré a Bastille. De algún modo, me daba la impresión de que la decisión no nos favorecía. Bastille seguía con la vista fija al frente, aunque percibí arrugas de tensión —e incluso miedo— en su rostro.

«¡No permitiré que suceda!», pensé, airado. Reuní mi Talento. No podían llevársela, los detendría. Les demostraría de lo que era capaz cuando mi Talento les rompiera las espadas a todos y...

—Alcatraz, chaval —me dijo el abuelo en voz baja—. Los privilegios, como el de poder visitar Cristalia, solo se conservan porque no abusamos de ellos. Creo que hemos presionado a nuestros amigos todo lo que era posible.

Lo miré. A veces descubría una sabiduría sorprendente en aquellos ojos suyos.

—Déjalo estar, Alcatraz —añadió—. Encontraremos otro modo de luchar contra esto.

Los caballeros se habían levantado y salían del cuarto, seguramente deseando poner tierra de por medio. Me quedé mirándolos, impotente, mientras Bastille los seguía. Cuando ya se iba, se volvió hacia mí y susurró una única palabra:

—Gracias.

«Gracias», pensé. ¿Gracias por qué? ¿Por fracasar?

Por supuesto, me sentía culpable. Puede que sepáis que la culpabilidad es una rara emoción que se parece a un ascensor de gelatina: los dos te dejan caer de golpe.

—Vamos, chaval —me dijo el abuelo Smedry, cogiéndome del brazo.

—Hemos fracasado.

—¡Ni hablar! Estaban dispuestos a despojarla por completo de su rango. Al menos, ahora le hemos dado la oportunidad de recuperarlo. Lo has hecho bien.

—La oportunidad de recuperarlo —repetí, con el ceño fruncido—. Pero si las mismas personas van a votar dentro de una semana, ¿de qué sirve? Votarán por quitarle el rango del todo.

—A no ser que les demostremos que se lo merece —repuso el abuelo—. Por ejemplo, evitando que los Bibliotecarios consigan firmar ese acuerdo y apoderarse de Mokia.

Mokia era importante, pero, aunque pudiéramos hacer lo

que decía, y aunque pudiéramos involucrar a Bastille en ello, ¿cómo iba una batalla política a demostrar nada sobre su valía como caballero?

—¿Qué es una Piedra Mental? —pregunté mientras volvíamos a la cámara del cristal de transportador.

—Bueno, se supone que no debes saberlo. Lo que, claro está, hace que sea mucho más divertido contártelo. Hay tres clases de cristales crístines.

—Lo sé —lo interrumpí—. Con una hacen espadas.

—Exacto. Son especiales porque son muy resistentes a los poderes oculantistas y a cosas como los Talentos de los Smedry, lo que permite a los caballeros de Cristalia luchar contra los oculantistas oscuros. La segunda clase de cristales son los del cuello: los llaman gemas orgánicas.

—Esos les dan poder —comenté—. Los convierten en mejores soldados. Pero ¿y la tercera?

—La Piedra Mental —respondió el abuelo Smedry—. Se dice que se trata de un fragmento de la Aguja del Mundo, un único cristal que conecta todos los cristales crístines. Aunque no sé bien lo que hace, creo que conecta a todos los crístines y les permite aprovechar la fuerza de los demás caballeros.

—Y van a desconectar a Bastille de eso —dije—. Puede que sea bueno, así será más independiente.

El abuelo me miró.

—La Piedra Mental no hace que todos los caballeros piensen con una sola mente, chaval. Lo que les permite compartir es sus habilidades. Si uno de ellos sabe hacer algo, a los demás se les da una pizca mejor.

Entramos en la sala de la caja y nos metimos dentro del dispositivo; al parecer, el abuelo Smedry había dejado instrucciones para que las cajas se intercambiaran cada diez minutos hasta que regresáramos.

—¡Abuelo! —exclamé—. Mi Talento. ¿Es tan peligroso como has afirmado ahí dentro?

No contestó.

—En la tumba de Alcatraz I, la escritura de las paredes hablaba del Talento de Romper —expliqué mientras se cerraban las puertas—. Lo llamaba... «el Talento Oscuro» y daba a entender que había provocado la caída de toda la civilización de los incarna.

—Otros han tenido el Talento de Romper, chaval —repuso el abuelo—. ¡Ninguno de ellos ha provocado la caída de civilización alguna! Aunque sí que tiraron un par de muros.

Su intento de hacer un chiste parecía forzado. Abrí la boca para preguntar más, pero las puertas de la caja se abrieron y, justo frente a nosotros estaba Folsom Smedry con su túnica roja e Himalaya al lado.

—¡Señor Smedry! —exclamó Folsom—. ¡Por fin!

—¿Qué? —preguntó el abuelo Smedry.

—Llega tarde —respondió Folsom.

—Por supuesto. ¿Qué ocurre?

—Está aquí.

—¿Quién?

—Ella —respondió Folsom—. La Que No Puede Ser Nombrada. Está en el torreón y quiere hablar con usted.

Capítulo

12

Ahora mismo os estaréis haciendo unas cuantas preguntas, como: «¿Cómo puede ser tan fantástico este libro?» y «¿Por qué resbaló y se cayó la Bibliotecaria?» o «¿Por qué estalló y se estrelló el *Viento de Halcón* en el capítulo 2?».

¿Creíais que se me había olvidado la última? No, en absoluto. Al fin y al cabo, casi me mato en ese vuelo. Suponía que los Bibliotecarios estarían detrás, como suponían todos los demás, pero ¿por qué lo habían hecho? Y, lo más importante, ¿cómo?

El caso es que todavía no había tenido tiempo de plantearme esas preguntas, por muy vitales que fueran. Estaban sucediendo demasiadas cosas. Pero ya llegaremos a ello.

Además, la respuesta a la segunda pregunta del primer párrafo es obvia: cayó porque estaba echando un vistazo a la sección de No-Fricción de la biblioteca.

Nos acercamos a la sala de audiencias del Torreón Smedry, donde Sing —con su robusto contorno mokiano— hacía guardia. Había llegado el momento de enfrentarse a La Que No Puede Ser Nombrada, la Bibliotecaria más peligrosa de toda la orden de los Guardianes de la Norma. Yo había luchado contra Blackburn, oculantista oscuro, y había sufrido con sus lentes de torturador. Había luchado contra Kilimanjaro de Los Huesos del Escriba, con sus lentes forjadas con sangre y su terrible sonrisa medio metálica. A la jerarquía de los Bibliotecarios no se la podía tratar a la ligera.

Me tensé al entrar en la cámara del castillo con el abuelo Smedry y Folsom, dispuesto a lo que fuera. Sin embargo, la Bibliotecaria no estaba allí. La única persona de la sala era una ancianita con un chal y un bolso naranja.

—¡Es una trampa! —exclamé—. ¡Han enviado a una ancianita como señuelo! Deprisa, anciana, ¡corres grave peligro! ¡Huye mientras aseguramos la zona!

La anciana miró al abuelo Smedry a los ojos.

—Ah, Leavenworth, ¡tu familia siempre resulta encantadora!

—Kangchenjunga Sarektjåkkå —dijo el abuelo Smedry en un tono apagado muy poco habitual en él; casi frío.

—¡Siempre has sido el único capaz de pronunciarlo en este sitio! —repuso Kagechech... Kachenjuaha... La Que No Puede Ser Nombrada.

Hablaba con amabilidad, sin duda. ¿Esta era La Que No Podía Ser Nombrada? ¿La Bibliotecaria más peligrosa? Me sentí un poco decepcionado.

—Eres un amor, Leavenworth —añadió.

El abuelo arqueó una ceja.

—No puedo decir que me alegre de verte, Kangchenjunga, así que quizá sea mejor responder que es interesante hacerlo.

—¿Tiene que ser así? —preguntó—. ¡Pero si somos viejos amigos!

—Difícilmente. ¿Por qué has venido?

La anciana suspiró y después avanzó sobre sus temblorosas piernas, medio arqueadas por la edad, usando un bastón para apoyarse. La sala estaba enmoquetada con una gran alfombra granate y en las paredes había tapices similares, junto con varios sofás de aspecto formal para las reuniones con los dignatarios. Sin embargo, no se sentó en ninguno, sino que se limitó a acercarse a mi abuelo.

—Nunca me has perdonado por aquel pequeño incidente, ¿verdad? —preguntó la Bibliotecaria mientras jugueteaba con su bolso.

—¿Incidente? —repitió el abuelo Smedry—. Kangchenjunga, creo que me dejaste colgando de un precipicio helado, con el pie atado a un bloque de hielo que se derretía poco a poco, y el cuerpo cubierto de beicon y adornado con un cartel en el que se leía: «Comida gratis para lobos.»

La mujer sonrió con melancolía.

—Ah, eso sí que fue una trampa. Los chicos de hoy en día no saben cómo hacerlo bien.

Se metió la mano en el bolso. Me tensé, y ella sacó lo que parecía ser un plato de galletas con trocitos de chocolate envuelto en film transparente. Me las entregó y después me dio unas palmaditas en la cabeza.

—Qué muchacho más simpático —dijo antes de volverse

hacia mi abuelo—. Me has preguntado por qué había venido, Leavenworth. Bueno, queremos que los reyes sepan que nos tomamos muy en serio este tratado, así que he venido a hablar antes del voto final de esta noche.

Me quedé mirando las galletas a la espera de que estallaran o algo, pero el abuelo Smedry no parecía preocupado; no apartaba la vista de la Bibliotecaria.

—No permitiremos que se firme el acuerdo —afirmó el abuelo.

La anciana chasqueó la lengua y sacudió la cabeza mientras salía de la sala arrastrando los pies.

—Los Smedry no sabéis perdonar. ¿Qué podemos hacer

para demostraros que somos sinceros? ¿Qué solución puede haber a todo esto?

Vaciló al llegar a la puerta, se volvió y nos guiñó un ojo.

—Ah, y no os interpongáis en mi camino. Si lo hacéis, tendré que arrancaros las entrañas, hacerlas picadillo y echárselas a mis peces de colores. ¡Chaíto!

Me quedé boquiabierto. Su aspecto era el de una «amable ancianita», e incluso sonreía de ese modo tan mono que tienen las abuelas mientras mencionaba nuestras entrañas, como si hablara de su último proyecto de calceta. Salió, y un par de guardias del torreón la siguieron.

El abuelo Smedry se sentó en uno de los sofás y respiró hondo mientras Folsom se sentaba a su lado. Sing todavía estaba junto a la puerta, inquieto.

—Bueno, vaya, vaya —comentó el abuelo.

—Abuelo —le dije mientras miraba las galletas—, ¿qué hacemos con esto?

—No creo que debamos comérnoslas —respondió.

—¿Veneno?

—No, pero no cenaremos nada. —Se calló y se rio—. Sin embargo, ¡así somos los Smedry! —Sacó una galleta y le dio un bocado—. Ah, sí, tan buenas como recordaba. Lo mejor de enfrentarse a Kangchenjunga son estos detalles. Es una repostera excelente.

Percibí movimiento a un lado y, al volverme, vi que Himalaya entraba en el cuarto.

—¿Se ha ido ya? —preguntó la antigua Bibliotecaria de pelo oscuro.

—Sí —respondió Folsom, que se puso en pie de inmediato.

—Esa mujer es espantosa —dijo Himalaya antes de sentarse.

—Diez de diez en maldad —repuso Folsom.

Yo seguía sospechando de Himalaya, que se había quedado fuera porque no quería enfrentarse a una antigua colega. Pero eso la había dejado sin vigilancia, ¿qué había estado haciendo? ¿Colocar una bomba, como la que voló en pedazos el *Viento de Halcón*? ¿Veis? Ya os dije que no se me había olvidado.

—Necesitamos un plan —dijo el abuelo Smedry—. Solo quedan unas cuantas horas para el voto del tratado. ¡Tiene que haber un modo de evitarlo!

—Señor Smedry, he estado hablando con el resto de los nobles —dijo Sing—. No... tiene buena pinta. Están todos muy cansados de la guerra. Quieren que acabe.

—Estoy de acuerdo en que la guerra es terrible —repuso el abuelo—, pero, por el cuidadoso Campbell, ¡entregar Mokia no es la respuesta! Debemos demostrárselo.

Nadie respondió. Los cinco permanecimos un rato sentados allí, pensando. El abuelo Smedry, Sing y Folsom disfrutaron de las galletas, pero yo me contuve. Himalaya tampoco comía. Si estaban envenenadas, ella lo sabría.

Poco después entró un criado.

—Señor Smedry —dijo el chico—, Cristalia solicita un momento de intercambio.

—Aprobado —respondió el abuelo.

Himalaya por fin cogió una galleta y se la comió. «A la porra mi teoría», pensé, suspirando. Poco después apareció Bastille.

Me levanté, sorprendido.

—¡Bastille! ¡Estás aquí!

Ella parecía desconcertada, como si acabaran de darle unas cuantas bofetadas seguidas. Me miró, pero le costaba enfocar la vista.

—Sí... Sí, aquí estoy.

Aquello me provocó escalofríos. Lo que le habían hecho en Cristalia debía de haber sido horrible si ahora era incapaz de responder con sarcasmo a mis comentarios tontos. Sing corrió a acercarle una silla. Bastille se sentó con las manos en el regazo; ya no llevaba el uniforme de escudero de Cristalia, sino una túnica y unos pantalones genéricos de color marrón, como muchas de las personas que había visto en la ciudad.

—¿Cómo te sientes, niña? —le preguntó el abuelo.

—Fría —susurró ella.

—Estamos intentando dar con el modo de evitar que los Bibliotecarios conquisten Mokia, Bastille —dije—. Quizá..., quizá puedas ayudarnos.

Ella asintió con aire ausente. ¿Cómo iba a colaborar con nosotros para exponer la trama de los Bibliotecarios y, por tanto, recuperar su rango de caballero, si apenas conseguía hablar?

El abuelo Smedry me miró.

—¿Tú qué crees?

—Creo que voy a ir a romper unas cuantas espadas de cristal —solté.

—No sobre Bastille, chaval. Te aseguro que todos estamos de acuerdo sobre el modo en que la han tratado. Pero ahora mismo tenemos problemas más importantes.

—Abuelo —respondí, encogiéndome de hombros—, no sé nada sobre la política de las Tierras Silenciadas, ¡así que menos de la de Nalhalla! No tengo ni idea de qué debemos hacer.

—¡No podemos quedarnos aquí sentados! —exclamó Sing—. Mi gente muere mientras hablamos. Si los demás Reinos Libres retiran su apoyo, Mokia no contará con los suministros necesarios para seguir luchando.

—¿Y si...? ¿Y si le echo un vistazo al acuerdo? —se ofreció Himalaya—. Quizá si lo leyera podría ver algo que los de Nalhalla no habéis visto. Algún truco que los Bibliotecarios oculten en la manga y que podamos enseñar a los monarcas.

—¡Excelente idea! —afirmó el abuelo Smedry—. ¿Folsom?

—La llevaré al palacio —respondió Folsom—. Allí hay una copia pública que podemos leer.

—Señor Smedry —intervino Sing—, creo que deberías hablar de nuevo con los reyes.

—¡Lo he intentado, Sing!

—Sí —respondió el mokiano—, pero quizás deberíais dirigirte a ellos formalmente, en una sesión. Puede que..., no sé, puede que eso los avergonzara ante la multitud.

El abuelo Smedry frunció el ceño.

—Bueno, sí. ¡Aunque preferiría una infiltración intrépida!

—Aquí no hay... demasiados lugares en los que infiltrarse —dijo Sing—. Toda la ciudad se lleva bien con nosotros.

—Salvo la embajada de los Bibliotecarios —repuso el abuelo, con ojos relucientes.

Permanecimos sentados un momento y después miramos a Bastille. Se suponía que ella era la voz de la razón, la que nos diría que debíamos evitar hacer cosas..., bueno, hacer cosas estúpidas.

Sin embargo, ella se limitaba a mirar al frente, pasmada después de lo que le habían hecho.

—Maldición —gruñó el abuelo—. ¡Que alguien me diga que infiltrarse en la embajada es una idea horrorosa!

—Es una idea horrorosa —respondí—. Aunque no sé bien por qué.

—¡Porque no es probable que encontremos algo útil! —exclamó el abuelo—. Son demasiado listos para eso. Como mucho, tendrán una base secreta en algún punto de la ciudad. Ahí es donde deberíamos infiltrarnos, ¡pero no tenemos tiempo para buscarla! Que alguien me diga que debería ir a hablar de nuevo con los reyes.

—Estooo, ¿no acabo de hacerlo? —repuso Sing.

—Necesito escucharlo de nuevo, Sing —respondió el abuelo—. ¡Soy viejo y tozudo!

—Entonces, en serio, deberías ir a hablar con los reyes.

—Aguafiestas —masculló el abuelo Smedry entre dientes.

Me eché hacia atrás, pensativo. El abuelo estaba en lo cierto: seguramente existía una guarida secreta de los Bibliotecarios en la ciudad. Habría jurado que la encontraríamos cerca del lugar en el que había desaparecido mi madre cuando la perseguía.

—¿Qué son los Archivos Reales? —pregunté.

—No son una biblioteca —respondió Folsom a toda prisa.

—Sí, eso decía el cartel —contesté—. Pero, si no son una biblioteca, ¿qué son?

En fin, que decirme lo que algo no es no resulta demasiado útil. Podría sacar un *blorgadet* y colgarle un cartel que dijera: «Os aseguro que no es un hipopótamo.» No ayudaría nada. Además, mentiría, ya que, de hecho *blorgadet* es hipopótamo en mokiano.

El abuelo Smedry se volvió hacia mí.

—Los Archivos Reales...

—No son una biblioteca —añadió Sing.

—... son el almacén en el que se guardan los textos y pergaminos más importantes del reino.

—Eso..., en fin, eso suena a biblioteca que no veas —contesté.

—Pero no lo es —repuso Folsom—. ¿Es que no lo has oído?

—Ya... Bueno, un almacén de libros...

—Que no es una biblioteca —concluyó el abuelo Smedry.

—... suena justo como el sitio en el que estarían interesados los Bibliotecarios. —Fruncí el ceño, pensativo—. ¿Ahí hay libros escritos en el idioma olvidado?

—Supongo que algunos —respondió el abuelo—. Nunca he entrado.

—¿Ah, no? —pregunté, sorprendido.

—Se parece demasiado a una biblioteca. Aunque no lo sea.

Puede que este tipo de afirmaciones os confundan a los de las Tierras Silenciadas. Al fin y al cabo, siempre he presentado al abuelo Smedry, Sing y Folsom como tipos muy cultos. Son académicos y saben mucho de lo que hacen. ¿Cómo es que han evitado las bibliotecas y la lectura?

La respuesta es que no han evitado la lectura. Les encantan

los libros. Sin embargo, para ellos, los libros se parecen a los chicos adolescentes: siempre que se juntan, causan problemas.

—Los Archivos Reales —dije, y después añadí rápidamente—, y ya sé que no son una biblioteca, era adonde se dirigía mi madre. Estoy seguro. Tiene las lentes de traductor, así que estará intentando buscar algo allí. Algo importante.

—Alcatraz, ese sitio está muy bien protegido —repuso el abuelo—. Creo que ni siquiera Shasta sería capaz de entrar sin ser vista.

—Aun así, me parece que deberíamos visitarlo —respondí—. Podemos echar un vistazo y comprobar si está pasando algo sospechoso.

—De acuerdo —dijo el abuelo Smedry—. Ve tú, y llévate a Bastille y a Sing. Yo redactaré un emotivo discurso para cuando acabe el proceso de esta noche. Con suerte, alguien intentará asesinarme mientras lo pronuncio. ¡Eso le aportaría un dramatismo diez veces mayor!

—Abuelo —dije.

—¿Sí?

—Estás loco.

—¡Gracias! ¡De acuerdo, en marcha! ¡Tenemos que salvar un continente!

13

La gente tiende a creerse lo que le cuentan los demás. Sobre todo ocurre cuando la gente que le cuenta a la gente lo que le cuenta es la gente que tiene un título universitario en aquello que le está contado a la gente (¿no contabais con ello?).

Los títulos universitarios son muy importantes. Sin ellos, no sabríamos distinguir a un experto de alguien que no lo es, y si no supiéramos quién es el experto, no sabríamos a qué opinión hacer más caso.

O, al menos, eso es lo que los expertos quieren que creamos. Los que han hecho caso a Sócrates saben que se supone que deben hacer preguntas. Preguntas como: «Si todos somos iguales, ¿por qué mi opinión vale menos que la de un experto?» o «Si me gusta leer este libro, ¿por qué debería permitir que alguien me dijera que no debería leerlo?».

Eso no significa que no me gusten los críticos. Mi primo lo es y, como habéis visto, es un tipo muy agradable. Lo único que digo es que deberíais cuestionaros lo que os cuenten los demás, aunque tengan un título universitario. Hay muchas personas que quizás intenten evitar que leáis este libro. Se os acercarán y dirán cosas como: «¿Por qué lees esa porquería?» o «Deberías estar haciendo los deberes» o «¡Ayúdame, estoy ardiendo!».

Que no os distraigan. Es de vital importancia que sigáis leyendo. Este libro es muy muy importante.

Al fin y al cabo, trata sobre mí.

—Los Archivos Reales —dije, alzando la vista hacia el enorme edificio que tenía frente a mí.

—Que no son una biblioteca —añadió Sing.

—Gracias, Sing —respondí con brusquedad—. Casi se me había olvidado.

—¡Encantado de ayudar! —respondió mientras subíamos los escalones.

Bastille iba detrás; seguía igual, casi no reaccionaba. Había acudido a nosotros porque la habían echado de Cristalia. Desvincularla de la roca mágica de los caballeros también exigía un periodo de exilio de su champiñón de cristal gigante.

Para los que habitáis en las Tierras Silenciadas, os reto a convertir ese último párrafo en una conversación: «Por cierto, Sally, ¿sabías que si te desvinculan de la roca mágica de los caballeros también te exigen un período de exilio de su champiñón de cristal gigante?»

Un dragón subía arrastrándose por los muros de los castillos que tenía encima, gruñendo en voz baja para sí. Los Archivos Reales (que no son una biblioteca) se parecían mucho a un edificio sacado de la historia griega, con sus magníficos pilares y sus escalones de mármol. La única diferencia estribaba en que tenía torres de castillo. En Nalhalla, todo tiene torres de castillo, incluso las letrinas (ya sabéis, por si a alguien se le ocurre tomar por la fuerza el trono).

—Hace mucho tiempo que no vengo por aquí —dijo Sing, que caminaba a mi lado, tan contento. Me alegraba volver a pasar un rato con el simpático antropólogo.

—¿Ya habías estado antes?

—Durante mi época de estudiante de grado tuve que investigar sobre nuestras armas antiguas. Aquí hay libros que no se pueden encontrar en ninguna otra parte. En realidad, me da un poco de pena volver.

—¿Tan malo es este sitio? —pregunté al entrar en la cavernosa sala principal de los Archivos Reales. No veía ningún libro, casi parecía vacía.

—¿Este sitio? Oh, no me refería a los Archivos Reales, que no son una biblioteca, sino a Nalhalla. ¡No pude investigar en las Tierras Silenciadas todo lo que me habría gustado! Estaba inmerso en un estudio sobre el transporte en esas tierras cuando tu abuelo fue a buscarme y dimos inicio a la infiltración.

—Aquello no es tan interesante.

—¡Eso es porque te has acostumbrado! —exclamó Sing—. ¡Todos los días sucedía algo nuevo y emocionante! Justo antes de irnos, por fin conseguí conocer a un taxista de verdad. Le pedí que me diera una vuelta por la manzana y, aunque me decepcionó no verme envuelto en ningún accidente, estoy seguro de que podría haber experimentado alguno al cabo de unos días.

—Los accidentes son peligrosos, Sing.

—Oh, estaba preparado para el peligro. ¡Me aseguré de llevar gafas protectoras!

Suspiré, pero no hice más comentarios. Intentar refrenar el amor de Sing por las Tierras Silenciadas era como..., bueno, como darle patadas a un cachorrito al que le gustara llevar armas de fuego.

—Este sitio no parece tan impresionante —dije mientras miraba a mi alrededor, a los majestuosos pilares y los enormes pasillos—. ¿Dónde están los libros?

—Ah, es que estos no son los archivos —respondió Sing, señalando una puerta—. Los archivos están ahí.

Arqueé una ceja y me acerqué a la puerta, y la abrí. Dentro me encontré con un ejército.

Había unos cincuenta o sesenta soldados, todos firmes en fila, con los cascos de metal relucientes a la luz de las lámparas. Al fondo de la sala se veían unas escaleras que bajaban.

—Guau —dije.

—¡Vaya, el joven señor Smedry! —atronó una voz. Me volví y me sorprendió ver caminando hacia mí a Archedis, el caballero de Cristalia de gran mentón que conocí en el juicio de Bastille—. ¡Qué sorpresa encontrarlo aquí!

—Sir Archedis —respondí—. Supongo que podría decir lo mismo.

—Siempre hay dos caballeros de Cristalia de pleno derecho protegiendo los Archivos Reales.

—Que no son una biblioteca —añadió uno de los soldados.

—Estaba supervisando un cambio de guardia —dijo Archedis al acercarse.

Resultaba mucho más intimidante de pie. Armadura plateada, rostro rectangular, una barbilla que podría destruir países si cayera en las manos equivocadas. Sir Archedis era la clase de caballero que la gente pone en los carteles de reclutamiento.

—Bueno —respondí—, hemos venido a investigar los Archivos Reales...

—Que no son una biblioteca —apuntó Sir Archedis.

—... porque creemos que los Bibliotecarios podrían estar interesados en ellos.

—Están bastante bien protegidos —respondió Archedis con su voz profunda—. ¡Medio pelotón de soldados y dos crístines! Pero supongo que no vendrá mal tener también por aquí a un oculantista, ¡sobre todo cuando hay Bibliotecarios en la ciudad!

Miró detrás de mí.

—Veo que ha traído a la joven Bastille —añadió—. Buen trabajo, ¡mantenerla en movimiento para que no se regodee en su castigo!

Volví la vista hacia Bastille. Estaba concentrada en Sir Archedis, y me pareció ver que empezaba a demostrar alguna emoción. Seguramente estaría pensando en lo mucho que le gustaría atravesarle el pecho con algo largo y puntiagudo.

—Siento que hayamos tenido que conocernos en tan lamentables circunstancias, señor Smedry —me dijo Archedis—. He seguido de cerca sus hazañas.

—Oh —repuse, ruborizándome—. ¿Se refiere a los libros?

Archedis se rio.

—¡No, no, a sus hazañas reales! La batalla contra Blackburn

fue bastante impresionante, por lo que cuentan, y me habría gustado ser testigo de la pelea con el Animado. He oído que se manejó bastante bien.

—Ah, bueno, gracias —respondí, sonriendo.

—Pero, dígame —dijo mientras se inclinaba sobre mí—: ¿de verdad rompió una espada crístina con ese Talento suyo?

Asentí.

—La empuñadura se soltó cuando la tenía en la mano. No me daba cuenta, pero el problema eran mis emociones. Estaba tan nervioso que el Talento se activó con gran cantidad de poder.

—Bueno, ¡supongo que tendré que aceptar su palabra! —exclamó Archedis—. ¿Le gustaría contar con un caballero como guardia personal durante la investigación?

—No, estoy bien así.

—Estupendo —respondió mientras me daba una palmada en la espalda. Por cierto: que te dé una palmada en la espalda alguien con guantelete no es agradable, por mucho cariño que le ponga—. Adelante, y mucha suerte. —Después, volviéndose hacia los soldados, añadió—: ¡Dejadlo pasar y seguid sus órdenes! ¡Es el heredero de la Casa Smedry!

Los soldados me saludaron todos a una, y Archedis se fue por la puerta, entre tintineos de armadura.

—Me gusta ese tío —dije una vez que se hubo marchado.

—Le gusta a todo el mundo —repuso Sing—. Sir Archedis es uno de los caballeros más influyentes de la orden.

—Bueno, no creo que le guste a todo el mundo, la verdad —dije mirando a Bastille, que observaba la puerta.

—Es asombroso —susurró ella, para mi sorpresa—. Él es una de las razones por las que decidí unirme a la orden.

—¡Pero si fue uno de los que votó para que te quitaran el rango!

—Fue el menos severo de los tres —respondió Bastille.

—Solo porque yo lo convencí.

Ella me miró con una cara rara; al parecer, empezaba a salir de su bajón.

—Creía que te gustaba —comentó.

—Bueno, y me gusta.

O, al menos, me gustaba... hasta el momento en que Bastille había empezado a hablar de lo maravilloso que era. De repente, estaba convencido de que Sir Archedis era soso y lerdo. Me preparé para explicárselo a Bastille, pero me interrumpieron los soldados al abrirnos paso.

—Ah, bien —dijo Sing mientras entraba—. La última vez tardé una hora en satisfacer sus requisitos de seguridad.

Bastille lo siguió. Estaba claro que no se había recuperado del todo, aunque estuviera un poco más animada. Llegamos a las escaleras y, por un breve instante, recordé la Biblioteca de Alejandría, con sus Bibliotecarios espectrales y sus interminables hileras de tomos y pergaminos polvorientos. También se encontraba bajo tierra.

Las similitudes acababan ahí. No solo porque los Archivos Reales no fueran una biblioteca, sino porque las escaleras no acababan en una extraña oscuridad teletransportadora, sino que se alargaban un buen trecho, sucias y secas. Cuando por fin alcanzamos el fondo, nos encontramos con dos caballeros de

Cristalia haciendo guardia junto a otras puertas. Saludaron, ya que al parecer nos reconocieron a Sing y a mí.

—¿Durante cuánto tiempo necesitará tener acceso a las instalaciones, mi señor? —preguntó uno de los caballeros.

—Ah, pues no estoy seguro.

—Si no le importa, pásese por aquí dentro de una hora —dijo el otro caballero, una mujer corpulenta de pelo rubio.

—De acuerdo.

Tras el intercambio, los dos caballeros abrieron las puertas y nos dejaron entrar a Sing, a Bastille y a mí en los archivos.

—Guau —dije, pero no parecía suficiente—. ¡Guau! —repetí, esta vez con más énfasis.

Es probable que ahora estéis esperando una descripción por todo lo alto, algo impresionante para ilustrar la majestuosa colección de tomos que componía los archivos.

Eso es porque habéis malinterpretado mis «guaus». Veréis, como casi todas las exclamaciones basadas en idiomas animales, «guau» puede interpretarse de muchas formas diferentes. Es lo que llamamos «versátil», que no es más que otro modo de decir que es una palabra muy tonta.

Al fin y al cabo, «guau» puede querer decir que algo es genial o que algo te inquieta. También: «Eh, oye, mira, ¡está a punto de comerme un dinosaurio!» O incluso podría significar: «Acabo de ganar la lotería, aunque no sé qué hacer con todo ese dinero porque estoy en el estómago de un dinosaurio.»

Como nota al margen dentro de esta nota al margen, cabe comentar que, como descubrimos en el primer libro, es cierto que la mayoría de los dinosaurios son buena gente y no todos comen hombres. Sin embargo, existen algunas notables excepciones, como Quesadilla y el infame Hermanabrontë.

En mi caso, «guau» no se refería a ninguna de estas cosas, sino a algo así como: «¡Este sitio está hecho una pena!»

—¡Este sitio está hecho una pena! —exclamé.

—No hace falta que te repitas —masculló Bastille, que habla con fluidez el guaunés.

Los libros estaban amontonados como pilas de chatarra en un viejo desguace en ruinas. Había montañas enteras de ellos, descartados, destrozados y totalmente desorganizados. La cueva parecía no acabarse nunca, y los libros formaban montes y colinas, como dunas de arena hechas de páginas, letras y palabras. Volví la vista hacia los guardias que protegían la entrada.

—¿Esto está organizado de alguna manera? —pregunté con un atisbo de esperanza.

El caballero palideció.

—¿Organizado? ¿Se refiere a... un sistema de catalogación?

—Sí, ya sabe, para poder encontrar las cosas fácilmente.

—¡Eso es lo que hacen los Bibliotecarios! —exclamó la caballero rubia.

—Genial —respondí—. Simplemente genial. Gracias, de todos modos.

Suspiré y me aparté de la puerta, que los caballeros cerraron a mi paso. Después cogí una lámpara de la pared.

—Bueno, pues vamos a investigar —les dije a los demás—. A ver si encontramos algo sospechoso.

Vagamos por la sala, e intenté que mi fastidio no me traicionara. Los Bibliotecarios habían hecho muchas cosas horribles a los Reinos Libres; tenía sentido que los de Nalhalla sintieran un miedo irracional por sus costumbres. Sin embargo, me resultaba asombroso que un pueblo al que le gustaba tanto aprender tratara los libros de un modo tan horrendo. Por el modo en que estaban esparcidos los volúmenes, daba la impresión de que su método para «archivarlos» consistía en tirarlos a la cámara de almacenamiento y olvidarse de ellos.

Las pilas se hacían cada vez más grandes y descomunales a medida que nos acercábamos al fondo de la cámara, como si un infernal *bulldozer* con fobia a las letras los hubiera ido empujando sistemáticamente hacia allí. Me detuve con las manos en las caderas. Yo me esperaba un museo o, al menos, un cubil lleno de estanterías, pero me había encontrado con el dormitorio de un adolescente.

—¿Cómo pueden saber si falta algo? —pregunté.

—No pueden —respondió Sing—. Suponen que si nadie puede entrar para robar libros, no tienen por qué llevar la cuenta ni organizarlos.

—Qué estupidez —repuse, luz en alto.

La cámara era más larga que ancha, así que veía las paredes a ambos lados de mí. No parecía tan infinito como la Biblioteca de Alejandría; en resumen, era una habitación muy grande llena de miles y miles de libros.

Retrocedí por el camino entre los montículos. ¿Cómo saber si había algo sospechoso en un sitio en el que no habías estado nunca? Estaba a punto de rendirme cuando lo oí: un ruido.

—No sé, Alcatraz —decía Sing—, quizás...

Levanté una mano para silenciarlo.

—¿Has oído eso? —pregunté.

—¿El qué?

Cerré los ojos para escuchar mejor. ¿Me lo habría imaginado?

—Allí —dijo Bastille. Abrí los ojos y vi que señalaba una de las paredes—. Arañazos, como...

—Como alguien excavando —respondí mientras me subía a una pila de libros.

La trepé entera, resbalando en lo que parecían ser varios volúmenes del código tributario real, hasta que llegué a la cima y pude tocar la pared. Era de cristal, por supuesto. Apreté la oreja contra ella.

—Sí —confirmé—, sin duda se oyen ruidos de excavación que proceden del otro lado. Mi madre no se coló aquí, ¡se coló en un edificio cercano! ¡Están abriendo un túnel hasta los Archivos Reales!

—No... —empezó a decir Sing.

—Sí, que no son una biblioteca, lo capto.

—En realidad iba a decir que no pretendo llevarte la contraria, Alcatraz, pero que es imposible entrar en este sitio por la fuerza.

—¿Qué? —pregunté mientras resbalaba montaña de libros abajo—. ¿Por qué?

—Porque está construido con cristal de reforzador —respondió Bastille, que tenía mejor aspecto, aunque todavía parecía un poco aturdida—. No se puede romper, ni siquiera con los Talentos de los Smedry.

Miré otra vez hacia la pared.

—He visto cómo sucedían cosas imposibles. Mi madre tiene las lentes de traductor; vete a saber qué ha aprendido ya gracias al idioma olvidado. Puede que hayan encontrado el modo de atravesar ese cristal.

—Es posible —dijo Sing, que se rascaba la barbilla—. Aunque, si te soy sincero, de estar en su lugar me habría limitado a hacer un túnel hasta las escaleras de ahí para después entrar por la puerta.

Miré la pared. Lo que decía Sing tenía sentido.

—Vamos —les dije mientras corría a abrir la puerta. Los dos caballeros de fuera se asomaron al interior.

—¿Sí, señor Smedry? —preguntó uno.

—Puede que alguien intente abrir un túnel hasta las escaleras —respondí—. Bibliotecarios. Pidan refuerzos para la puerta.

Los caballeros pusieron cara de sorpresa, pero obedecieron

mis órdenes; uno de ellos salió corriendo escaleras arriba, tal como le pedía.

Miré a Bastille y Sing, que todavía estaban en la sala. Los soldados no bastarían; no pensaba esperar a ver qué estratagema pensaban poner en práctica los Bibliotecarios. Mokia tenía problemas y yo debía ayudar. Eso significaba detener lo que estuvieran haciendo mi madre y los otros, puede que incluso exponer su doble juego ante los monarcas.

—Tenemos que averiguar qué desea encontrar aquí mi madre y cogerlo primero —dije.

Bastille y Sing se miraron, y después miraron de nuevo a la ridícula cantidad de libros que tenían detrás. Casi podía leerles el pensamiento en la cara.

¿Encontrar lo que buscaba mi madre? ¿En ese follón? ¿Cómo iba nadie a encontrar nada allí dentro?

Entonces fue cuando dije algo que creía que nunca diría, por muy mayor que me hiciera.

—Necesitamos a un Bibliotecario —afirmé—. Ahora mismo.

Capítulo

14

Sí, habéis oído bien: yo, Alcatraz Smedry, necesitaba a un Bibliotecario.

Bueno, puede que os haya dado la impresión de que los Bibliotecarios no sirven para nada de nada. Me disculpo si es lo que os ha parecido. Los Bibliotecarios son muy útiles. Por ejemplo, sirven si necesitáis cebo para pescar tiburones. También para lanzarlos por la ventana si se desea comprobar los efectos del impacto en hormigón en las gafas de montura de carey. Con los Bibliotecarios suficientes se pueden construir puentes (como con las brujas).

Y, por desgracia, también son útiles para organizar cosas.

Corrí escaleras arriba con Sing y Bastille. Tuvimos que abrirnos paso entre los soldados que ahora ocupaban los escalones: hombres y mujeres que blandían sus espadas con cara de preocupación. Había enviado a un soldado con un mensaje para mi abuelo y a otro con un mensaje para mi padre, en los que los advertía de lo que habíamos descubierto. También había ordenado a uno de los caballeros que mandara a un contingente a registrar los edificios cercanos: quizá lograran encontrar la base de los Bibliotecarios y el otro extremo del túnel. No obstante, no contaba con ello; a mi madre no era tan sencillo atraparla.

—Debemos ir deprisa —dije—. A saber cuándo conseguirá entrar mi madre en la cámara.

Todavía me sentía un poco mal por necesitar ayuda de un Bibliotecario. Era frustrante. Frustrante en grado sumo. De hecho, no creo ser capaz de describiros con precisión —a través de un texto— lo frustrante que era.

Pero como os quiero, voy a intentarlo de todos modos. Empecemos poniendo letras al azar en mayúscula.

—PodeMos pEdiR quE nOs EnVíen un dRAgón —DijO SinG CUando sAlImos CoMo ReLÁmpagOS DE las EscAlERAs y cORRimos Por lA sAla de aRRibA.

—TArdArÍa DeMAsiado —rEpuSo BaStiLlE.

—TenDreMos Que PAraR uN veHícUlo en la CallE —dIje.

¿Sabéis lo que os digo? Que así no es lo bastante frustrante. Voy a empezar a añadir también signos de puntuación al azar.

ATra!vEsa-mos la G?rAn eN%trAda a ToD##A vEl<oc>iDad. "UN"a vEz F-uE)Ra mE di Cu$EnTa dE qU/e El s^Ol eSta+Ba a P=uN=to dE Po*nERsE. s^Olo fAl+tabAn Un pAr De h=OrAS p-Ara La RATiF~iCACión. DE,bÍA-Mos! dA-RNos PriS??A.

POr dES()GRacIA, En LA c¡AllE No eNC?ontRAmoS cAR-ruaJEs QuE p$ArAR. Ni u/No. H<>aBÍA gEN//te cAm[]iNanDo, PErO nA?da dE cAR#ruaJEs.

Vale, ¿sabéis lo que os digo? Que eso tampoco es lo bastante frustrante. Voy a empezar a sustituir algunas vocales al azar con la letra cu.

Mir-É q Mi aLr?eDed!OR, DeS#ESpeR$adq, fr-UstRA/dQ (como vosotros, espero) y eNfAd()AdO. HA^cíA uN iNS.taNte hqb,íA d¡OcEnas De cAR?Ru!aJqs e-N La cA-lL-E. Ah?OrA N$o hA!!bíA nIN""GunQ.

—¡A%Hí! —eXcL&qMÉ, SE//ñaLqn?dO. Má¿S Ade$L-Antq, a P-qCa diS<>TanCqa dE nOs-qtRos, h%AbÍa QN eXt#rañO arT-ilqGIo dE crIS%taL. No ESt><aBq seGU/rO dE Lo qU-E eRA, PErq sE mOV¡íq, y b¿AStaNTe dqP~risa—. ¡A p-Or qL!

Vale, ¿habéis visto lo frustrante que es intentar leer eso? Bueno, pues no es ni la mitad de frustrante de lo que me resultaba tener que ir a pedir ayuda a un Bibliotecario. ¿No os alegra que os haya permitido experimentar lo que sentía yo? Es prueba del excelente narrador que soy: un escrito que despierta en el lector las mismas emociones que viven los personajes. Ya me daréis las gracias después.

Nos acercamos corriendo a la cosa que iba por la calzada. Era una especie de animal de cristal, algo similar al *Viento de Halcón* o al *Dragonauta*, salvo que, en vez de volar, caminaba. Cuando lo rodeamos pude verlo mejor.

Me quedé paralizado en medio de la calle.

—¿Un cerdo?

Sing se encogió de hombros. Bastille, sin embargo, corrió hacia el cerdo con mucha decisión. Parecía menos aturdida, aunque seguía como... rendida. Tenía ojeras y bolsas bajo los ojos, y la cara demacrada y exhausta. Corrí detrás de ella. Cuando llegamos al enorme cerdo, una parte del cristal del trasero se abrió deslizándose y dejó a la vista a alguien que estaba de pie en el interior.

Me siento en la necesidad de parar aquí para explicar que no apruebo en absoluto el humor de caca, pedo, culo, pis. Ya hemos tenido bastante de eso en este libro y, trifecta o no, no resulta apropiado. El humor escatológico es el equivalente literario a las patatas fritas de bolsa y los refrescos: puede que sean atractivos, pero, a la vez, son malísimos y de mal gusto. Debéis saber que no defiendo tales recursos y que —como en anteriores volúmenes de mi narrativa— pretendo mantener unos estándares de calidad muy rigurosos en esta historia.

—¡Caca pedorra con cara de pota! —exclamó una voz desde el interior del culo del cerdo.

Permitidme que suspire. Lo siento. Al menos, es otro párrafo estupendo para intentar meterlo en una conversación al azar.

El hombre que estaba en el trasero del cerdo no era otro que el príncipe Rikers Dartmoor, el hermano de Bastille e hijo del rey. Todavía llevaba su túnica azul real y la gorra de béisbol roja coronando su mata de pelo rojo.

—¿Perdón? —pregunté mientras me paraba de golpe junto al cerdo—. ¿Qué habéis dicho, Vuestra Alteza?

—He oído que a los de las Tierras Silenciadas os gusta usar sinónimos de excrementos como exclamaciones —respondió el príncipe—. ¡Intentaba que te sintieras como en casa, Alcatraz! ¿Qué diantres haces en medio de la calle?

—Necesitamos que nos lleves, Rikers —dijo Bastille—. Deprisa.

—¡Diarrea explosiva! —exclamó el príncipe.

—Y, por última vez, deja de intentar hablar como los de las Tierras Silenciadas. Suenas como un idiota.

Bastille subió al cerdo de un salto y me ofreció una mano para ayudarme.

Sonreí y la acepté.

—¿Qué? —me preguntó.

—Me alegro de ver que te sientes mejor.

—Me siento fatal —me espetó mientras se ponía las gafas de sol, digo, las lentes de guerrero—. Apenas logro concentrarme y me pitan los oídos sin parar. Ahora, cállate y sube al culo del cerdo.

Hice lo que me ordenaba y dejé que me alzara. Hacerlo le resultaba más difícil que antes, ya que la habían desconectado de la piedra mental y eso debía de haberle arrebatado parte de sus habilidades, pero seguía siendo mucho más fuerte de lo que debería serlo cualquier chica de trece años. Es probable que, en parte, fuera cosa de las lentes de guerrero; eran unas de las pocas clases de lentes que podía llevar todo el mundo.

Bastille ayudó a Sing a subir mientras el príncipe corría por el cerdo de cristal —que por dentro era muy bonito y lujoso— y le pedía a su chófer que diera media vuelta.

—Ummm, ¿adónde nos dirigimos en nuestra asombrosa aventura? —preguntó a gritos el príncipe.

«¿Asombrosa aventura?», pensé.

—Al palacio —respondí—. Debemos encontrar a mi primo Folsom.

—¿Al palacio? —preguntó el príncipe, claramente decepcionado; para él era un lugar bastante mundano, pero dio la orden de todos modos.

El cerdo empezó a moverse de nuevo, marchando calle abajo. Al parecer, los peatones estaban acostumbrados a apartarse de su camino y, a pesar de su gran tamaño, iba a buen ritmo. Me senté en uno de los majestuosos sofás rojos, y Bastille se sentó a mi lado mientras suspiraba y cerraba los ojos.

—¿Duele? —pregunté.

Se encogió de hombros. Se le da bien hacerse la dura, pero me daba cuenta de que perder el vínculo todavía la inquietaba mucho.

—¿Por qué necesitamos a Folsom? —preguntó sin abrir los ojos, en un claro intento de evitar que siguiera interrogándola.

—Estará con Himalaya —respondí, y entonces caí en la cuenta de que Bastille no conocía a la Bibliotecaria—. Es una Bibliotecaria que, en teoría, desertó a nuestro bando hace seis meses, aunque creo que no es de fiar.

—¿Por?

—Es muy sospechoso que Folsom esté siempre a su lado —respondí—. Rara vez la pierde de vista. Creo que le preocupa que, en realidad, se trate de una espía de los Bibliotecarios.

—Estupendo —repuso Bastille—. ¿Y vamos a pedirle ayuda?

—Es nuestra mejor opción. Es una Bibliotecaria bien entrenada; si hay alguien capaz de organizar el lío de los Archivos Reales...

—¡Que no son una biblioteca! —gritó Rikers desde la lejana cabeza del cerdo.

—... es una Bibliotecaria. Además, si es una espía, quizá sepa lo que busca el otro bando y podamos obligarla a contárnoslo.

—Entonces, tu genial plan consiste en ir a buscar a alguien que sospechas que es nuestro enemigo para llevarlo justo al sitio en el que intentan entrar por la fuerza los Bibliotecarios.

—Pues... sí.

—Maravilloso. ¿Por qué me da la impresión de que acabaré esta ridícula farsa deseando haber renunciado a ser caballero para dedicarme a la contabilidad?

Sonreí. Sentaba bien recuperar a Bastille. Me costaba dejarme impresionar por mi fama teniéndola a ella para señalar los puntos flacos de mis planes.

—No lo dices en serio, ¿verdad? —le pregunté—. ¿Lo de renunciar a ser caballero?

Ella suspiró y abrió los ojos.

—No. Por mucho que odie reconocerlo, mi madre estaba en lo cierto: no solo se me da bien esto, sino que lo disfruto. —Me miró a los ojos—. Alguien me tendió una trampa, Alcatraz. Estoy segura. Querían que fracasara.

—Tu... madre fue la que se mostró más en contra de tu readmisión.

Bastille asintió, y vi que estaba pensando lo mismo que yo.

—Menudos padres los nuestros, ¿eh? —comenté—. Mi padre no me hace ni caso; mi madre se casó con él por su Talento.

Si te casas con un Smedry, obtienes su Talento. Al parecer, daba igual que fuera por sangre o por matrimonio: un Smedry era un Smedry. La única diferencia estribaba en que, en el caso del matrimonio, el cónyuge adquiría el mismo Talento de su mujer o su marido.

—Mis padres no son así —respondió Bastille con vehemencia—. Son buenas personas. Mi padre es uno de los reyes más respetados y populares que haya conocido Nalhalla.

—Aunque esté dispuesto a ceder Mokia —intervino Sing desde el asiento que teníamos enfrente.

—Cree que es la mejor opción —repuso Bastille—. ¿Te gustaría tener que decidir si pones fin a una guerra, salvando miles de vidas, o sigues luchando? Ve la oportunidad de alcanzar la paz, y la gente quiere paz.

—Mi gente quiere paz, pero nos importa más la libertad —dijo Sing.

Bastille guardó silencio.

—En cualquier caso —contestó al fin—, suponiendo que fuera mi madre la que me tendió la trampa, entiendo muy bien por qué lo haría. Le preocupa demostrar cualquier favoritismo conmigo. Se siente en la necesidad de ser más dura de lo normal, y por eso me envió a una misión tan difícil: para ver si fracasaba y si, por tanto, necesitaba seguir con mi entrenamiento. Pero se preocupa por mí. Lo que pasa es que lo demuestra de un modo muy raro.

Apoyé la espalda en el sofá y pensé en mis propios padres. Quizá Bastille fuera capaz de encontrar buenos motivos para los actos de los suyos, pero se trataba de un noble rey y una valiente caballero. ¿Qué tenía yo? Un científico egoísta con complejo de estrella de rock y una Bibliotecaria malvada que ni siquiera caía demasiado bien a los otros Bibliotecarios.

Attica y Shasta Smedry no eran como los padres de Bastille. A mi madre yo no le importaba: solo se había casado para conseguir el Talento. Y estaba claro que mi padre no deseaba pasar tiempo conmigo.

Con razón salí como salí. En los Reinos Libres hay un dicho: «El rugido de un osezno no es más que el eco del oso.» Se parece un poco al que usamos en las Tierras Silenciadas: «De tal palo, tal astilla.» Como cabía esperar, la versión de los Bibliotecarios usa ramitas en vez de algo guay, como osos.

No sé si alguna vez tuve la oportunidad de ser algo más que el imbécil egocéntrico en el que me convertí. A pesar de la reprimenda del abuelo Smedry, todavía ansiaba la fugaz satisfacción de la fama. Había resultado muy agradable oír a la gente decir lo genial que era.

El gusto por la fama se plantó en mi interior como una semilla corrupta, ennegrecida y putrefacta que esperaba para brotar en forma de oscuras enredaderas viscosas.

—¿Alcatraz? —preguntó Bastille, dándome un codazo.

Parpadeé y me di cuenta de que me había quedado en babia.

—Perdón —mascullé.

Ella señaló a un lado con la cabeza: el príncipe Rikers se acercaba.

—He llamado para avisar que llegábamos, y Folsom no está en palacio —nos advirtió.

—¿Ah, no? —pregunté con sorpresa.

—No, los criados dicen que él y una mujer le echaron un vistazo al acuerdo y se marcharon. ¡Pero no temas! Podemos proseguir nuestra búsqueda, ya que un criado añadió que podríamos encontrarlo en los Jardines Reales...

—Que no son un parque —intervino Sing—. Estooo, da igual.

—... del otro lado de la calle.

—De acuerdo. ¿Y qué hace en los jardines? —pregunté.

—Algo increíblemente emocionante e importante, supongo —respondió Rikers—. ¡Eldon, toma notas!

Un criado con toga de escriba salió de una habitación cercana, como si surgiera de la nada, llevando un cuaderno en la mano.

—Sí, mi señor —respondió mientras garabateaba.

—Esto dará para un libro excelente —comentó Rikers al sentarse.

Bastille puso los ojos en blanco.

—Pero, espera —dije—. ¿Llamasteis para avisar? ¿Cómo lo habéis hecho?

—Por cristal de comunicador —respondió Rikers—. Te permite hablar con alguien a distancia.

Cristal de comunicador. Sin embargo, había algo que me preocupaba. Me metí la mano en el bolsillo y saqué mis lentes. Una vez tuve unas lentes que me permitían comunicarme a distancia. Ya no contaba con ellas, se las había devuelto al abuelo Smedry. Sin embargo, sí que tenía unas nuevas, las de disfrazador. ¿Qué pasaba con el poder que me otorgaban? Si pensaba en otra persona, podía adoptar su aspecto...

Por cierto, sí, esto es una anticipación. No obstante, habréis tenido que leer los dos libros anteriores de la serie para averiguar lo que está ocurriendo. Así que, si no lo habéis hecho ya, ¡peor para vosotros!

—Espera —dijo Bastille, señalando las lentes de buscaverdades que tenía yo en la mano—. ¿Son las que encontraste en la Biblioteca de Alejandría?

—Sí. El abuelo averiguó que son lentes de buscaverdades.

Bastille se animó.

—¿En serio? ¿Es que no sabes lo excepcionales que son?

—Bueno..., si te soy sincero, casi que desearía que pudieran volar cosas en pedazos.

Bastille puso los ojos en blanco.

—No sabrías distinguir unas lentes útiles ni cortándote con ellas, Smedry.

Ahí tenía razón.

—Tú sabes mucho más de lentes que yo, Bastille —reconocí—. Pero creo que hay algo raro en todo esto. Los Talentos de los Smedry, las lentes oculantistas, la arena brillante... Está todo conectado.

—¿De qué hablas? —preguntó mientras me observaba.

—Mira, deja que te lo enseñe.

Guardé las lentes, me levanté y examiné la cámara en busca de un candidato adecuado. En una pared había un pequeño estante con algunos equipos de cristal.

—Alteza, ¿qué es eso?

El príncipe Rikers regresó.

—¡Ah! ¡Mi nuevo fonógrafo silimático! Pero todavía no lo he conectado.

—Perfecto —respondí, y me acerqué a la caja de cristal para cogerla; era del tamaño aproximado de un maletín.

—No funcionará, Alcatraz —dijo el príncipe—. Necesita una placa de energía silimática o algo de arena brillante para...

Canalicé mi poder hasta el cristal. No el poder de romper de mi Talento, sino la misma energía que había empleado para activar las lentes. Antes no tenía más que tocar las lentes para energizarlas; ahora estaba aprendiendo a controlarme para no activarlas sin querer.

En cualquier caso, la caja empezó a tocar música, una sinfonía muy alegre. Menos mal que Folsom no estaba por allí, porque habría empezado a «bailar».

—Eh, ¿cómo lo has hecho? —preguntó el príncipe Rikers—. ¡Es asombroso!

Bastille me miró con curiosidad. Dejé la caja de música en el suelo y siguió tocando un rato, activada por la carga que le había metido.

—Empiezo a pensar que las lentes oculantistas y el cristal tecnológico normal son lo mismo.

—Eso es imposible —respondió ella—. Si lo fueran, podrías activar las lentes de oculantista con arena brillante.

—¿No se puede?

Ella negó con la cabeza.

—Puede que no esté lo bastante concentrado —respondí—. Sí que se pueden energizar las lentes con sangre de Smedry, si las forjas con ella.

—Puaj —comentó—. Es cierto, pero puaj de todos modos.

—¡Ah, aquí estamos! —exclamó de repente Rikers, que se puso de pie al frenar el cerdo.

Lancé una mirada a Bastille, que se encogió de hombros; ya hablaríamos del tema más adelante. Nos levantamos y nos unimos a Rikers, que miraba por la ventanilla (o, bueno, por la pared) los jardines a los que nos acercábamos. De nuevo me entraron las prisas: teníamos que encontrar a Himalaya y regresar a los Archivos, no biblioteca, Reales.

Rikers tiró de una palanca, y el trasero del cerdo se desplegó formando escalones. Bastille y yo salimos corriendo, con Sing detrás. Los Jardines Reales eran un enorme campo abierto de hierba salpicado de esporádicos lechos de flores. Examiné el césped intentando localizar a mi primo. Por supuesto, Bastille lo encontró primero.

—Ahí —exclamó, señalándolo.

Entorné los ojos, y vi que Folsom e Himalaya estaban sentados en una manta, disfrutando de lo que parecía ser un pícnic.

—¡Esperad ahí! —grité a Sing y a Rikers mientras Bastille y yo cruzábamos la mullida hierba, dejando atrás familias que disfrutaban de la tarde y niños jugando—. ¿Qué narices hacen esos dos? —pregunté, sorprendido, mientras miraba a Folsom e Himalaya.

—Pues..., creo que se llama pícnic, Smedry —respondió Bastille sin más.

—Lo sé, pero ¿por qué iba Folsom a llevar de pícnic al enemigo? Quizás está intentando que Himalaya se relaje para poder sacarle información.

Bastille los miró mientras ellos seguían sentados en su manta y disfrutaban de la comida.

—Espera un momento —dijo sin dejar de correr—, ¿siempre están juntos, dices?

—Sí, la vigila como un halcón. Siempre la está mirando.

—¿Dirías que ha estado pasando mucho tiempo con ella?

—Una sospechosa cantidad de tiempo.

—¿Comiendo en restaurantes?

—En heladerías. Afirma que le enseña Nalhalla para que se familiarice con sus costumbres.

—Y tú crees que lo hace porque sospecha que es una espía —repuso Bastille, casi como si le hiciera gracia.

—Bueno, ¿por qué si no...?

Entonces me paré de golpe en la hierba. Justo delante de nosotros, Himalaya le puso la mano en el hombro a Folsom y se echó a reír por algo que había dicho él. Él la miró, al parecer hipnotizado por su rostro. Era como si se divirtiera, como si...

—Ah —dije.

—Los chicos sois idiotas —repuso Bastille sin aliento, mientras echaba a correr de nuevo.

—¿Cómo iba a saber yo que estaban enamorados? —le solté al alcanzarla.

—Idiota —repitió.

—Mira, aun así, podría ser una espía. ¡Si hasta podría estar seduciendo a Folsom para sonsacarle todos sus secretos!

—Las seducciones no son tan cursis —respondió Bastille cuando llegamos a su manta—. De todos modos, hay un método muy sencillo para averiguarlo. Saca tus lentes de buscaverdades.

«Eh, buena idea», pensé. Busqué las lentes, las saqué y miré a la Bibliotecaria a través de ellas.

Bastille fue directa a la manta.

—¿Eres Himalaya? —preguntó.

—Pues sí —respondió la Bibliotecaria.

Cuando la miré a través de las lentes, su aliento brillaba como una nube blanca. Supuse que significaba que decía la verdad.

—¿Eres una espía de los Bibliotecarios? —preguntó Bastille; ella es así, sutil como una roca en la cabeza y el doble de malhumorada.

—¿Qué? —repuso Himalaya—. ¡No, claro que no!

Su aliento era blanco.

Me volví hacia Bastille.

—El abuelo Smedry me advirtió que a los Bibliotecarios se les daban bien las medias verdades, lo que podría ayudarlos a engañar a mis lentes de buscaverdades.

—¿Estás diciendo medias verdades? —preguntó Bastille—. ¿Intentas engañar a las lentes, timarnos, seducir a este hombre o algo así?

—No, no, no —respondió Himalaya, ruborizada.

Bastille me miró.

—Su aliento es blanco —respondí—. Si miente, lo hace realmente bien.

—Pues con eso me basta —dijo Bastille mientras señalaba con el dedo—. Vosotros dos, al cerdo. Tenemos el tiempo justo.

Se pusieron en pie de un salto sin hacer ni una pregunta.

Cuando Bastille utiliza ese tono de voz, te apresuras a hacer lo que te pida. Por primera vez me di cuenta de dónde procedía la habilidad de mi amiga para mandonear a la gente: era una princesa; seguramente se había pasado la infancia dando órdenes.

«Por las Primeras Arenas —pensé—. Es una princesa.»

—De acuerdo —dijo ella—. Ya tenemos a tu Bibliotecaria, Smedry. Esperemos que de verdad sirva de algo.

Regresamos al cerdo, y entonces vi la puesta de sol. No quedaba casi tiempo. La siguiente parte iba a tener que ser rápida (os sugiero respirar hondo).

Capítulo

15

Los humanos son muy curiosos. Por lo que he visto, cuanto más de acuerdo estamos con alguien, más nos gusta escucharlo. He elaborado una teoría a la que llamo la filosofía del discurso de los macarrones con queso.

Me encantan los macarrones con queso. Son asombrosos. Si sirven comida en el cielo, estoy seguro de que los habrá en todas las mesas. Si alguien quiere sentarse a hablar conmigo de lo buenos que están los macarrones con queso, puedo pasarme horas con el tema. Sin embargo, si quieren hablar de palitos de merluza, suelo meterlos en un cañón y lanzarlos en dirección a Noruega.

Esa reacción no es la correcta. Sé a qué saben los macarrones con queso. ¿No me resultaría más útil hablar con alguien al que le guste otra cosa? Quizás entender lo que le gusta a la gente a la que le gustan los palitos de merluza me ayudaría a comprender mejor cómo piensan.

Muchas personas de este mundo no entienden este punto de

vista. De hecho, muchas piensan que si les gustan los macarrones con queso en vez de los palitos de merluza, lo mejor que se puede hacer es prohibir los palitos de merluza.

Eso sería una tragedia. Si permitimos que se hagan cosas como esa, al final acabaremos con una sola comida a nuestra disposición. Y seguramente no serán ni macarrones con queso ni palitos de merluza. Es probable que se trate de algo que a ninguno nos guste comer.

¿Queréis ser mejores personas? Id a escuchar lo que dice alguien con el que no estéis de acuerdo. No discutáis con él, limitaos a escuchar. Es muy interesante lo que dice la gente si te tomas la molestia de no ser un imbécil.

Salimos del cerdo de cristal gigante como soldados en acción y después subimos corriendo las escaleras de los Archivos Reales.

Adelante, decidlo conmigo, sé que lo estáis deseando: que no son una biblioteca.

Bastille, con las lentes de guerrero, fue la más rápida, claro, pero Folsom e Himalaya le seguían el ritmo. Sing iba el último, justo al lado de...

—¿Príncipe Rikers? —dije, deteniéndome en seco; había supuesto que el príncipe se quedaría en su vehículo.

—¿Sí, qué? —respondió él al pararse a mi lado, volverse y mirar atrás.

—¿Por qué estáis aquí? —pregunté.

—¡Por fin tengo la oportunidad de observar al famoso Alcatraz Smedry en acción! No me lo pienso perder.

—Vuestra Alteza —dije—, podría ser peligroso.

—¿De verdad lo crees? —preguntó él, emocionado.

—¿Qué está pasando? —quiso saber Bastille, bajando a toda prisa los escalones—. Creía que teníamos prisa.

—Quiere venir —dije, señalándolo.

Ella se encogió de hombros.

—En realidad no podemos impedírselo, es el príncipe heredero. Eso significa, más o menos, que puede hacer lo que le plazca.

—Pero ¿y si lo matan? —pregunté.

—Entonces tendrán que elegir a un nuevo príncipe heredero —me soltó Bastille—. ¿Vamos o no?

Suspiré y miré al príncipe pelirrojo, que sonreía, satisfecho.

—Genial —mascullé, pero seguí subiendo las escaleras. El príncipe corrió a alcanzarme—. Por cierto —dije—, ¿por qué un cerdo?

—¿Cómo? —repuso, sorprendido—. Pues porque oí que en las Tierras Silenciadas los tíos duros conducen cerdos.

Gruñí.

—Príncipe Rikers, «cerdos» es como llaman a las motos Harley Davidson.

—¿Las Harley Davidson parecen cerdos? —preguntó—. ¡No tenía ni idea!

—Da igual, vamos a dejarlo —respondí.

Corrimos hasta la habitación de los soldados; daba la impresión de que los caballeros ya habían enviado a sus refuerzos. También había muchos de ellos en las escaleras. Era un alivio saber que estaban ahí si los Bibliotecarios conseguían entrar en los Archivos Reales.

—Que no son una biblioteca —añadió Sing.

—¿Qué?

—Solo se me ocurrió que lo estabas pensando —respondió Sing—, así que supuse que era buena idea recordártelo.

Llegamos al pie de las escaleras. Los dos caballeros habían tomado posición dentro de la sala y saludaron al príncipe al vernos entrar.

—¿Algún Bibliotecario? —pregunté.

—No —respondió la caballero rubia—, pero todavía oímos los ruidos. Tenemos dos pelotones aquí, a la espera, y dos más registrando los edificios cercanos. Por ahora no han descubierto nada, ¡pero estaremos listos para recibirlos si entran por el hueco de las escaleras!

—Excelente —la felicité—. Deberían esperar fuera, por si acaso.

No quería que vieran lo que estaba a punto de suceder. Era embarazoso.

Se fueron y cerraron la puerta. Me volví hacia Himalaya.

—De acuerdo, vamos a ello.

—¿Vamos a qué? —preguntó ella, desconcertada.

«Ah, claro —pensé—. En realidad todavía no le hemos explicado lo que necesitamos de ella.»

—En alguna parte de este cuarto hay algunos libros que los Bibliotecarios desean obtener —dije—. En estos momentos, tus antiguos amigos están excavando un túnel que llega hasta aquí. Necesito que...

Me di cuenta de que Bastille, Folsom y Sing hacían una mueca mientras yo me preparaba para decirlo.

—... necesito que organices los libros de este sitio.

Himalaya palideció.

—¿Qué?

—Ya me has oído.

Ella miró a Folsom, que apartó la vista.

—Me estás poniendo a prueba —dijo, cerrando los puños—. No te preocupes, puedo resistirlo. No hace falta que lo hagas.

—No, en serio —insistí, exasperado—. No es una prueba. Es que necesito que estos libros estén ordenados de algún modo.

Se sentó en una pila de ellos.

—Pero... ¡Pero si me estoy recuperando! ¡Llevo limpia varios meses! No puedes pedirme que vuelva atrás, ¡no puedes!

—Himalaya —le dije mientras me arrodillaba a su lado—, de verdad, de verdad que necesito que lo hagas.

Empezó a sufrir temblores, lo que me hizo vacilar.

—Es que...

Se levantó y salió corriendo de la habitación, con lágrimas en los ojos. Folsom corrió detrás de ella, y yo me quedé allí arrodillado, sintiéndome fatal; como si acabara de decirle a una niña que su gatito estaba muerto. Porque yo lo había atropellado. Y después me lo había comido.

Y que, encima, sabía asqueroso.

—Bueno, pues ya está —dijo Bastille, que también se sentó en una pila de libros.

Empezaba a tener mala pinta de nuevo. La habíamos distraído un rato, pero todavía le pesaba la desconexión.

Seguía oyendo el mismo ruido, cada vez más fuerte.

—Pues vale —dije, respirando hondo—. Vamos a tener que destruirlos.

—¿Qué? —preguntó Sing—. ¿Los libros?

Asentí.

—No podemos permitir que mi madre consiga lo que busca. Sea lo que sea, tiene que ver con Mokia. Es lo único que se me ocurre... Dudo que podamos trasladar a tiempo todos los libros —añadí, observando los montículos—. Vamos a tener que quemarlos.

—No tenemos autoridad para hacerlo —respondió Bastille con cansancio.

—No —dije, volviéndome hacia el príncipe Rikers—, pero seguro que él sí.

El príncipe alzó la vista; había estado examinando una pila de libros, seguramente en busca de novelas de fantasía.

—¿Qué es esto? —preguntó—. Debo decir que, hasta el momento, esta aventura no ha sido demasiado emocionante. ¿Dónde están las explosiones, los tejones salvajes, las estaciones espaciales?

—Así son las aventuras de verdad, príncipe Rikers —respondí—. Tenemos que quemar estos libros para que los Bibliotecarios no les pongan las manos encima. ¿Podéis autorizarlo?

—Sí, supongo. Quizás encender una fogata sea emocionante.

Me acerqué a una de las lámparas de las paredes y la descolgué. Bastille y Sing se me unieron, mirando los libros mientras me preparaba para prenderles fuego.

—Esto no me gusta —comentó Sing.

—Lo sé —respondí—, pero a nadie le importan estos libros, ¿no? Están aquí metidos, sin más. Seguro que la gente apenas viene a verlos.

—Yo sí —dijo él—. Hace años. No puedo ser el único. Además, son libros. Conocimientos. ¿Quién sabe lo que podríamos perder? Aquí hay libros tan antiguos que quizás sean las únicas copias existentes, aparte de las de la Biblioteca de Alejandría.

Estaba allí de pie, con el fuego en la mano. Ahora bien, no había pretendido que aquello fuera una metáfora de nada, simplemente había sucedido. Parecía lo mejor que podíamos hacer. Sin embargo, también parecía lo peor que podíamos hacer. ¿Era mejor quemar los libros y no dejar que nadie accediera a aquellos conocimientos o teníamos que arriesgarnos y dejar que los Bibliotecarios los robaran?

Me arrodillé y acerqué la lámpara, con sus llamas titilantes, a una pila de libros.

—Espera —me pidió Bastille mientras se arrodillaba a mi lado—. Tienes que activar la opción de «quemar».

—Pero si ya está ardiendo —protesté, desconcertado.

—Ay, la misma discusión otra vez, no, por favor —dijo, suspirando (id a leer el libro uno)—. Mira. —Tocó el cristal de la lámpara, y la llama pareció parpadear—. Hala, ya está.

Entonces, respiré hondo y, con la mano temblorosa, prendí fuego al primer libro.

—¡Espera! —gritó una voz—. ¡No lo hagas!

Me volví y vi que Himalaya estaba en la puerta, con Folsom a su lado. Miré los libros, desesperado; la llama ya se estaba propagando.

Entonces, por suerte, Sing tropezó. Su enorme cuerpo mokiano se estrelló contra la pila de libros, y su tripa extinguió por completo las llamas. De debajo de él brotó una pequeña voluta de humo.

—Ups —dijo.

—No —intervino de nuevo Himalaya mientras se acercaba—, has hecho lo correcto, Sing. Acepto. Los organizaré. Pero..., pero no les hagas daño, por favor.

Di un paso atrás, y Folsom ayudó a Sing a levantarse. Himalaya se arrodilló junto a la pila de libros que casi había acabado en llamas. Tocó con cariño uno de los volúmenes y lo recogió con dedos delicados.

—Entonces..., estooo..., ¿qué orden deseas? ¿Tiempo compartido inverso, en el que los libros se organizan por el minuto de su publicación? ¿Élite de tirador, donde los organizamos por el número de veces que se usa la palabra «el» en las primeras cincuenta páginas?

—Creo que una simple organización por temas serviría —respondí—. Necesitamos encontrar los que traten de oculantistas, de los Smedry o de cualquier cosa sospechosa similar.

Himalaya acarició el libro, palpó la cubierta y leyó el lomo. Después lo colocó con cuidado a su lado y cogió otro. Ese lo puso en otra fila.

«Esto va a durar una eternidad», pensé, desesperado.

Himalaya cogió otro libro. Esta vez apenas miró el lomo

antes de dejarlo a un lado. Después cogió otro y otro y otro... Y con cada nuevo volumen iba más deprisa.

Se detuvo y tomó aire. Después se puso en marcha, y sus manos se movían tan deprisa que no podía seguirles el rastro. Parecía capaz de identificar un libro con tan solo tocarlo y sabía exactamente dónde colocarlo. En pocos segundos se alzaba a su lado una pequeña pared de libros.

—¡Una ayudita, por favor! —gritó—. ¡Empezad a apartar las pilas, pero no cambiéis el orden!

Sing, Folsom, Bastille y yo corrimos a ayudar. Incluso el príncipe se puso manos a la obra. Corríamos de un lado a otro, movimiento libros a donde nos decía Himalaya, intentando seguirle el ritmo.

Tenía una habilidad casi sobrehumana para organizar, era una máquina de identificación y orden. Las pilas sucias y descuidadas desaparecían cuando las tocaba y se transformaban en ordenados montones a los que había limpiado el polvo y la suciedad con un único movimiento de la mano.

Al cabo de unos minutos, a Folsom se le ocurrió reclutar a algunos de los soldados para que nos ayudaran. Himalaya estaba sentada en el centro de la sala como una diosa hindú de múltiples brazos, agitando las manos tan deprisa que ni se veían. Le llevábamos pilas de libros, y ella las organizaba en un abrir y cerrar de ojos y las dejaba agrupadas por temas. Esbozaba una sonrisa serena. Era la sonrisa de mi abuelo cuando hablaba de una infiltración emocionante o la cara de Sing cuando hablaba de su preciada colección de armas antiguas. Era la expresión de alguien al realizar un trabajo que ama de corazón.

Corrí hacia ella con otro montón de libros. Himalaya los agarró sin mirarme y los lanzó a sus pilas como un crupier repartiendo cartas.

«¡Impresionante!», pensé.

—De acuerdo, tengo que decirlo —comentó Himalaya mientras trabajaba.

Las armaduras de los soldados tintineaban en sus carreras de un lado a otro, dejando pilas de libros desorganizados a sus pies para después llevarse las organizadas que dejaba detrás de ella.

—¿Qué problema tenéis los de los Reinos Libres? —preguntó, despotricando al aire—. Quiero decir, dejé las Tierras Silenciadas porque no estaba de acuerdo con la forma en que los Bibliotecarios ocultaban información a la gente, pero ¿por qué es malo organizar? ¿Por qué tratáis así los libros? ¿Qué hay de malo en un poco de orden? Los de los Reinos Libres afirmáis que os gusta que todo sea libre e informal, pero si no hay ninguna regla, reina el caos. La organización es importante.

Dejé mi pila de libros y corrí de vuelta.

—¿Quién sabe qué tesoros perdidos podríais tener aquí? —soltó Himalaya mientras sus brazos volaban—. El moho puede destruir libros. Los ratones pueden hacerlos pedazos a bocados. Hay que cuidarlos, atesorarlos. ¡Alguien debe llevar un registro de lo que tenéis para que podáis apreciar vuestra propia colección!

Folsom se puso a mi lado; la frente le chorreaba de sudor. Contemplaba a Himalaya con adoración y una amplia sonrisa dibujada en el rostro.

—¿Por qué tenía que renunciar a lo que era? —siguió despotricando la Bibliotecaria—. ¿Por qué no puedo ser yo misma, pero de vuestro lado? No quiero robar información, ¡quiero organizarla! No quiero dominar el mundo, ¡quiero darle orden! No quiero que todo sea igual, ¡quiero comprender!

Se detuvo un momento.

—¡Soy una Bibliotecaria buena! —exclamó con voz triunfal mientras agarraba una montaña enorme de libros sin organizar. Los sacudió una vez, como quien agita un pimentero, y, de algún modo, los libros se alinearon en orden por tema, tamaño y autor.

—Guau —susurró Folsom.

—Sí que estás enamorado de ella —le dije.

Folsom se ruborizó y me miró.

—¿Tan obvio es?

No para mí, pero sonreí de todos modos.

—Estos últimos seis meses han sido asombrosos —comentó con ese tono tan soñador y desagradable que utilizan a menudo los enamorados—. Empecé intentando averiguar si era una espía, pero una vez que decidí que no era peligrosa... Bueno, quería pasar todo el tiempo con ella. Así que me ofrecí a enseñarle las costumbres de Nalhalla.

—¿Se lo has dicho? —pregunté mientras los soldados correteaban a mi alrededor, cargados de libros.

—No, no podría —contestó Folsom—. Quiero decir, mírala: ¡es asombrosa! Yo solo soy un tipo normal.

—¿Un tipo normal? Folsom, ¡eres un Smedry! ¡Eres de la nobleza!

—Sí —dijo, bajando la vista—, pero, quiero decir, eso no es más que un nombre. Soy una persona aburrida, en el fondo. ¿Acaso alguien cree que los críticos son interesantes?

Reprimo el impulso de comentar que los Bibliotecarios tampoco es que sean conocidos como la alegría de la huerta.

—Mira, no sé mucho de estas cosas, pero me parece que, si la quieres, deberías decírselo. Creo...

En aquel momento se acercó el príncipe Rikers.

—¡Eh, mirad! —dijo, dándonos un libro—. ¡Tienen una de mis novelas! Conservada para la posteridad. Y la música todavía funciona, ¿veis?

Abrió la tapa.

Y, por supuesto, Folsom me dio un puñetazo en la cara.

Ahora bien, me gustaría dejar claro que la violencia rara vez es la solución a los problemas.

Por ejemplo, la próxima vez que os ataque un grupo de ninjas cabreados, una solución sería darle una patada al jefe, robarle la katana y proceder a destrozar con ella al resto del grupo en una increíble demostración de furor creativo. Aunque quizás os resultaría satisfactorio —e incluso algo divertido—, también sería bastante pringoso y os ganaría la ira de un clan ninja entero. Enviarían a asesinos a por vosotros durante el resto de vuestras vidas (y luchar contra un ninja en medio de una cita puede resultar bastante embarazoso).

Así que, en vez de luchar, podéis sobornar a los ninjas con salsa de soja y enviarlos a atacar a vuestros hermanos. Así os libráis de la salsa de soja que os sobre. ¿Veis qué fácil es evitar la violencia?

Por otro lado, en algunas ocasiones la violencia resulta apropiada. Suelen ser las ocasiones en las que quieres darle una paliza a alguien. Por desgracia, en aquel momento, el «alguien» era yo. El puñetazo de Folsom fue completamente inesperado y me dio en toda la cara.

Justo entonces me di cuenta de algo bastante interesante: era la primera vez que me daban un puñetazo. Fue un momento especial. Diría que fue un poco como si me dieran una patada, solo que con más nudillos y un toque de limón.

Quizá lo del limón fuera solo cosa del cortocircuito de mi cerebro al caer de espaldas contra el suelo de cristal de la cámara. El golpe me dejó aturdido y, cuando por fin me despejé, la escena que tenía delante era puro caos.

Los soldados intentaban contener a Folsom. No querían hacerle daño, ya que era un noble, así que se veían obligados a intentar agarrarlo y sujetarlo. No estaba funcionando demasiado bien. Folsom luchaba con una extraña mezcla de aterradora falta de control y calculada precisión. Era como una marioneta de cuyas cuerdas tirara un maestro de kung fu. O al revés.

De fondo sonaba una trillada melodía: al parecer, mi banda sonora.

Folsom se movía entre los soldados convertido en un remolino de torpes (aunque bien colocados) puñetazos, patadas y cabezazos. Ya había derribado a unos diez soldados, y a los otros diez no les iba mucho mejor.

—¡Qué emocionante! —exclamó el príncipe—. ¡Espero que alguien esté tomando notas! ¿Por qué no se me habrá ocurrido traer a uno de mis escribas? ¡Debería enviar a alguien a por uno!

Rikers estaba cerca del centro de la pelea.

«Por favor, pégale —pensé mientras me levantaba con rodillas temblorosas—. Solo un poquito.»

Pero no estaba escrito... Folsom se concentraba en los soldados. Himalaya les gritaba que intentaran taparle los oídos. ¿Dónde estaba Bastille? Debería haber acudido corriendo al oír la batalla.

El tema de Alcatraz Smedry siguió tocando su alegre melodía; procedía de algún lugar cerca del príncipe.

—¡Príncipe Rikers! —chillé—. ¡El libro! ¿Dónde está? ¡Tenemos que cerrarlo!

—Oh, ¿qué? —preguntó, volviéndose—. Pues... creo que lo dejé caer cuando empezó la pelea.

Estaba de pie junto a una pila de libros sin clasificar. Maldiciendo mi suerte, corrí a la pila como pude. Si lográbamos detener la música, Folsom dejaría de bailar.

En aquel momento, la batalla se volvió hacia mí. Folsom —con ojos de loco y cara de sentirse culpable— dio una vuelta alrededor de un grupo de soldados y lanzó a cuatro de ellos por los aires.

Me puse frente a él. No creía que me fuera a infligir un daño grave. Es decir, los Talentos de los Smedry son impredecibles, pero rara vez hieren demasiado a nadie.

Aunque... ¿no había usado yo mi Talento para romper algunos brazos y hacer caer a unos monstruos a la muerte?

«Porras», pensé. Folsom alzó el puño, preparado para golpearme en plena cara.

Y, entonces, se activó mi Talento.

Una de las cosas curiosas que tienen los Talentos de los Smedry, y el mío en concreto, es que a veces funcionan por su cuenta. El mío rompe armas a distancia si alguien intenta matarme.

En este caso, algo oscuro y salvaje pareció salir disparado de mí. No lo veía, pero sí que noté cómo atacaba a Folsom, que abrió mucho los ojos y tropezó al fallarle por un instante su elegante poder de artes marciales. Era como si, de repente, hubiera perdido su Talento.

Cayó al suelo delante de mí. En aquel preciso momento, un libro de la pila que tenía a mi lado estalló, esparciendo trocitos de papel y cristal. La música paró.

Folsom gruñó. El tropezón lo había dejado de rodillas frente a mí, mientras los fragmentos de confeti llovían a nuestro alrededor.

La bestia de mi interior se calmó, se retiró de nuevo y guardó silencio.

Cuando era niño, consideraba mi Talento una maldición. En aquel momento empezaba a entenderlo como una especie de superpoder. Sin embargo, esa fue la primera vez que lo vi como si tuviera algo ajeno a mí dentro de mi cuerpo.

Algo vivo.

—¡Eso ha sido realmente increíble! —exclamó uno de los soldados.

Levanté la mirada y los vi observarme con admiración. Himalaya parecía perpleja. El príncipe estaba de pie, con los brazos cruzados, sonriendo de satisfacción por haber sido testigo al fin de una batalla.

—Lo he visto —susurró uno de los soldados—. Era como una onda de energía que salía de usted, señor Smedry. Que incluso era capaz de detener a otro Talento.

Era agradable que te admiraran. Me hacía sentir un líder. Un héroe.

—Ocúpense de sus amigos —les dije, señalando a los soldados caídos—. Infórmenme sobre los heridos.

Después me agaché para ayudar a Folsom a levantarse.

Él se miraba los zapatos, avergonzado, mientras Himalaya se acercaba para consolarlo.

—Bueno, me doy nueve puntos sobre diez en ser un idiota —dijo Folsom—. No puedo creerme que dejara que sucediera. ¡Debería ser capaz de controlarlo!

—Sé lo difícil que es —respondí—. Créeme. No ha sido culpa tuya.

La túnica azul del príncipe Rikers hacía frufrú cuando se acercó para unirse a nosotros.

—Eso ha sido maravilloso —dijo—. Aunque es un poco triste que el libro haya acabado así.

—Se me rompe el corazón —respondí bruscamente mientras buscaba a Bastille con la mirada. ¿Dónde se debía de haber metido?

—Oh, no pasa nada —repuso Rikers, metiéndose la mano en el bolsillo—. ¡También tienen la secuela!

Sacó un libro y se dispuso a abrir la cubierta.

—¡Ni se os ocurra! —exclamé mientras le sujetaba el brazo.

—Oh, sí, no creo que sea buena idea. —Después me miró la mano que le sujetaba el brazo—. ¿Sabes qué? Me recuerdas muchísimo a mi hermana. Creía que serías un poquito menos estirado.

—No soy estirado —le espeté—. Estoy enfadado. Hay una diferencia. Himalaya, ¿cómo va la clasificación?

—Pues..., más o menos a la mitad —respondió.

Efectivamente, las montañas de libros empezaban a parecer pilas grandes como paredes. Una pila mucho más pequeña me resultaba de especial interés: contenía los libros en el idioma olvidado.

Hasta aquel momento solo había cuatro, pero me asombraba que hubiéramos conseguido encontrarlos entre todos los demás libros.

Me acerqué a la pila mientras sacaba mis lentes de traductor del bolsillo de la chaqueta.

Me quité las lentes de oculantista y me puse las de traductor. Casi se me había olvidado que llevaba puestas las de oculantista, porque empezaba a verlas como algo natural, supongo. Con las de traductor podía leer los títulos de los libros.

Uno parecía ser una especie de tratado filosófico sobre la naturaleza de las leyes y la justicia. Interesante, pero no creía que fuera lo bastante importante como para que mi madre se arriesgara tanto por él.

Los otros tres libros también eran poco impresionantes. Un manual para fabricar carros, un libro de contabilidad que hablaba sobre el número de pollos que un comerciante había vendido en Atenas y un libro de cocina. En fin, supongo que incluso las sociedades antiguas y todopoderosas necesitaban ayuda para hornear galletas.

Fui a hablar con los soldados y me alivió comprobar que ninguno de ellos estaba herido de gravedad. Folsom había dejado inconscientes a seis, por los menos, y algunos de los demás tenían varias extremidades rotas. Los heridos se fueron a la enfermería y los otros siguieron ayudando a Himalaya. Ninguno había visto a Bastille.

Empecé a dar vueltas por la sala, que se estaba convirtiendo a toda prisa en un laberinto de enormes pilas de libros. Quizá Bastille estuviera buscando pruebas de la entrada de los excavadores. Los ruidos procedían de la esquina sureste, pero, al acercarme, ya no los oía. ¿Se habría dado cuenta mi madre de que la habíamos descubierto? Sin aquel sonido, sí que oía otra cosa: susurros.

Curioso y un poco asustado, caminé hacia el sonido. Doblé

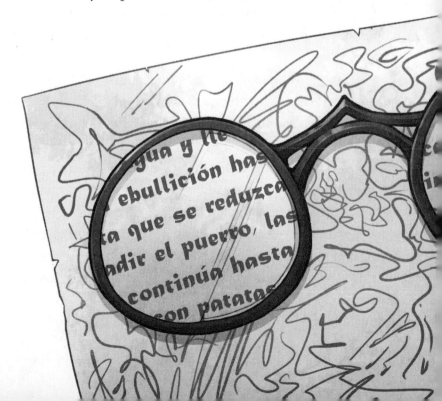

la esquina de una pared de libros y me encontré con un pequeño hueco sin salida del laberinto.

Allí estaba Bastille, hecha un ovillo en el frío suelo de cristal, susurrando para sí y temblando. Dejé escapar un improperio y corrí a arrodillarme a su lado.

—¿Bastille?

Ella se encogió un poco más. Se había quitado las lentes de guerrero, que sujetaba con fuerza en una mano. Tenía cara de sentirse angustiada; se la veía perdida, triste, como si le hubieran arrancado una parte esencial de sí misma y no fueran a devolvérsela jamás.

Me sentía impotente. ¿Le habían hecho daño? Tembló y se movió; después me miró y enfocó la vista. Acababa de percatarse de mi presencia.

De inmediato, se apartó de mí y se sentó. Después suspiró y se envolvió las rodillas con los brazos mientras metía la cabeza entre ellas.

—¿Por qué siempre tienes que verme de este modo? —preguntó en voz baja—. Soy fuerte, de verdad.

—Lo sé —respondí, incómodo y avergonzado.

Seguimos así un rato, Bastille callada, y yo sintiéndome como un completo imbécil, aunque no estaba seguro de qué había hecho mal. (Nota para todos los varones jóvenes que lean esto: acostumbraos a esa sensación.)

—Entonces... —dije—. Estooo..., ¿todavía tienes problemas con lo de la desconexión esa?

Ella alzó la mirada; tenía los ojos rojos, como si se los hubiera restregado con lija.

—Es como... —respondió en voz baja—. Es como si antes tuviera recuerdos. Buenos recuerdos de los sitios que me gustaban y de la gente que conocía. Pero ahora no están. Sigo sintiendo el lugar en el que estaban, aunque ahora es un agujero que me han abierto dentro.

—¿Tan importante es la Piedra Mental? —pregunté. Era una pregunta estúpida, pero creía que debía decir algo, lo que fuera.

—Conecta a todos los caballeros de Cristalia —susurró—. Nos fortalece, nos consuela. Gracias a ella compartimos parte de lo que somos.

—Debería haberles destrozado las espadas a los idiotas que te hicieron esto —gruñí.

Bastille se estremeció y se abrazó más fuerte.

—Me volverán a conectar tarde o temprano, así que seguramente debería decirte que no te enfadaras. Son buenas personas y no se merecen que te burles de ellas. Sin embargo, la verdad es que en estos momentos me cuesta solidarizarme con ellos —comentó, esbozando una lánguida sonrisa.

Intenté devolvérsela, pero me costaba.

—Alguien quería que te sucediera esto, Bastille. Te tendieron una trampa.

—Puede —respondió, suspirando. Al parecer, la crisis había pasado, aunque la había dejado aún más débil que antes.

—¿Puede? —repetí.

—No lo sé, Smedry. Puede que no me tendieran ninguna trampa. Puede que de verdad me ascendieran demasiado deprisa y fracasara yo sola. Puede... puede que no exista ninguna gran conspiración contra mí.

—Supongo que es posible.

Por supuesto, vosotros no lo creéis. Es decir, ¿cuándo no hay una gran conspiración? Toda esta serie va sobre un culto secreto de Bibliotecarios malvados que dirige el mundo, por amor de las Arenas.

—¿Alcatraz? —me llamó una voz. Sing apareció un segundo después—. Himalaya ha encontrado otro libro en el idioma olvidado. Supuse que querrías echarle un vistazo.

Miré a Bastille, que me hizo un gesto para que me largara.

—¿Qué pasa? ¿Crees que necesito niñera? —me soltó—. Ve. Te sigo dentro de un rato.

Vacilé, pero seguí a Sing por unos cuantos pasillos de libros hasta el centro de la habitación. El príncipe estaba sentado con cara de aburrimiento en lo que parecía ser un trono de libros (todavía no estoy seguro de a quién le ordenó su construcción). Folsom dirigía el traslado de las pilas; Himalaya todavía estaba clasificando, y no parecía que fuera a frenar.

Sing me había entregado el libro. Como todos los demás en el idioma olvidado, el texto parecía un montón de garabatos locos.

Antes de morir, Alcatraz I —mi último antepasado— había usado su Talento para romper el idioma de su gente, de modo que nadie pudiera leerlo.

Nadie salvo los que contaran con unas lentes de traductor. Me puse las mías y volví la primera página con la esperanza de que no fuera otro libro de cocina.

«Observaciones sobre los Talentos de los Smedry —decía el título— y una explicación de lo que condujo a su caída. Escrito por Fenilious K. Wandersnag, escriba de Su Majestad Alcatraz Smedry.»

Parpadeé y volví a leerlo entero.

—¿Chicos? —dije, volviéndome hacia ellos—. ¡Chicos!

El grupo de soldados vaciló, mientras que Himalaya miró hacia mí. Sostuve el libro en alto.

—Creo que acabamos de encontrar lo que buscábamos.

Capítulo
17

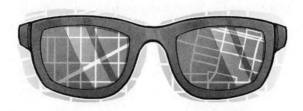

Las cosas están a punto de ponerse muy feas.

Ah, ¿que no lo sabíais todavía? Creía que era obvio. Ya casi hemos llegado al final del libro y acabamos de conseguir una victoria muy alentadora. Todo pinta bien. Así que, por supuesto, todo saldrá mal. Deberíais prestar más atención a los arquetipos de la trama.

Me gustaría prometeros que todo saldrá bien, pero creo que debéis entender algo: este libro está justo a la mitad de la serie y, como todo el mundo sabe, los héroes siempre pierden en el libro de en medio. Así se crea tensión.

Lo siento. Pero, oye, al menos mis libros tienen finales increíbles, ¿verdad?

Despedí a los soldados y les ordené que regresaran a sus puestos. Sing y Folsom se me unieron para mirar el libro, aunque no pudieran leerlo. Supuse que mi madre tendría con ella a un oculantista para leérselo; a ella las lentes no le servían para nada.

—¿Seguro que es esto lo que busca? —preguntó Sing mientras le daba vueltas.

—Es una historia de la caída de los incarna —respondí—, contada por el escriba personal de Alcatraz I.

Sing silbó.

—Vaya. ¿Quién lo iba a decir?

—Pues cualquiera, supongo —respondió Bastille mientras doblaba la esquina para unirse a nosotros. Todavía parecía algo desmejorada, pero al menos estaba de pie. Le ofrecí lo que pretendía ser una sonrisa de ánimos—. Bonita mueca —me dijo—. En fin, estos son los Archivos Reales...

—Nota: —empezó a decir Folsom.

—... no me interrumpas —le soltó Bastille, que parecía estar de mal humor..., aunque es normal en la gente a la que le arrancan el alma—. Estos son los Archivos Reales —siguió diciendo—. Muchos de estos libros han pasado de mano en mano a lo largo de todo el linaje real de Nalhalla... Y la colección ha aumentado con las aportaciones de los Smedry, los caballeros de Cristalia y las demás familias nobles que se nos han unido.

—Efectivamente —añadió el príncipe Rikers, que le quitó el libro a Sing para observarlo—. La gente no tira los libros en el idioma olvidado como si fueran basura. Muchos de ellos llevan años aquí archivados. Son copias de otras copias.

—¿Se pueden copiar estos garabatos? —pregunté, sorprendido.

—Los escribas pueden ser muy meticulosos —respondió Sing—. Son casi tan malos como los Bibliotecarios.

—¿Perdona? —resopló Himalaya, que se acercaba a nosotros.

Había terminado de impartir órdenes a la última pareja de soldados, que estaban colocando los libros que ella acababa de organizar. La sala parecía un poco rara, la mitad del fondo todavía dominada por colosales pilas de libros y la mitad del frente llena de pilas bien ordenadas.

—Ay, estooo, no me refería a ti, Himalaya —dijo Sing—. Me refería a los Bibliotecarios que no están en rehabilitación.

—Yo tampoco lo estoy —respondió ella, cruzando los brazos y adoptando una postura muy premeditada, vestida con su falda y su blusa de las Tierras Silenciadas—. Lo que dije antes iba en serio: pretendo demostrar que se puede ser Bibliotecaria sin ser malvada. Tiene que haber un modo.

—Si tú lo dices... —repuso Sing.

Yo estaba más o menos de acuerdo con Sing. Los Bibliotecarios eran..., bueno, Bibliotecarios. Me habían oprimido desde pequeño. Estaban intentando conquistar Mokia.

—Creo que lo has hecho a las mil maravillas —le dijo Folsom a Himalaya—. Diez de diez en una escala de pura eficiencia magistral.

El príncipe Rikers resopló.

—Perdona —dijo, para después devolverme el libro en el idioma olvidado y alejarse.

—¿Qué ha sido eso? —preguntó Himalaya.

—Creo que Folsom acaba de recordarle al príncipe que es crítico literario —respondió Bastille.

Folsom suspiró.

—No quiero que la gente se enfade. Es que..., bueno, ¿cómo van a mejorar si no les das una opinión sincera?

—No creo que nadie quiera oír tu opinión sincera, Folsom —respondió Himalaya mientras le apoyaba una mano en el brazo.

—Puede que deba ir a hablar con él —dijo Folsom—. Ya sabes, para explicarme.

Yo veía poco probable que el príncipe lo escuchara, pero no repliqué cuando Folsom fue a buscar a Rikers. Himalaya estaba mirando con cariño al decidido crítico.

—Estás enamorada de él, ¿no? —le pregunté.

Himalaya se volvió hacia mí, ruborizada, y Bastille me dio un puñetazo en el brazo al instante.

—¡Ay! —exclamé. Mi Talento nunca parecía funcionar cuando era Bastille la que me pegaba. Puede que creyera que me merecía el castigo—. ¿Por qué has hecho eso?

Bastille puso los ojos en blanco.

—No hace falta que seas tan directo, Smedry.

—¡Tú eres directa todo el rato! —me quejé—. ¿Por qué está mal cuando lo hago yo?

—Porque se te da fatal, por eso. Ahora, discúlpate por haber avergonzado a esta joven.

—No pasa nada, de verdad —respondió Himalaya, que todavía estaba ruborizada—. Pero, por favor, Alcatraz, no digas eso. Folsom solo es amable conmigo porque sabe que me siento terriblemente perdida en la sociedad de los Reinos Libres. No quiero cargarlo con mis tonterías.

—Pero me dijo que... ¡Aj!

—¿Te dijo que «aj»? —preguntó Himalaya, desconcertada.

Estaba claro que no había visto a Bastille darme un pisotón en el pie en medio de la frase.

—Perdónanos —dijo Bastille, sonriendo a Himalaya, antes de alejarme a rastras. Una vez que estuvimos a distancia segura, me señaló la cara y dijo—: No te metas.

—¿Por qué? —quise saber.

—Porque lo averiguarán sin ayuda, y no necesitan que vayas tú a liarlo todo.

—Pero ¡si hablé con Folsom y también está loco por ella! Debería contárselo a Himalaya para que dejen de actuar como cocodrilos enamorados.

—¿Cocodrilos?

—¿Qué pasa? —pregunté, a la defensiva—. Los cocodrilos se enamoran. Los bebés de cocodrilo salen de alguna parte. De todos modos, ese es otro tema. Deberíamos hablar con esos dos y arreglar el malentendido para que puedan avanzar con lo suyo.

Bastille puso los ojos en blanco.

—¿Cómo puedes ser tan listo algunas veces y tan idiota otras, Smedry?

—Eso es injusto, y tú... —Me callé de golpe—. Espera, ¿crees que soy listo?

—He dicho que eres listo «algunas veces» —me soltó—. Por desgracia, eres un fastidio «siempre». Si estropeas esto, te... No sé, te cortaré los pulgares y se los enviaré de regalo de boda a los cocodrilos.

Fruncí el ceño.

—Espera, ¿qué? —pregunté, desconcertado, pero ella se ale-jó hecha una furia.

La observé alejarse y sonreí.

Bastille creía que yo era listo.

Disfruté de mi feliz estupor unos minutos. Al final, volví con Himalaya y Sing.

—... piénsalo —decía ella—. El problema no es lo de «Bi-bliotecarios», sino lo de «malvados». Podría montar un pro-

grama de autoayuda. Sectarios Dominadores de Mundos Anónimos o algo así.

—No sé —respondió Sing mientras se restregaba la barbilla—. Suena como una batalla muy ardua.

—¡A los de los Reinos Libres os falta tanta información sobre el tema como a los Bibliotecarios! —exclamó, y sonrió al verme llegar—. De todos modos, creo que debería organizar el resto de los libros. Ya sabéis, por ser coherente y tal.

Miré el libro que tenía entre las manos.

—Lo que desees —respondí—. Pretendo llevar este a un sitio seguro. Ya hemos perdido demasiado tiempo.

—Pero ¿y si hay otros libros importantes? —preguntó Himalaya—. A lo mejor ese no es el que quiere tu madre.

—Lo es —respondí. De algún modo, lo sabía.

—Pero ¿cómo iba ella a saber que se encontraba aquí? —preguntó Himalaya—. Nosotros no lo sabíamos.

—Mi madre tiene muchos recursos. Seguro que...

En aquel momento, Sing tropezó.

—¡Cielos! —exclamó Himalaya—. ¿Estás bien...? ¡Aj!

La última parte la dijo porque la agarré por el brazo y me lancé con ella detrás de una pila de libros. Vi que Bastille hacía lo mismo con el príncipe y Folsom. Sing rodó hasta mi escondite y se puso de rodillas, nervioso.

—¿Qué estáis haciendo todos? —preguntó Himalaya.

Me llevé un dedo a los labios y esperé, en tensión. El Talento de Sing, como todos ellos, no era de absoluta confianza; sin embargo, su historial de tropezar antes de que sucediera algo peligroso era bastante bueno. Sus premoniciones —bueno, su torpeza— me habían salvado la vida en las Tierras Silenciadas.

Cuando estaba a punto de decidir que se trataba de una falsa alarma, lo oí: voces.

La puerta de la habitación se abrió, y por ella entró mi madre.

Ah, espera, ¿todavía estáis ahí? Creía que la última línea sería el final del capítulo. Me parecía que tenía el dramatismo oportuno.

¿El capítulo todavía no es lo bastante largo? ¿En serio? Vaya. Bueno, supongo que seguiremos, entonces. Ejem.

Me quedé mirándola, perplejo. Sí que era mi madre, Shasta Smedry. Se había quitado la peluca que llevaba en la fiesta y llevaba el pelo rubio recogido en el moño de siempre, junto con las gafas de montura de carey reglamentarias. Su rostro era inflexible, sin emoción. Incluso más que en otros Bibliotecarios.

Sentí un pellizco en el corazón. Aparte de atisbarla de reojo aquel mismo día por la mañana, era la primera vez que me encontraba con ella desde el día en la biblioteca de mi ciudad. La primera vez que la veía desde que... averigüé que era mi madre.

A Shasta la acompañaba un grupo peligrosamente grande de matones: tipos enormes y musculosos que llevaban pajaritas y gafas. Una especie de mutante genético creado al mezclar ADN de empollón con ADN de jugador de fútbol americano.

Seguro que se pasaban el tiempo libre dejándose en calzoncillos los unos a los otros para después encerrarse en las taquillas.

Además, con ella iba un joven pecoso de unos veinte años que lucía chaleco de punto y pantalones de vestir (vestimenta típica de Bibliotecarios), y gafas. De cristales tintados.

«Un oculantista oscuro —pensé—. Así que estaba en lo cierto.» Debía de estar allí para utilizar las lentes de traductor en lugar de mi madre, pero no parecía tan peligroso como Blackburn. Por supuesto, mi madre compensaba esa diferencia más que de sobra.

Sin embargo, ¿cómo habían pasado delante de los soldados de las escaleras? Daba la impresión de que Sing tenía razón y habían abierto un túnel hasta el hueco. ¿No deberíamos haber oído ruidos de lucha? ¿Qué pasaba con los dos caballeros de guardia? Estaba deseando salir corriendo para ver qué había sucedido.

El grupo de Bibliotecarios se paró frente a la habitación. Me quedé escondido detrás de mi pared de libros. Bastille había conseguido meter al príncipe y a Folsom detrás de otra pared, y la veía asomada a la esquina. Nos miramos a los ojos, y vi la pregunta en su rostro.

Estaba pasando algo muy raro. ¿Por qué no habíamos oído pelea en las escaleras?

—Aquí está pasando algo muy raro —dijo mi madre, y su voz rebotó por las paredes de la habitación en silencio—. ¿Por qué están todos estos libros apilados?

El oculantista de las pecas se ajustó los anteojos. Por suerte, no eran las lentes de oculantista de cristales rojos —que le habrían permitido localizarme—, sino unas con cristales a rayas naranjas y azules. No las reconocí.

—Los investigadores a los que entrevisté me dijeron que el lugar era un desastre, Shasta —comentó con voz nasal—, pero ¿quién sabe lo que es un desastre para ellos? ¡Estas pilas parecen dispuestas y organizadas por un bufón!

Himalaya resopló, indignada, y Sing tuvo que sujetarla por el brazo para que no saliera a defender sus habilidades catalogadoras.

—De acuerdo —dijo Shasta—. No sé cuánto tiempo tenemos hasta que alguien descubra lo que hemos hecho. Quiero encontrar ese libro y salir de aquí lo antes posible.

Fruncí el ceño. Eso parecía dar a entender que habían entrado en la habitación con sigilo. Era un buen plan; si un libro desaparecía de los Archivos-Reales-Que-No-Son-Una-Biblioteca®, seguramente tardarían siglos en darse cuenta de que no estaba. Si es que alguna vez se daban cuenta.

Sin embargo, eso significaba que mi madre y un grupo de treinta Bibliotecarios habían logrado atravesar las defensas de los archivos. Lo que parecía imposible.

En cualquier caso, teníamos problemas. No contaba con lentes ofensivas, y como a Bastille la habían desconectado, estaba a punto de derrumbarse. Eso nos dejaba con Folsom, pero odiaba tener que confiar en un Talento Smedry tan impredecible como el suyo.

Parecía mucho mejor idea salir e ir a por un ejército, para después volver e iniciar la pelea. Me gustaba esa idea muchísimo más, sobre todo porque así quizá pudiéramos enviar a alguien a palacio a por el abuelo Smedry (y quizás a por la versión de los Reinos Libres de un par de carros de combate).

Pero ¿cómo salir? Los Bibliotecarios empezaban a moverse entre las pilas de libros. Estábamos cerca del centro de la habitación, ocultos en las sombras gracias a que no había ninguna lámpara por allí, pero estaba claro que no podíamos permanecer escondidos mucho tiempo.

—De acuerdo —susurré a Sing y a Himalaya—, ¡tenemos que salir de aquí! ¿Ideas?

—Quizá podamos escabullirnos por los bordes de la sala —sugirió Himalaya, señalando el laberinto de pasillos.

No me gustaba la idea de encontrarme con uno de aquellos matones, así que negué con la cabeza.

—Deberíamos escondernos detrás —susurró Sing—. Serán capaces de hacer lo que ha hecho Himalaya. ¡Clasificarán esto en cuestión de minutos!

Himalaya resopló en voz baja.

—Lo dudo —dijo—. Pertenecí a los Guardianes de la Norma, los mejores clasificadores del mundo. La mayoría de esos no son más que acólitos básicos. Apenas serán capaces de ordenar alfabéticamente, por no hablar de utilizar la metodología del tendón pegajoso.

—En cualquier caso —susurré—, dudo que vayan a irse sin esto.

Bajé la vista hacia el libro que todavía llevaba en las manos y después miré a Bastille, al otro lado del pasillo central. Parecía tensa y en guardia. Estaba preparándose para luchar..., lo que solía ser su solución a muchas cosas.

«Genial —pensé—. Esto no acabará bien.»

—Si mi hermana estuviera aquí —dijo Sing—, podría hacerse pasar por uno de esos matones y escabullirse.

Me quedé paralizado. La hermana de Sing, Australia, volvería con el contingente mokiano para intentar convencer al Consejo de los Reyes de que tomaran la decisión correcta. Su Talento consistía en dormirse y despertar muy fea. Eso normalmente significaba parecerse a otra persona durante unos momentos. No la teníamos a ella, pero sí las lentes de disfrazador, así que me apresuré a sacarlas. Podrían ayudarme a salir de allí, pero ¿y los demás?

Miré al otro lado del pasillo. Bastille me miró a los ojos y vio las lentes en mis manos. Me di cuenta de que las reconocía. Asintió.

«Ve —decía aquella mirada—. Pon a salvo el libro. No te preocupes por nosotros.»

Si habéis leído toda la serie hasta este punto, sabréis que por aquel entonces me consideraba demasiado noble para abandonar a mis amigos. Sin embargo, empezaba a cambiar. Había probado la fama, estaba deseando volver a probarla, y eso me estaba afectando por dentro.

Me puse las lentes y me concentré, imaginándome el aspecto de un matón de los Bibliotecarios. Himalaya ahogó un grito al verme cambiar, y Sing arqueó una ceja. Los miré a los dos.

—Preparaos para correr —dije.

Miré a Bastille y levanté un dedo para indicar que esperara. Después señalé a la puerta. Pareció captarlo.

Respiré hondo y salí de detrás de la pila. El centro del cuarto estaba mal iluminado, ya que habíamos tapado muchas de las lámparas con las paredes de libros. Esas lámparas estaban de nuevo colgadas en su sitio, incluso la que había intentado usar para quemarlo todo.

Di unos pasos adelante, conteniendo el aliento, esperando que los Bibliotecarios dieran la alarma al verme, pero estaban demasiado ocupados buscando. Ninguno se volvió, siquiera. Fui directo a mi madre. Ella me miró. La mujer que siempre había conocido como la señora Fletcher, la mujer que se había pasado años regañándome cuando era niño.

—Bueno, ¿qué pasa? —me soltó, y me di cuenta de que me había quedado allí parado, mirándola.

Sostuve el libro en alto, el que ella estaba buscando. La señora Fletcher abrió mucho los ojos, encantada.

Así que le entregué el libro.

¿Es este un buen momento? ¿Puedo parar ya? Vale, por fin. Ya era hora.

Capítulo

· 18 ·

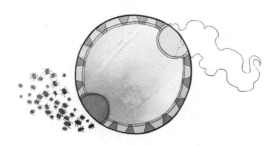

Me gustaría disculparme. En el primer libro de la serie, cerca del final, me burlé de que los lectores, a veces, se quedaran hasta demasiado tarde leyendo libros. Sé cómo es eso. Te metes tanto en una historia que no quieres que pare. Entonces, el autor hace cosas muy injustas, como enfrentarse a su madre cara a cara al final del capítulo, obligándote a pasar la página y leer lo que sucede después.

Estas cosas son de una terrible injusticia, y no debería dedicarme a tales actividades. Al fin y al cabo, todos los libros buenos deberían tener una cosa: una pausa para ir al baño, por supuesto.

Evidentemente, los personajes podemos ir entre capítulos, pero ¿y vosotros? Tenéis que esperar hasta que llegáis a una parte del libro lenta y aburrida. Como esas partes no existen en mis libros, os obligo a esperar hasta que acabe la historia. Eso no es justo. Así que, preparaos, que aquí tenéis vuestra oportunidad. Es el momento de la parte lenta y aburrida.

El panda peludo es una criatura noble, conocida por sus

excelentes habilidades para jugar al ajedrez. Los pandas suelen jugar al ajedrez a cambio de *lederhosen*, que es lo que compone la mayor parte de su dieta, porque les encanta. También hacen una fortuna a través de los tratos comerciales que les permiten encoger y rellenar de algodón a algunos miembros de su clan para venderlos como muñecos de peluche a los niños pequeños. Existe una teoría muy extendida que dice que, uno de estos días, todos estos pandas de peluche se alzarán y dominarán el mundo. Y será divertido, porque los pandas molan.

Vale, ¿habéis terminado ya? Genial. Ahora quizá podamos seguir con la historia. Es muy molesto tener que esperaros de este modo, así que deberíais agradecerme la paciencia.

Mi madre me quitó el libro e hizo enérgicas señas al oculantista oscuro pecoso.

—Fitzroy, ven aquí.

—Sí, sí, Shasta —respondió él, quizá con demasiado entusiasmo. La miró con adoración—. ¿Qué es?

—Lee esto —le pidió mientras le pasaba el libro y las lentes de traductor.

El joven aceptó el libro y las lentes; me asqueaba lo ansioso que estaba por agradar a mi madre. Me alejé unos centímetros mientras alzaba la mano hacia la pared más cercana.

—Pues, sí... —dijo Fitzroy—. ¡Este es, Shasta! ¡Justo el libro que queríamos!

—Excelente —respondió mi madre, alargando el brazo para cogerlo.

En aquel momento, toqué la pared de cristal y liberé una enorme ráfaga de poder de rotura. Sabía que era capaz de romper el cristal y contaba con ello. En otras circunstancias ya había sido capaz de usar cosas como paredes, mesas e incluso estelas de humo como conductores; igual que un cable conduce la electricidad, un objeto podía conducir por su interior mi poder de rotura y destrozar lo que estuviera al otro extremo.

Era un riesgo, pero no pensaba dejar a mis aliados solos en una habitación llena de Bibliotecarios. Y menos cuando uno de esos aliados era el novelista oficial de Alcatraz Smedry. Tenía que pensar en mi legado.

Por suerte, funcionó. El poder de rotura se movió por la pared como ondas por un lago y las lámparas estallaron.

Todo se sumió en la oscuridad.

Di un salto adelante y recuperé el libro, que Fitzroy estaba entregando a Shasta. Oí voces de sorpresa y a mi madre maldecir. Corrí hacia la puerta, salí al pasillo iluminado del otro lado y me quité a toda prisa las lentes de disfrazador.

Se oyó un fuerte golpe que procedía del interior de la habitación. Después surgió un rostro de la oscuridad: un matón de los Bibliotecarios. Me encogí y me preparé para la pelea, pero el hombre de repente hizo una mueca de dolor y cayó al suelo. Bastille saltó sobre él mientras el Bibliotecario gruñía y le agarró la pierna; su hermano, el príncipe, corría detrás de ella.

Urgí al príncipe a salir, aliviado al comprobar que Bastille había comprendido mis gestos con la mano. Aunque había usado la señal universal para «espera un segundo y después corre hacia la puerta», resulta que esa señal es la misma que para «necesito un batido; creo que en esa dirección lo encontraré».

—¿Dónde está Folsom...? —empecé a preguntar, pero el crítico apareció poco después llevando la novela de Rikers en la mano, preparado para abrirla y empezar a bailar en cuanto hiciera falta. Salió por la puerta resoplando, mientras Bastille apartaba de nuestro camino a otro matón que había sido lo bastante listo como para ir hacia la luz. Solo habían transcurrido unos segundos, pero estaba preocupado: ¿dónde se habían metido Himalaya y Sing?

—Puntúo esta huida con un tres y medio sobre siete y seis octavos, Alcatraz —dijo Folsom, nervioso—. Un concepto inteligente, pero una ejecución bastante estresante.

—Tomo nota —respondí, preocupado, mientras miraba a mi alrededor.

¿Dónde estaban nuestros soldados? Se suponía que debían

estar apostados allí, en el hueco de las escaleras, pero no había nadie. De hecho, aquellas escaleras tenían algo extraño.

—¿Chicos? —dijo Rikers—. Creo que...

—¡Ahí! —exclamó Bastille, señalando a Himalaya y Sing, que acababan de surgir de entre las sombras de la sala. Los dos salieron corriendo por la puerta, y yo la cerré de golpe y usé mi poder para atascar el cierre.

—¿Qué ha sido ese golpe? —pregunté.

—Tropecé con un par de hileras de libros —respondió Sing— y los tiré sobre los Bibliotecarios para mantenerlos distraídos.

—Muy listo —comenté—. Vámonos de aquí.

Empezamos a subir corriendo las escaleras, cuyos escalones de madera crujían bajo nuestros pies.

—Eso ha sido arriesgado, Smedry —dijo Bastille.

—¿Esperabas menos de mí?

—Por supuesto que no —me soltó—, pero ¿por qué entregar el libro a la Bibliotecaria?

—Lo recuperé —respondí, sosteniéndolo en alto—. Además, ahora sabemos con certeza que es el tomo que buscaban.

Bastille ladeó la cabeza.

—Vaya. A veces eres listo.

Sonreí. Por desgracia, lo cierto es que, en aquel momento, ninguno de nosotros estaba siendo demasiado listo. Salvo Rikers, por supuesto, y habíamos decidido no hacerle caso, lo que suele ser buena idea.

Salvo, por supuesto, cuando corres por la escalera equivocada. Al final me di cuenta y me quedé paralizado, lo que obligó a los demás a pararse en seco.

—¿Qué pasa, Alcatraz? —preguntó Sing.

—Las escaleras —respondí—. Son de madera.

—¿Y?

—Antes eran de piedra.

—¡Es lo que intentaba deciros! —exclamó el príncipe Rikers—. Me pregunto cómo habrán transformado el material de los escalones.

De repente me quedé horrorizado. Teníamos la puerta justo delante. Me acerqué, nervioso, y la empujé.

Daba a la cámara de un castillo con aspecto medieval, com-

pletamente distinto al edificio en el que estaban nuestros soldados. Aquella sala tenía alfombras rojas, estantes con libros a
lo lejos y estaba llena de unos doscientos soldados de los Bibliotecarios.

—¡Cristales rayados! —exclamó Bastille, cerrando de un
portazo—. ¿Qué está pasando?

Sin hacerle caso, de momento, bajé corriendo los escalones.
Los Bibliotecarios que se habían quedado encerrados en la sala
de los archivos golpeaban la puerta para intentar derribarla.
Ahora que me paraba a meditarlo, el rellano que había frente a
la puerta era muy distinto de como era antes: mucho más grande y con una puerta a la izquierda.

Mientras los demás bajaban las escaleras detrás de mí, abrí
la puerta de la izquierda. Daba a una enorme cámara llena de
cables, hojas de cristal y científicos con batas blancas. También
había contenedores a ambos lados del cuarto; contenedores que,
estoy seguro, estaban llenos de arena brillante.

—En nombre de las Arenas, ¿qué está pasando aquí? —quiso saber Folsom, que se asomó por encima de mi hombro.

—Ya no estamos en el mismo edificio, Folsom —contesté,
pasmado.

—¿Qué?

—¡Nos han intercambiado! El archivo lleno de libros, toda
la sala de cristal... ¡la han cambiado por otra sala utilizando el
cristal de transportador! No estaban excavando un túnel para
entrar, ¡sino excavando las esquinas para poder meter el cristal
y teletransportar la habitación!

Era una idea genial. El cristal era irrompible y las escaleras estaban protegidas, pero ¿qué pasaba si cogías toda la habitación y la sustituías por otra? Así podías buscar el libro que necesitabas, volver a intercambiar las salas, y nadie sabría nada.

La puerta que teníamos detrás se abrió de golpe y, al volverme, me encontré con un grupo de musculosos Bibliotecarios que habían conseguido entrar en el hueco de las escaleras. Noté que Bastille se tensaba en preparación para el combate y que Folsom iba a abrir la novela con la música.

—No —les pedí—. Nos han derrotado. No malgastéis vuestra energía luchando.

Parte de mí se extrañó mucho al ver que me hacían caso. Incluso Bastille obedeció mi orden. Había supuesto que el príncipe se me adelantaría y tomaría el mando, pero parecía más que satisfecho limitándose a mirar. Hasta parecía emocionado.

—¡Maravilloso! —me susurró—. ¡Nos han capturado!

«Sí, genial», pensé mientras mi madre se abría paso a través de la puerta rota. Me vio y sonrió, una expresión muy poco habitual en ella. Era la sonrisa del gato que acababa de encontrar un ratón con el que jugar.

—Alcatraz —dijo.

—Madre —respondí con frialdad.

Ella arqueó una ceja.

—Atadlos —les dijo a sus matones—. Y traedme ese libro.

Los matones sacaron las espadas y nos condujeron a la sala de los científicos.

—¿Por qué me has detenido? —me siseó Bastille.

—Porque no habría servido de nada —susurré a mi vez—. Ni siquiera sabemos dónde estamos; podríamos estar de vuelta en las Tierras Silenciadas, incluso. Tenemos que regresar a los Archivos Reales.

Esperé a que alguien saltara con el inevitable «que no son una Biblioteca», pero no sucedió. Me percaté de que nadie más nos oía; al fin y al cabo, esa es la idea de susurrar, en realidad. Eso y sonar más misteriosos, claro.

—Entonces, ¿cómo volveremos? —preguntó Bastille.

Miré el equipo que nos rodeaba. Teníamos que activar las máquinas silimáticas y volver a intercambiar las habitaciones, pero ¿cómo?

Antes de poder preguntar sobre eso a Bastille, los matones nos separaron y nos ataron con cuerdas. No era gran cosa, ya que mi Talento podía romper cuerdas en un instante, y si los matones suponían que estábamos atados, quizá se relajarían y nos darían una oportunidad para escapar.

Los Bibliotecarios se pusieron a rebuscar en nuestros bolsillos y a depositar nuestras pertenencias —incluidas todas mis lentes— en una mesa baja. Después nos obligaron a tirarnos al suelo, que estaba esterilizado y era blanco. La habitación en sí hervía de actividad, ya que los Bibliotecarios y los científicos no paraban de comprobar monitores, cables y paneles de cristal.

Mi madre hojeó el libro sobre la historia de los Smedry, aunque, por supuesto, no podía leerlo. Su lacayo, Fitzroy, estaba más interesado en mis lentes.

—Las lentes de traductor —comentó al cogerlas—. No me vendrán mal.

Se las metió en el bolsillo y siguió con las otras.

—Lentes de oculantista —dijo—. Aburrido. —Las dejó a un

lado—. Un único cristal sin tintar —comentó al ver las de bus-caverdades—. Seguramente no vale nada.

Después se lo pasó a un científico, que lo encajó en una montura.

—¡Ah! —exclamó Fitzroy—. ¿Son lentes de disfrazador? ¡Por fin algo valioso!

El científico le devolvió las gafas con las lentes de buscaver-dades, pero Fitzroy las dejó a un lado, cogió las de disfrazador y se las puso. De inmediato cambió de forma y se convirtió en una versión mucho más musculosa y guapa de sí mismo.

—Ummm, muy bien —comentó mientras se examinaba los brazos.

«¿Por qué no se me habrá ocurrido a mí?», pensé.

—Ah, casi se me olvida —dijo Shasta mientras sacaba algo de su bolso. Lanzó unos cuantos brazaletes de cristal a sus matones—. Ponédselos a ese, a ese y a ese —les ordenó, señalán-donos a Folsom, a Sing y a mí.

Los tres Smedry. Mala señal. Quizás hubiera llegado el momento de escapar, pero... estábamos rodeados y todavía no sabíamos cómo usar las máquinas para regresar. Antes de poder decidirme, uno de los matones me puso un brazalete en el brazo y lo cerró.

No noté nada diferente.

—Lo que no estás sintiendo —explicó mi madre, como de pasada— es la pérdida de tu Talento. Es cristal de inhibidor.

—¡El cristal de inhibidor es un mito! —exclamó Sing, espantado.

—No según los incarna —respondió mi madre, sonriendo—. Os sorprendería saber lo que hemos aprendido de estos libros en el idioma olvidado.

Cerró el libro que tenía en las manos. Vi que esbozaba una sonrisa de satisfacción mientras abría un cajón que había bajo la mesa y metía dentro el libro. Cerró el cajón y entonces, curiosamente, cogió uno de los anillos de cristal de inhibidor y se lo puso en el brazo.

—Son muy prácticas estas pulseras —dijo—. Los Talentos de los Smedry son más útiles cuando puedes decidir en qué momento activarlos.

Mi madre tenía el mismo Talento que mi padre, perder cosas, que había ganado gracias a su matrimonio con él. Mi abuelo creía que nunca había aprendido a controlarlo, así que imaginaba por qué querría un cristal de inhibidor.

—Tu gente solo quiere controlarlo todo —dijo Sing, que forcejeaba con los matones mientras estos le ponían el brazalete—. Queréis que el mundo sea normal y aburrido, sin libertad ni incertidumbre.

—Ni yo misma lo habría explicado mejor —respondió mi madre, llevándose las manos a la espalda.

Las cosas se ponían feas. Solté un improperio. Debería haber dejado a Bastille luchar y haber aprovechado la confusión para encontrar el modo de activar el intercambio. Sin nuestros Talentos, estábamos metidos en un buen lío. Comprobé mi Talento de todos modos, pero nada. Era una sensación muy extraña, como intentar arrancar tu coche y que solo haga un ruidito desolador.

Agité el brazo para ver si podía quitarme el cristal de inhibidor, pero estaba bien sujeto. Apreté los dientes. Quizá pudiera usar de algún modo las lentes de la mesa.

Por desgracia, las únicas que quedaban eran mis lentes básicas de oculantista y las de buscaverdades. «Genial», pensé, deseando, no por primera vez, que el abuelo Smedry me hubiera dado algunas lentes que pudiera usar en una pelea.

En cualquier caso, tenía que conformarme con lo que había. Estiré el cuello, contoneándome de lado, hasta que por fin logré tocar el lateral de las gafas de buscaverdades con la mejilla. Podía activarlas siempre que estuviera tocando la montura.

—Eres un monstruo —dijo Sing, que seguía hablando con mi madre.

—¿Un monstruo? —preguntó Shasta—. ¿Porque me gusta el orden? Creo que aprobarás nuestras costumbres cuando veas lo que podemos hacer por los Reinos Libres. ¿Acaso no eres Sing Sing Smedry, el antropólogo? He oído que te fascinan las Tierras Silenciadas. ¿Por qué hablas tan mal de los Bibliotecarios si tan fascinado estás con nuestras tierras?

Sing guardó silencio.

—Sí —siguió diciendo Shasta—, todo será mejor cuando gobiernen los Bibliotecarios.

Me quedé paralizado. Apenas podía verla a través de las lentes, ya que tenía la cabeza sobre la mesa. Sin embargo, las palabras que acababa de pronunciar... no eran del todo ciertas. Al decirlas, vi que dejaba escapar una nube de aire enturbiada de gris. Era como si mi madre no estuviera segura de que fueran verdad.

—Señora Fletcher —dijo uno de los Bibliotecarios al acercarse—, he informado a mis superiores sobre nuestros prisioneros.

Shasta frunció el ceño.

—Ya... veo.

—Por supuesto, nos los entregará —añadió el soldado—. Creo que ese es el príncipe Rikers Dartmoor... Podría ser un preso muy valioso.

—Son mis prisioneros, capitán —respondió Shasta—. Yo decidiré lo que hacer con ellos.

—¿Ah, sí? Este equipo y estos científicos pertenecen a Los Huesos del Escriba. A usted solo se le prometió el libro. Dijo que podríamos quedarnos con cualquier otra cosa que hubiera en la sala. Pues bien, queremos quedarnos con estas personas.

«¿Los Huesos del Escriba? —pensé—. Eso explica lo de los cables.»

Los Huesos del Escriba eran la secta bibliotecaria a la que le gustaba mezclar la tecnología de los Reinos Libres con la tecnología de las Tierras Silenciadas. Seguramente por eso había cables que salían de los contenedores de arena brillante. En vez de abrir los contenedores y bañar el cristal de luz, los Bibliotecarios usaban cables e interruptores.

Aquello podría sernos de gran ayuda. Significaba que quizás hubiera un modo de usar la maquinaria para activar el intercambio.

—Insistimos —dijo el jefe de los soldados—. Puede quedarse con el libro y con las lentes, pero nosotros nos quedamos con los prisioneros.

—Muy bien —le espetó mi madre—, os los podéis quedar. Pero quiero la devolución de la mitad de lo pagado para compensarlo.

Noté una punzada en el pecho. Así que, efectivamente, era capaz de venderme. Como si yo no fuera nada.

—Pero Shasta —intervino el joven oculantista, acercándose a ella—. ¿Los vas a entregar? ¿Incluso al chico?

—No significa nada para mí.

Me quedé paralizado.

Era mentira.

Lo vi con absoluta claridad a través de la esquina de las lentes: cuando dijo las palabras, de la boca le salió un lodo negro.

—Shasta Smedry —dijo el soldado, sonriendo—, ¡la mujer que se casó solo para conseguir un Talento y que engendró a un hijo solo para venderlo al mejor postor!

—¿Por qué iba a sentir algo por el hijo de un nalhalliano? Lleváoslo, no me importa.

Otra mentira.

—Vamos a terminar con esto de una vez —concluyó.

Se expresaba con tanto control, con tanta calma... Nadie se habría imaginado que mentía más que hablaba.

Pero... ¿qué quería decir? Era imposible que se preocupara por mí. Shasta era una persona terrible y malvada. Los monstruos como ella no tenían sentimientos.

Era completamente imposible que se preocupara por mí. No quería que lo hiciera. Era mucho más sencillo dar por supuesto que no tenía corazón.

—¿Qué pasa con mi padre? —acabé susurrando—. ¿También lo odias a él?

Ella se volvió hacia mí y me miró a los ojos. Abrió los labios para hablar, y me pareció ver una estela de humo negro que empezaba a salir de ellos para derramarse por el suelo.

Entonces, el humo desapareció.

—¿Qué está haciendo? —dijo de repente, señalándome—. ¡Fitzroy, creía haberte ordenado que mantuvieras esas lentes en un lugar seguro!

El oculantista dio un brinco de la sorpresa y corrió a quitarme las lentes de buscaverdades para guardárselas en el bolsillo.

—Lo siento —dijo. Después cogió las otras lentes y se las metió en otro bolsillo de su abrigo.

Me eché hacia atrás, frustrado. ¿Y ahora qué?

Era Alcatraz Smedry, valiente y brillante. Habían escrito libros sobre mí. Rikers sonreía como si todo fuera una gran aventura, y yo suponía por qué: no se sentía amenazado; me tenía a mí para salvarlo.

Fue entonces cuando entendí lo que el abuelo Smedry había estado intentando decirme: la fama en sí no era mala. Los halagos no eran malos. El peligro consistía en creerte que de verdad eras como los demás suponían que eras.

Yo me había metido en aquel lío creyendo que mi Talento nos podría sacar de él. Bueno, pues no era así. Nos había puesto en peligro porque estaba tan seguro de mí mismo que me había vuelto arrogante.

Y vosotros tenéis parte de culpa. Todo esto es el resultado

de la adoración. Creáis héroes para vosotros usando nuestros nombres, pero esas invenciones son tan increíbles, tan sublimes que la realidad no está a la altura. Nos destruís, nos consumís.

Y yo soy lo que queda cuando termináis.

Ah, ¿que no era eso lo que esperabais encontrar al final del último capítulo? ¿Ha sido un bajón total? ¿Os ha hecho sentir mal?

Bien.

Se acerca el final, y me estoy cansando de actuar para vosotros. He intentado demostrar que soy arrogante y egoísta, pero me parece que no os lo estáis tragando. Así que quizá si convierto el libro en un deprimente montón de bazofia me dejaréis en paz.

—¿Alcatraz? —susurró Bastille.

Quiero decir, ¿por qué los lectores siempre dais por supuesto que no tenéis la culpa de nada? Estáis ahí sentaditos, cómodos en vuestro sofá, mientras nosotros sufrimos. Podéis disfrutar de nuestro dolor y de nuestra tristeza porque vosotros estáis a salvo.

Bueno, pues esto es real para mí. Es real. Todavía me afecta. Me hace polvo.

—¿Alcatraz? —repitió Bastille.

No soy bueno. No soy un héroe. No puedo ser lo que queréis que sea. ¡No puedo salvar la gente ni protegerla porque ni siquiera soy capaz de salvarme yo!

Soy un asesino. ¿Lo entendéis? ¡¡Yo lo maté!!

—¿Alcatraz? —siseó Bastille.

Levanté la mirada de mis ataduras. Había transcurrido como media hora. Seguíamos atrapados, y yo ya había probado a usar mi Talento docenas de veces. No funcionaba. Era como un animal dormido que se negara a despertar; me sentía impotente.

Mi madre charlaba con los otros Bibliotecarios, que habían enviado equipos para revisar los libros y decidir si había algo más de valor en los archivos. Por lo que había oído cuando me molestaba en prestar atención, planeaban intercambiar pronto las habitaciones.

Sing había intentado alejarse a rastras en cierto momento, lo que le había valido la patada de una bota en la cara... Empezaba a ponérsele morado un ojo. Himalaya se sorbía los mocos en silencio, apoyada en Folsom. El príncipe Rikers seguía tan contento, como si aquello no fuera más que un enorme parque de atracciones.

—Tenemos que escapar —dijo Bastille—. Tenemos que salir de aquí. ¡Van a ratificar el tratado en cuestión de minutos!

—He fracasado, Bastille —susurré—. No puedo sacaros de aquí.

—Alcatraz... —dijo ella. Sonaba muy cansada. La miré y vi

la misma fatiga abatida de antes, pero peor—. Apenas soy capaz de mantenerme despierta —me susurró— Este agujero en mi interior... Es como si me masticara el cerebro y me chupara todo lo que pienso y siento. No puedo hacer esto sin ti. Tienes que liderarnos. Quiero a mi hermano, pero es un inútil.

—Ese es el problema —respondí, echándome hacia atrás—: que yo también soy un inútil.

Los Bibliotecarios se acercaban. Me puse rígido, pero no venían a por mí, sino a por Himalaya.

Ella gritó y forcejeó.

—¡Soltadla! —bramó Folsom—. ¿Qué estáis haciendo?

Intentó salir corriendo detrás de ellos, pero estaba atado de pies y manos, así que lo único que consiguió fue caer de cara. Los matones sonrieron y lo empujaron a un lado; al hacerlo, tiró la mesa que teníamos cerca, esparciendo todas nuestras pertenencias por el suelo: algunas llaves, un par de monederos y un libro.

El libro era el volumen de *Alcatraz Smedry y la llave del mecánico* que le habían quitado a Folsom, y que, al caer, se abrió por la primera página.

Mi banda sonora empezó a sonar, y yo me tensé, a la espera del ataque de Folsom.

Aunque, claro, no hubo tal ataque porque mi primo llevaba el cristal de inhibidor en el brazo. La melodía siguió sonando; se suponía que era valiente y triunfal, pero a mí me parecía una cruel parodia.

Oía mi propia banda sonora mientras fracasaba.

—¿Qué le estáis haciendo? —preguntaba Folsom mientras

forcejeaba, impotente, con la bota de un Bibliotecario sobre la espalda.

El joven oculantista Fitzroy se acercó; todavía llevaba mis lentes de disfrazador, gracias a las cuales ofrecía el ilusorio aspecto de alguien fuerte y guapo.

—Hemos recibido una petición —respondió—. De La Que No Puede Ser Nombrada.

—¿Estáis en contacto con ella? —preguntó Sing.

—Por supuesto. Las sectas de los Bibliotecarios se llevan mucho mejor entre ellas de lo que os gustaría pensar. Ahora bien, a la señora Snorgan... Sorgavag... La Que No Puede Ser Nombrada no le agradó descubrir que el equipo de Shasta había planeado robar los Archivos Reales (que, sin duda, no son en absoluto una Biblioteca) el mismo día de la ratificación del tratado. Sin embargo, cuando oyó hablar de que habíamos atrapado a alguien muy especial, se mostró un poco más indulgente.

—¡No te saldrás con la tuya, monstruo infame! —exclamó de repente el príncipe Rikers—. ¡Por mucho que me hiráis, nunca me haréis daño!

Todos nos quedamos mirándolo.

—¿Cómo he estado? —me preguntó—. Creo que era una buena línea. Quizá debería retocarla un poco, ya sabes, meterle más barítono. Si el villano habla de mí, tengo que responder, ¿no?

—No estaba hablando de ti —dijo Fitzroy mientras sacudía a Himalaya—. Me refería a la antigua ayudante de La Que No Puede Ser Nombrada. Creo que ha llegado el momento de enseñaros lo que sucede cuando se traiciona a los Bibliotecarios.

De repente recordé la tortura de Blackburn. Los oculantistas oscuros disfrutaban con el dolor y el sufrimiento de los demás.

Daba la impresión de que Fitzroy ni siquiera se iba a molestar con la parte de la tortura. Los matones sujetaron a Himalaya, y Fitzroy sacó un cuchillo y se lo puso en el cuello. Sing empezó a gritar, e hicieron faltan varios guardias para retenerlo. Folsom aullaba de rabia. Los científicos siguieron supervisando sus equipos, como si nada.

En aquello se resumía todo: en que yo era demasiado débil para ayudar. No era nada sin mi Talento ni mis lentes.

—Alcatraz —me susurró Bastille, a la que logré oír de algún modo a pesar del ruido—. Yo creo en ti.

Era más o menos lo que todos me decían desde mi llegada a Nalhalla. Sin embargo, no habían sido nada más que mentiras. Aquellas personas no me conocían.

Pero Bastille sí. Y ella creía en mí.

Viniendo de ella, significaba algo.

Me volví, desesperado, y miré a Himalaya, que lloraba sujeta por las manos de los Bibliotecarios. Fitzroy parecía disfrutar del dolor que nos causaba a los demás al ponerle el cuchillo al cuello. En aquel momento supe que de verdad pretendía matarla; que la asesinaría delante del hombre que la amaba.

Que la amaba.

No tenía mis lentes. No tenía mi Talento. Solo me quedaba una cosa.

Era un Smedry.

—¡Folsom! —grité—. ¿La amas?

—¿Qué? —preguntó.

—¿Amas a Himalaya?

—¡Claro que sí! ¡Por favor, no permitas que la mate!

—Himalaya, ¿amas a Folsom? —le pregunté a ella.

Ella asintió mientras el cuchillo empezaba a cortar. Con eso bastaba.

—Entonces, os declaro marido y mujer —anuncié.

Todos se quedaron paralizados durante un momento. A poca distancia de nosotros, mi madre se volvió para mirarnos, alarmada. Fitzroy arqueó una ceja; el cuchillo ya estaba algo ensangrentado. Mi banda sonora brotaba del librito del suelo, aunque no se oía demasiado.

—Bueno, eso ha sido muy conmovedor —comentó Fitzroy—. ¡Ahora podrás morir como una mujer casada! Pero...

En aquel instante, el puño de Himalaya le golpeó en plena cara.

Las cuerdas que la ataban cayeron rotas al suelo, y ella saltó y pateó en el aire a los dos matones que tenía al lado y los dejó inconscientes. Himalaya daba vueltas como una bailarina hacia el grupo que tenía detrás. Despejó el terreno de un preciso giro con patada, a pesar de que daba la impresión de no saber lo que estaba haciendo.

Se le veía la determinación pintada en el rostro, y la rabia le hacía mantener los ojos muy abiertos; un hilillo de sangre le caía por el cuello. Himalaya daba giros y volteretas, luchando con una bella ira descoordinada, completamente poseída por su recién adquirido Talento.

Rodé hasta donde había caído Fitzroy; o, más importante, hasta donde había caído su cuchillo. Le di una patada para que resbalara por el suelo hasta Bastille, que, como era Bastille, lo cogió a pesar de tener las manos atadas (literalmente) a la espalda. En un segundo ya se había cortado las cuerdas. En dos, tanto Sing como yo estábamos libres.

Fitzroy se sentó con una mano en la mejilla, aturdido. Le arranqué de la cara las lentes de disfrazador, y él se encogió al instante hasta volver a ser larguirucho y pecoso.

—¡Sing, cógelo y corre a la sala de los archivos!

El corpulento mokiano no necesitó que se lo dijera dos veces; se metió bajo el brazo a Fitzroy sin mayor problema (a pesar de que el oculantista no dejaba de retorcerse), mientras Bastille atacaba a los matones que retenían a Folsom y los vencía a ambos. Sin embargo, justo entonces se tambaleó, como mareada.

—¡Todo el mundo, a la sala! —chillé mientras Himalaya mantenía a raya a los matones.

Bastille asintió y se apresuró a ayudar a levantarse al príncipe Rikers, aunque seguía tambaleándose un poco. Shasta nos observaba desde un lado del cuarto y gritaba a los matones que atacaran, pero a ellos les daba miedo activar los Talentos de los Smedry.

Después de forcejear durante un segundo para sacarme el brazalete, que no cedía, abrí el cajón de la mesa y saqué el libro que había guardado allí mi madre.

Eso nos dejaba con un último problema. Estábamos en el mismo punto que nos había hecho rendirnos antes: retirarnos a la sala de los archivos no nos ayudaría si seguíamos rodeados de Bibliotecarios. Teníamos que activar el intercambio. Por desgracia, era imposible por completo llegar a los terminales, así que supuse que solo tenía una oportunidad.

Folsom pasó corriendo junto a mí, después de recoger del suelo por el camino el libro, que seguía tocando, y cerrarlo para que Himalaya pudiera salir de su trance de super-Bibliotecaria-kung-fu. La chica se quedó paralizada con la pierna en el aire y cara de aturdida. Había derribado a todos los matones que la rodeaban. Folsom la agarró por el hombro y la giró para besarla. Después tiró de ella hacia los demás.

Eso me dejaba solo a mí. Miré a mi madre, que estaba al otro lado del cuarto, y sostuvo mi mirada. Parecía bastante segura de sí misma, teniendo en cuenta lo sucedido, y supuse que ella imaginaba que no podríamos escapar. Menuda sorpresa.

Agarré la pila de cables eléctricos del suelo y, tirando con todas mis fuerzas, los arranqué de sus enchufes en los contenedores de arena brillante. Después corrí detrás de mis amigos.

Bastille esperaba junto a la puerta que daba a la sala de los archivos.

—¿Qué ha sido eso? —preguntó, señalando los cables.

—Nuestra única oportunidad —contesté mientras entraba en la sala.

Ella me siguió y cerró la puerta... O, al menos, lo que quedaba de ella. Dentro estaba oscuro como boca de lobo, ya que antes había roto las lámparas. Oía las respiraciones de los miembros de mi grupito, agitadas, preocupadas.

—¿Y ahora qué? —susurró Sing.

Yo tenía los cables en las manos. Toqué los extremos con los dedos y cerré los ojos. Aquello era una gran apuesta. Sí, había sido capaz de hacer funcionar la caja de música, pero me enfrentaba a algo completamente distinto.

No tenía tiempo para dudar de mí; los Bibliotecarios llegarían en cualquier momento. Sostuve los cables, contuve el aliento y los activé como si fueran unas lentes de oculantista.

De inmediato, algo empezó a chuparme la energía. Me robaba la fuerza y me sentí agotado, como si mi cuerpo hubiera decidido correr un maratón mientras yo no miraba. Dejé caer los cables, me tambaleé y me agarré a Sing para mantener el equilibrio.

—Estáis todos muertos, lo sabéis, ¿no? —balbuceó Fitzroy en la oscuridad; supuse que todavía lo llevaba Sing bajo el brazo—. Entrarán en cualquier segundo y os matarán. ¿Qué pensabais? ¡Estáis atrapados! ¡Idiotas desarenados!

Respiré hondo, enderezándome, y abrí la puerta.

La caballero de Cristalia de pelo rubio que montaba guardia todavía estaba fuera.

—¿Se encuentran bien? —preguntó, asomándose—. ¿Qué ha pasado?

Detrás de ella vi las escaleras de piedra de los Archivos Reales, todavía repletas de soldados.

—¡Hemos vuelto! —exclamó Sing—. ¿Cómo...?

—Has activado el cristal —comentó Bastille, mirándome—. Como hiciste con la caja de música silimática de Rikers. ¡Has iniciado un intercambio!

Asentí. A mis pies se encontraban los cables rotos que deberían estar unidos a la maquinaria de los Bibliotecarios. Nuestro intercambio los había cortado en el punto en el que salían por la puerta.

—¡Cristales rayados, Smedry! —exclamó Bastille—. Por las Primeras Arenas, ¿cómo lo has hecho?

—No lo sé —respondí, corriendo hacia la puerta—. Después nos preocuparemos de eso. Ahora mismo tenemos que salvar Mokia.

Capítulo

·20·

Preguntas.

Estamos al final del libro, y probablemente tengáis unas cuantas preguntas. Si habéis estado prestando mucha atención, seguramente más que «unas cuantas».

Quizá debierais tener algunas más.

He intentado ser sincero, todo lo sincero que puedo ser. No he mentido sobre nada importante.

Pero algunas de las personas de esta historia..., bueno, sin duda mentían.

Por mucho que creáis saber, siempre queda más por aprender. Todo tiene que ver con Bibliotecarios, caballeros y, por supuesto, palitos de merluza. Disfrutad con la siguiente parte. Nos vemos en el epílogo.

—¡Ajá! —exclamé mientras sacaba no una, sino dos lentes de traductor de la chaqueta de Fitzroy.

El oculantista oscuro estaba atado en el suelo del cerdo de cristal gigante del príncipe. Les había dicho a mis soldados que fueran a por alguna clase de equipo para excavar las esquinas de la sala de los archivos y extraer el cristal, de modo que los Bibliotecarios no pudieran volver a intercambiar la habitación ni robar ninguno de los otros libros.

—Todavía no entiendo lo que ha sucedido —dijo Sing, nervioso, mientras el vehículo caminaba lentamente hacia palacio.

—Los oculantistas pueden inyectar energía al cristal —respondí—. Como si fueran lentes.

—Las lentes son mágicas —dijo Sing—. Ese cristal de transportador era tecnología.

—Las dos cosas se parecen más de lo que crees, Sing. De hecho, creo que todos estos poderes están conectados. ¿Recuerdas lo que dijiste cuando estábamos escondidos ahí hace unos momentos? ¿Lo de tu hermana?

—Claro. Mencioné que ojalá hubiera estado allí, porque podría haber imitado a uno de los Bibliotecarios.

—Cosa que pude hacer con estas lentes —respondí mientras le enseñaba las de disfrazador que había recuperado de Fitzroy—. Sing, estas lentes funcionan igual que el Talento de Australia. Si se queda dormida pensando en alguien, se despierta con su aspecto. Pues bien, si yo me las pongo y me concentro, puedo hacer lo mismo.

—¿Qué estás diciendo, Alcatraz? —preguntó Folsom.

—No estoy seguro —reconocí—. Pero me parece sospechoso. Quiero decir, fíjate en tu Talento. Te convierte en mejor guerrero cuando escuchas música, ¿no?

Él asintió.

—Bueno, ¿qué hacen las lentes de guerrero de Bastille?

—pregunté—. La convierten en mejor guerrera. El Talento de mi tío Kaz le permite transportar a la gente a través de grandes distancias, lo que suena pero que muy parecido a lo que hizo el cristal de transportador.

—Sí, pero ¿qué pasa con el Talento de tu abuelo? Le permite llegar tarde a las cosas, y no existen lentes que hagan eso.

—Hay muchas clases de cristal que no conocemos —respondí. Cogí uno de los anillos de cristal de inhibidor, que habíamos conseguido sacarnos de los brazos usando las llaves que llevaba Fitzroy en el bolsillo—. Tú creías que este cristal era un mito.

Sing guardó silencio, y yo me volví y me puse a mirar a través de los cristales translúcidos mientras llegábamos a palacio.

—Creo que todo esto está relacionado —añadí en voz más baja—. Los Talentos de los Smedry, la tecnología silimática, los oculantistas... y lo que mi madre intenta lograr, sea lo que sea. Todo está conectado.

Mi madre mentía cuando hablaba de que los Bibliotecarios deberían gobernarlo todo. No estaba segura.

«Tiene unos objetivos distintos a los del resto de los Bibliotecarios, pero ¿cuáles?»

Suspiré y meneé la cabeza; después cogí el libro que habíamos sacado de los archivos. Al menos lo teníamos, además de las dos lentes de traductor. Me puse unas y leí la primera página.

«Sopas para todos —decía—. Una guía de la mejor cocina griega e incarna.»

Me quedé helado. Empecé a volver las páginas con ansiedad; después me quité las lentes y probé con las otras, pero me enseñaron lo mismo.

No era el libro correcto.

—¿Qué? —preguntó Sing—. Alcatraz, ¿qué pasa?

—¡Nos dio el cambiazo con los libros! —exclamé, frustrado—. Este no es el libro de historia de los incarna, ¡es el de cocina!

Ya había sido testigo de la destreza de los dedos de mi madre, como cuando me quitó las Arenas de Rashid de delante de las narices en mi dormitorio de las Tierras Silenciadas. Además, tenía acceso al Talento de mi padre de perder cosas. Quizás eso la ayudara a esconderlas.

Dejé caer el libro sobre la mesa como si fuera una maza. A mi alrededor, la suntuosa habitación de muebles rojos se sacudía con los andares del cerdo de cristal.

—Ahora mismo no es lo más importante —me dijo Bastille con voz de cansancio.

Estaba sentada en el sofá al lado de Folsom e Himalaya, y parecía haber empeorado aún más después de alejarnos de los Bibliotecarios. Tenía la mirada desenfocada, como si la hubieran drogado, y no dejaba de restregarse las sienes.

—Primero hay que evitar la firma del tratado —añadió—. Tu madre no puede hacer nada con ese libro mientras tú tengas los dos pares de lentes de traductor.

Tenía razón. Mokia era nuestra prioridad. Mientras el cerdo se acercaba al palacio, respiré hondo.

—De acuerdo —dije—, ¿sabéis todos lo que tenéis que hacer?

Sing, Folsom, Himalaya y el príncipe Rikers asintieron. Habíamos analizado nuestro plan durante el cambio de capítulo (chincha, rabiña).

—No creo que los Bibliotecarios lo acepten sin más —dije—, pero dudo que puedan hacer gran cosa con todos los soldados y caballeros que protegen el palacio. Sin embargo, son Bibliotecarios, así que estad preparados para lo que sea.

Asintieron de nuevo. Nos preparamos para salir, y la puerta del culo del cerdo se abrió. Creo que eso socavó un poco nuestra salida dramática. Bastille se levantó para ir con nosotros, tambaleándose.

—Estooo, Bastille, creo que será mejor que esperes aquí —le aconsejé.

Ella me lanzó una de sus miradas; era la misma que me hace sentir como si me hubieran golpeado en la cara con una escoba. Lo tomé como su respuesta.

—Vale —dije, suspirando—. Pues vamos.

Salimos del cerdo y subimos los escalones. El príncipe Rikers llamó de inmediato a sus guardias; creo que le gustaba el efecto dramático de llevar con nosotros a una tropa entera de soldados. De hecho, nuestra entrada en el vestíbulo de los paneles de cristal colgantes resultó bastante intimidatoria.

Los caballeros de Cristalia que se mantenían en posición de firmes en el vestíbulo nos saludaron al pasar, y yo me sentí mucho más seguro sabiendo que estaban allí.

—¿Crees que tu madre habrá advertido a los demás de lo sucedido? —susurró Sing.

—Lo dudo. Los aliados de mi madre se pusieron en contacto con La Que No Puede Ser Nombrada para presumir de haber capturado a unos prisioneros muy valiosos. No se llama a nadie para presumir de haber perdido a esos mismos prisioneros. Creo que les daremos una sorpresa.

—Eso espero —respondió Sing cuando nos acercamos a las puertas de la sala del consejo. Saludamos con la cabeza a la pareja de caballeros y me hice a un lado.

—Ha llegado el momento de vuestra gran entrada, príncipe Rikers —le dije, haciéndole un gesto.

—¿En serio? —preguntó él—. ¿Puedo?

—Adelante.

El príncipe se sacudió el polvo, esbozó una amplia sonrisa y entró por las puertas de la cámara para, acto seguido, bramar:

—¡En nombre de la justicia, exijo que se detenga este proceso!

Abajo, los monarcas estaban sentados alrededor de la mesa con un enorme documento frente a ellos. El rey Dartmoor sostenía en alto una pluma, listo para firmar. Habíamos llegado por los pelos (¿qué tienen que ver los pelos con esto, por cierto?).

La mesa de los monarcas se encontraba en un espacio abierto en el centro de la sala, entre los dos conjuntos elevados de asientos que estaban llenos de ciudadanos. Los caballeros de Cristalia, que estaban de pie, formaban un anillo alrededor de ese espacio, entre la gente y los gobernantes. Me di cuenta de que la mayoría se concentraba en la zona en la que se sentaban los Bibliotecarios.

· Los caballeros de Cristalia ·

La Que No Puede Ser Nombrada estaba sentada al frente del grupo de Bibliotecarios, tejiendo tranquilamente una mantita.

—¿Qué significa esto? —preguntó el rey Dartmoor mientras el resto de mi equipo entraba en la sala.

—¡Los Bibliotecarios mienten, padre! —declaró Rikers—. ¡Han intentado secuestrarme!

—Cielos, es lo más alarmante que he oído en mi vida —exclamó La Que No Puede Ser Nombrada.

¿Sabéis qué os digo? Que cuesta mucho estar todo el rato escribiendo ese nombre, así que, a partir de ahora, la voy a llamar LQNPSN.

Mis compañeros me miraron. Yo llevaba puestas las lentes de buscaverdades con un ojo cerrado para mirar a través del único cristal. Por desgracia, LQNPSN no había dicho nada que fuera falso; lo había evitado a posta, estoy convencido.

—Padre —dijo el príncipe Rikers—, podemos aportar pruebas de lo sucedido. —Hizo un gesto a los caballeros que estaban detrás de nosotros y que cargaban con Fitzroy, que estaba atado y amordazado—. ¡Este Bibliotecario pertenece a la Orden de los Oculantistas Oscuros! Estaba involucrado en la trama para robar los libros de los Archivos Reales...

—Mumf mu mumfmumf —añadió Fitzroy.

—... ¡que acabó convertida en una trama para secuestrarme a mí, el heredero real! —continuó diciendo Rikers.

Estaba claro que Rikers sabía cómo meterse en su personaje. Ahora que estaba en su elemento, en la corte, no parecía tan payaso como antes.

—Señora Bibliotecaria —dijo el rey Dartmoor volviéndose hacia LQNPSN.

—No... no estoy segura de lo que sucede —respondió ella.

De nuevo, otra media verdad que no era mentira.

—Sí que lo está, Vuestra Majestad —declaré, dando un paso adelante—. Ordenó la muerte de Himalaya, que ahora es miembro del clan de los Smedry.

Aquello provocó una pequeña conmoción.

—Señora Bibliotecaria —insistió el rey, cuyo rostro de barba roja se estaba poniendo muy serio—, ¿lo que dice es verdadero o falso?

—No estoy segura de que debáis preguntármelo a mí, querido. Es bastante...

—¡Responda a la pregunta! —bramó el rey—. ¿Han tramado los Bibliotecarios un plan para secuestrar a uno de los nuestros y robarnos mientras tenían lugar las sesiones del tratado?

La abuela Bibliotecaria me miró, y me di cuenta de que sabía que la habían pillado.

—Creo que a mi equipo y a mí se nos debería ofrecer un pequeño descanso para analizar la situación —respondió.

—¡Nada de descansos! —dijo el rey—. O responde lo que se le ha preguntado o rompo este tratado ahora mismo.

La anciana frunció los labios y, por fin, dejó su labor.

—Reconoceré que otras ramas de los Bibliotecarios han estado trabajando en sus propios objetivos dentro de la ciudad —dijo—. Sin embargo, esta es una de las principales razones por las que firmamos este tratado: ¡para que mi secta cuente con la autoridad necesaria para evitar que las demás continúen con esta guerra interminable!

—¿Y la ejecución de mi amada? —preguntó Folsom.

—Desde mi punto de vista, joven, esa mujer es una traidora y una chaquetera. ¿Cómo tratarían vuestras leyes a alguien que ha cometido traición?

La sala guardó silencio. ¿Dónde estaba mi abuelo? Su asiento vacío saltaba a la vista.

—Teniendo en cuenta esta información, ¿cuántos votan ahora en contra del tratado? —preguntó el rey Dartmoor.

Cinco de los doce monarcas alzaron las manos.

—Y supongo que Smedry seguirá votando en contra —dijo Dartmoor— de no haber salido de aquí hecho una furia. Eso nos deja a seis contra seis. A mí me corresponde el voto decisivo.

—Padre, ¿qué haría un héroe? —preguntó el príncipe.

El rey vaciló. Después me miró a los ojos, lo que me dio un poco de vergüenza, y rompió el tratado en dos.

—Me resulta revelador que no sea capaz de controlar a su

gente, a pesar de la importancia de estas conversaciones —le dijo a LQNPSN—. Me resulta inquietante que esté dispuesta a ejecutar a uno de los suyos por unirse a un reino al que afirma querer de amigo. Y, sobre todo, me resulta muy desagradable lo que he estado a punto de hacer. Quiero a sus Bibliotecarios fuera de mi reino antes de la medianoche. Estas negociaciones han tocado a su fin.

El caos se apoderó de la sala. Hubo bastantes vítores, muchos procedentes de la zona donde estaban sentados los mokianos, con Australia entre ellos. También algunos abucheos, pero, sobre todo, mucha charla animada. Draulin se acercó desde las filas de los caballeros y puso una mano en el hombro del rey para después, en un momento emotivo muy poco habitual en ella, asentir. De verdad que pensaba que romper el acuerdo era buena idea.

Quizás eso significara que consideraría la ayuda de Bastille en el asunto una validación de su derecho a ser caballero. Busqué a su hija con la mirada, pero no la encontré. Sing me dio un toquecito en el hombro y señaló un punto detrás de mí. Veía a Bastille en el vestíbulo, sentada en una silla, rodeándose con los brazos, entre temblores. Había perdido las lentes de guerrero cuando nos capturaron, y pude ver que tenía los ojos rojos e hinchados.

Mi primer instinto fue ir a hablar con ella, pero algo me hizo vacilar. LQNPSN no parecía demasiado preocupada por lo acontecido. Se había puesto a tejer de nuevo. Eso me inquietaba.

—Sócrates —susurré.

—¿Qué dices, Alcatraz? —preguntó Sing.

—Es un tío que estudiamos en el colegio —respondí—. Era una de esas personas tan molestas que siempre están haciendo preguntas.

—Vale...

Algo iba mal. Empecé a hacerme preguntas que debería haberme planteado mucho antes.

¿Por qué estaba la Bibliotecaria más poderosa de todas las Tierras Silenciadas negociando un tratado que los monarcas ya habían decidido firmar?

¿Por qué no le preocupaba verse rodeada de enemigos que podían capturarla y encerrarla en cualquier momento?

¿Por qué me sentía tan inquieto, como si, en realidad, no hubiéramos ganado?

En aquel momento, Draulin gritó y cayó al suelo sujetándose la cabeza. Después, todos los caballeros de Cristalia de la sala se derrumbaron como ella, gritando de dolor.

—¡Hola a todos! —gritó de repente una voz. Me volví y vi que mi abuelo estaba detrás de nosotros—. ¡He vuelto! ¿Me he perdido algo importante?

En aquel momento sucedieron muchas cosas a la vez.

La gente normal de la sala empezó a gritar de miedo y confusión. Un grupo de matones de los Bibliotecarios se abrió paso por la zona que rodeaba a LQNPSN, que seguía tejiendo.

El rey Dartmoor desenvainó la espada y se volvió para enfrentarse a los matones. El abuelo Smedry y yo intentamos bajar corriendo las escaleras hacia los monarcas, pero nos bloqueaba la multitud que intentaba escapar.

—¡Por la habladora Huff! —maldijo el abuelo Smedry.

—¡Detrás de mí, señor Smedry! —exclamó Sing antes de abrirse paso con nosotros hasta lo alto de las escaleras. Entonces, tropezó.

Ahora bien, no sé cómo reaccionaríais si un mokiano de ciento cuarenta kilos tropezara y empezara a rodar por las escaleras hacia vosotros, pero puedo aseguraros que yo haría una de estas cosas:

1. Gritar como una niña y apartarme de un salto.
2. Gritar como un gerbo y apartarme de un salto.
3. Gritar como un Smedry y apartarme de un salto.

La gente de las escaleras decidió gritar como un puñado de gente en las escaleras, pero sí que se apartó de nuestro camino.

El abuelo Smedry, Folsom, Himalaya y yo bajamos corriendo detrás del mokiano. El príncipe Rikers se quedó donde estaba, desconcertado.

—Esta parte parece peligrosa de verdad —nos gritó—. Mejor me quedo aquí. Ya sabéis, para vigilar la salida.

«Lo que tú digas», pensé. Su padre, al menos, demostró tener agallas. El rey Dartmoor estaba de pie junto a su esposa caída, espada en alto, enfrentándose a un grupo de matones. Los otros monarcas empezaban a desperdigarse.

Daba la impresión de que los Bibliotecarios serían capaces de acabar con el rey antes de que llegáramos hasta él.

—¡Eh! —chilló alguien de repente. Reconocí a mi tía Patty entre el público, señalando. Como siempre, consiguió que su voz se oyera por encima de cualquier otra; las demás no eran competencia—. No quiero ser maleducada —aulló—, pero ¿lo que tienes pegado a la pierna es papel higiénico?

El matón que estaba al frente bajó la vista de inmediato y se ruborizó al darse cuenta de que, efectivamente, tenía papel higiénico pegado a la pierna. Se agachó para quitárselo, lo que hizo que los demás se toparan con su espalda.

Aquella distracción nos dio el tiempo suficiente para cubrir la distancia que nos separaba del rey. El abuelo Smedry sacó unas lentes. Reconocí el tinte verde del cristal, que las delataba como lentes de soplatormentas. Efectivamente, los cristales dispararon una ráfaga de viento que derribó a los Bibliotecarios que corrían a por el rey.

—¿Qué les ha pasado a los caballeros? —chilló el rey, desesperado.

—Los Bibliotecarios deben de haber corrompido la Piedra Mental, Brig —respondió el abuelo Smedry.

Ese es el problema de tener una roca mágica que conecta las mentes de todos tus mejores soldados: si acabas con la piedra, acabas con los soldados. Es como cuando derribas una antena de telefonía móvil y te cargas la capacidad de enviar mensajitos de una escuela entera de chicas adolescentes.

El abuelo se concentró en disparar con las lentes a los Bibliotecarios, pero los matones aprendieron deprisa y se dispersaron hacia el perímetro, intentando llegar al rey. El abuelo Smedry no podía concentrarse a la vez en todos los grupos; había demasiados.

La sala era un lío caótico. La gente gritaba, los Bibliotecarios desenvainaban las espadas, el viento soplaba. Los monarcas pretendían escapar, pero las escaleras volvían a estar bloqueadas, llenas de gente que quería huir. Sing se había sentado, aturdido después de su caída por las escaleras. No podría volver a ayudar en el futuro próximo.

—¡Alcatraz, saca de aquí a esos monarcas! —me dijo el abuelo, señalando a la pared—. Folsom, si me ayudas...

Y, tras decir aquello, el abuelo se puso a cantar.

Me quedé mirándolo, pasmado, hasta que me di cuenta de

que le estaba ofreciendo a Folsom la música que necesitaba para bailar. Tanto Folsom como Himalaya se volvieron hacia los Bibliotecarios y derribaron a los que habían intentado acercarse al rey rodeando la zona.

Me volví y subí corriendo por una parte de los asientos elevados.

—¡Monarcas, por aquí! —grité.

En esa zona los asientos estaban vacíos, ya que sus ocupantes intentaban salir por la otra puerta.

Varios de los monarcas se volvieron hacia mí mientras me dirigía a la pared contraria. Coloqué dos manos sobre ella y la rompí

con mi Talento. Toda la pared cayó como si la hubiera empujado la mano de un gigante.

Los monarcas corrieron escaleras arriba; iban vestidos con todo tipo de ropajes y coronas: un hombre de piel oscura llevaba ropa de estilo africano; el rey mokiano llevaba su pareo isleño; un rey y una reina lucían coronas y trajes europeos normales. Los conté a todos, pero no vi al padre de Bastille.

Al parecer era porque seguía abajo, intentando poner a salvo a Draulin; por desgracia, la mujer pesaba como un trillón de kilos con la armadura puesta, por no mencionar la incómoda espada que llevaba a la espalda. El rey debió

de llegar a la misma conclusión, porque le quitó la espada y la tiró a un lado antes de empezar a quitarle la armadura.

Me dirigí hacia ellos para ayudar, pero la gente había visto la salida que acababa de abrir y se abalanzaba sobre mí. Tenía que luchar contra la multitud para abrirme paso, lo que me frenaba bastante.

—¡Abuelo! —grité mientras señalaba al rey.

Más abajo, mi abuelo se volvió hacia él y lanzó un improperio. Himalaya y Folsom estaban conteniendo bastante bien a los Bibliotecarios, así que el abuelo Smedry corrió a ayudar al rey supremo. Intenté hacer lo mismo, pero con todo el mundo en medio me costaba mucho bajar. Por suerte, daba la impresión de que no haría falta.

La gente escapaba por el agujero abierto en la pared. Himalaya y Folsom manejaban a los Bibliotecarios. Mi abuelo ayudaba al rey supremo a levantar a Draulin. Todo parecía ir bien.

LQNPSN seguía tejiendo, tan tranquila.

Preguntas. Todavía me inquietaban.

«¿Cómo han conseguido llegar los Bibliotecarios a la Piedra Mental crístina? —me preguntaba—. Esa cosa tiene que estar protegida que te cagas.»

¿Por qué parecía tan satisfecha LQNPSN? ¿Quién había volado en pedazos al *Viento de Halcón*? Tenía que haber sido alguien capaz de meter el cristal de detonador en la mochila de Draulin, ya que su cuarto era el que había estallado.

Miré a Himalaya, que luchaba junto a su nuevo marido y derribaba a un enemigo tras otro, mientras mi abuelo cantaba ópera. Se me ocurrió que quizás hubiéramos pasado por alto algo. Y, en aquel momento, me planteé la pregunta más importante de todas.

Si era posible que existieran Bibliotecarios buenos, ¿sería posible que existieran caballeros de Cristalia malvados? ¿Un caballero con acceso a la Piedra Mental que la hubiera corrompido? ¿Un caballero capaz de meter una bomba en la mochila de Draulin? ¿Un caballero involucrado en la trama para hacer fracasar a Bastille?

¿Un caballero al que había visto con mis propios ojos merodear por los Archivos Reales pocas horas antes del intercambio?

—Oh, no... —susurré.

En aquel momento, uno de los caballeros «inconscientes» que estaban cerca del abuelo Smedry empezó a moverse. Alzó la cabeza, y vi que sonreía. Archedis, también conocido como el señor Barbilla Grande, en teoría el mejor de los caballeros de Cristalia.

Tendría que haberle prestado más atención a Sócrates.

—¡Abuelo! —grité, intentando luchar contra la multitud para llegar hasta ellos, pero estaban todos tan asustados que apenas conseguí dar unos cuantos pasos antes de que volvieran a arrastrarme en dirección contraria.

El abuelo Smedry se volvió, sin dejar de cantar, me miró y sonrió. Veloz como el rayo, Archedis se levantó, desenvainó su espada cristalina y golpeó a mi abuelo en la cabeza con la empuñadura.

El anciano se puso bizco —su Talento no podía protegerlo del poder de una hoja crística— y cayó de lado. Sin su canción,

Himalaya y Folsom dejaron de luchar de inmediato y se quedaron paralizados.

Los Bibliotecarios los tiraron al suelo.

Forcejeé de nuevo con la gente, desesperado por bajar. Los asientos del lado norte ya estaban completamente vacíos, salvo por LQNPSN. La mujer con pinta de abuela me miró, sonriente. Después alzó la mantita que había estado tejiendo.

En ella se veía una calavera ensangrentada. Archedis se volvió hacia el rey Dartmoor.

—¡No! —grité.

El caballero corrupto alzó la espada, pero se quedó inmóvil cuando una figura pequeña y silenciosa se interpuso entre el rey y él.

Bastille. No se había visto afectada por la caída de la Piedra Mental... porque los mismos caballeros la habían desconectado de ella.

Bastille levantó la espada de su madre. No sé de dónde la habría sacado, ni siquiera sé cómo entró en la sala. Había encontrado un par de lentes de guerrero, aunque por su perfil me daba cuenta de que seguía exhausta. Parecía diminuta ante el enorme caballero, con su armadura plateada y su sonrisa heroica.

—Vamos —dijo Archedis—. No puedes enfrentarte a mí.

Bastille no respondió.

—Solo te hicieron caballero por mi intervención —añadió Archedis—. En realidad no te lo merecías. Todo era una trama para matar al viejo Smedry.

«Matar al viejo Smedry...» Por supuesto. Bastille y yo ha-

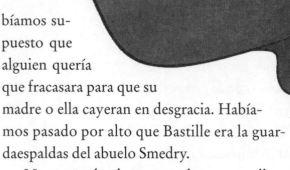

bíamos su-
puesto que
alguien quería
que fracasara para que su
madre o ella cayeran en desgracia. Habíamos pasado por alto que Bastille era la guar-
daespaldas del abuelo Smedry.

No se trataba de un complot contra ella,
sino de un complot contra mi abuelo.

Y, por si os lo estáis preguntando, no, en
realidad no podía oír lo que estaban hablando entre ellos. Pero alguien me lo contó después, así que dadme un respiro.

Seguí luchando contra la multitud para intentar llegar
a Bastille. Estaba sucediendo todo muy deprisa... Por
muchas páginas que hayan pasado en esta historia, allí,
en realidad, solo habían transcurrido unos segundos
desde que Archedis se levantara.

Me vi obligado a observar mientras Bastille alzaba la
espada de su madre. Parecía muy cansada: tenía los hombros hundidos y su postura era vacilante.

—Soy el mejor caballero que jamás haya existido
—dijo Archedis—. ¿Crees que puedes luchar contra mí?

Bastille alzó la vista, y entonces vi algo a través de su agotamiento, de su dolor y de su pena: fuerza.

Atacó. El cristal chocó contra el cristal produciendo un
ruido que, de algún modo, era más melódico que el del acero

contra el acero. Al ser más fuerte, Archedis la hizo retroceder, entre risas.

Ella lo atacó de nuevo.

Sus espadas se encontraron una y otra vez. Como antes, Archedis rechazó a Bastille cada una de las veces.

Y ella atacó de nuevo.

Y de nuevo.

Y de nuevo.

Con cada nuevo golpe, su espada iba un poquito más deprisa. Con cada entrechocar de espadas, el ruido que producían era un poquito más fuerte. Su postura, un poquito más firme. Luchaba y se negaba a rendirse.

Archedis dejó de reír. Su rostro se tornó primero solemne y después rabioso. Bastille lo atacaba una y otra vez, su espada tan veloz que ni se veía, la hoja cristalina iridiscente al fragmentar la luz de las ventanas y lanzar destellos de todos los colores.

Y entonces fue Archedis el que empezó a retroceder.

Pocas personas de fuera de Cristalia han sido testigos de una verdadera pelea entre dos crístines. La multitud que huía frenó, y la gente se volvió para mirarlos. Los matones dejaron de golpear a Himalaya y Folsom. Incluso yo vacilé. Todos nos quedamos inmóviles, casi en actitud reverencial, y en la caótica sala se hizo el silencio típico de los auditorios.

Éramos un público contemplando un dueto. Un dueto en el que un violinista intentaba clavarle su instrumento en el cuello al otro.

El enorme caballero y la chica larguirucha se movían en círculos mientras sus espadas se entrechocaban como si siguie-

ran un ritmo predeterminado. Las armas eran algo espectacu-
lar, reflejaban la luz de una forma preciosa. Dos personas estaban intentando matarse la una a la otra con trocitos de arcoíris.

Bastille debería haber perdido. Era más baja, más débil y
estaba agotada. Sin embargo, cada vez que Archedis la tiraba al
suelo, ella se volvía a poner en pie y atacaba con más furia y
determinación. A un lado, su padre, el rey, la contemplaba con
asombro. Me sorprendió ver que incluso su madre se movía.
La mujer parecía aturdida y mareada, pero había recuperado la
suficiente consciencia para abrir los ojos.

Archedis cometió un error: tropezó con un matón caído.
Fue el primero que le había visto cometer, aunque dio igual:
Bastille cayó sobre él en un segundo, golpeando la espada del
caballero con la suya y obligándolo a retroceder en su precaria
posición.

Desconcertado, Archedis tropezó al caminar de espaldas y
cayó sobre su culo envuelto en armadura. La espada de Bastille
se detuvo junto a su cuello, a un pelo de cortarle la cabeza.

—Me... rindo —dijo el caballero, que sonaba completamente perplejo.

Por fin conseguí abrirme paso entre la gente, que se había
quedado pasmada por la bella pelea. Patiné hasta detenerme
junto a mi abuelo, que seguía respirando, aunque estuviera inconsciente. Parecía tararear para sí en sueños.

—Alcatraz —dijo Bastille.

La miré. Seguía con la espada contra el cuello de Archedis.

—Tengo un regalo para ti —añadió mientras lo señalaba con
la cabeza.

Sonreí y me acerqué al caballero caído.

—Oye, mira —dijo él, sonriendo—, soy un agente doble. En serio. Estaba intentando infiltrarme. Estooo... ¿es verdad que tienes unas lentes de buscaverdades?

Asentí.

—Oh —repuso, sabiendo que había podido comprobar que mentía.

—Hazlo —dijo Bastille, señalando el suelo con la cabeza.

—Con sumo gusto —respondí mientras me agachaba para recoger la espada de Archedis.

Tras dejar escapar un magnífico crujido, la hoja se hizo añicos gracias al poder de mi Talento.

LQNPSN por fin dejó su labor.

—Niños malos —nos regañó—. Os quedáis sin galletas.

Y, tras decir aquello, desapareció... y en su lugar vimos una estatua igual que ella, sentada en la misma postura.

Epílogo mayestático

En todos los libros llega un momento en que debe plantearse una pregunta crucial: «¿Dónde está mi comida?»

Ha llegado ese momento. Sin embargo, también ha llegado el momento de plantear otra pregunta casi igual de importante: «Entonces, ¿qué sentido tiene todo esto?»

Es una pregunta excelente. Deberíamos hacérnosla cada vez que leyéramos algo. El problema es que no tengo ni idea de cómo responderla.

El sentido de este libro, en realidad, es cosa vuestra. Mi objetivo al escribirlo era echar un vistazo a mi vida, exponerla al público y proyectar algo de luz sobre ella. Como Sócrates dijo una vez: «Una vida que no se cuestiona, no merece ser vivida.»

Murió por enseñarle eso a la gente. Yo debería haber muerto hace años, creo. En vez de eso, demostré ser un cobarde. Al final entenderéis a qué me refiero.

Este libro significa lo que vosotros queráis. Para algunos tratará sobre los peligros de la fama. Para otros, sobre cómo convertir tus defectos en virtudes. Para muchos no será más que entretenimiento, y eso tampoco está nada mal. Sin embargo, para otros tratará sobre aprender a cuestionárselo todo, incluso lo que crees.

Porque, veréis, las verdades más importantes siempre son capaces de resistir aunque las cuestiones un poco.

Una semana después de vencer a Archedis y los Bibliotecarios, estaba sentado en la cámara del Consejo de los Reyes. El abuelo Smedry se sentaba a mi izquierda, vestido con su mejor esmoquin. Bastille, a mi derecha, con la armadura bañada en plata de los caballeros de Cristalia. Sí, por supuesto que recuperó su título. Como si los reyes pudieran negárselo después de verla derrotar a Archedis mientras ellos babeaban por el suelo.

Todavía no quedaba claro qué había hecho Archedis exactamente. Por lo que pude entender, había desconectado la Piedra Mental de la Aguja del Mundo. Como la aguja, la Piedra Mental tenía el poder de irradiar energía y conocimientos a todos los que estaban conectados a ella. Archedis había logrado resistirse a la caída colectiva porque él mismo se había desvinculado de la Piedra Mental antes.

En cualquier caso, como tanto Bastille como Archedis estaban desconectados —y los dos llevaban lentes de guerrero—, su velocidad y su fuerza habían quedado igualadas. Y Bastille lo había vencido. Había triunfado gracias a su habilidad y su tenacidad, que, en mi opinión, es lo que indica mejor que nada que alguien merece ser caballero. Había llevado la armadura de plata puesta casi de continuo desde que se la habían devuelto.

A la espalda llevaba la espada a la que acababan de vincularla.

—¿Podemos empezar de una vez? —me espetó—. Cristales rayados, Smedry, tu padre es un teatrero.

Sonreí. Aquello era otra señal de que se sentía mejor: volvía a ser el mismo encanto de persona de siempre.

—¿Qué pasa contigo? —preguntó—. Deja de mirarme con esa cara.

—No te estoy mirando —respondí—. Estoy manteniendo un monólogo interior para poner al día a los lectores sobre lo que ha sucedido desde el último capítulo. Se llama desenlace.

Ella puso los ojos en blanco.

—Entonces, esta conversación no puede estar pasando de verdad; es algo que has introducido en el texto mientras escribes el libro, muchos años después. Es un recurso literario; la conversación no existió.

—Ah, vale —dije.

—Qué rarito eres.

Rarito o no, estaba contento. Sí, mi madre había escapado con el libro. Sí, LQNPSN también había escapado. Pero habíamos capturado a Archedis, salvado Mokia y recuperado las lentes de traductor de mi padre.

Se las había enseñado. Él se había sorprendido, se las había guardado y había vuelto a ese «trabajo» tan importante al que dedicaba todo su tiempo. Se suponía que aquel día nos iba a contar de qué se trataba, que iba a presentar sus descubrimientos ante los monarcas. Al parecer, siempre revelaba así el resultado de sus investigaciones.

Por supuesto, la sala era un circo. De verdad, literalmente:

había un circo a la entrada del palacio para entretener a los niños mientras sus padres iban a escuchar el gran discurso del mío. El lugar estaba casi tan a rebosar como durante la ratificación del tratado.

Con suerte, esta vez habría menos travesuras. Esos locos Bibliotecarios y sus travesuras...

Había bastantes periodistas esperando al fondo de la sala, deseando escuchar el anuncio de mi padre. Al parecer, cualquier cosa que tuviera que ver con la familia Smedry era una noticia en los Reinos Libres. Esta, sin embargo, era aún más importante.

La última vez que mi padre había convocado una sesión parecida había sido para anunciar que había descubierto el modo de reunir las Arenas de Rashid. La vez anterior había explicado que había descifrado el secreto del cristal de transportador. La gente tenía unas expectativas muy altas con este discurso.

Yo no podía evitar sentir que todo aquello era un poco... malo para el ego de mi padre. Quiero decir, ¿un circo? ¿En serio? ¿Montar un circo para una sola persona?

Miré a Bastille.

—Tú has tenido que vértelas con este tipo de cosas desde pequeña, ¿no?

—¿Este tipo de cosas?

—Fama. Renombre. Gente que presta atención a todo lo que haces.

Ella asintió.

—¿Cómo lo aguantas? —le pregunté—. ¿Sin dejar que te eche a perder?

—¿Y cómo sabes que no me ha echado a perder? ¿No se supone que las princesas son simpáticas, dulces y demás? ¿Que llevan vestidos de color rosa y tiaras?

—Bueno...

—Vestidos de color rosa —repitió Bastille, entornando los ojos—. Una vez me regalaron uno. Lo quemé.

«Ah —pensé—. Es cierto; lo olvidaba.» Bastille superaba el efecto de la fama comportándose como una puñetera psicópata.

—Ya aprenderás a sobrellevarlo, chaval —dijo el abuelo Smedry, que estaba al otro lado—. Puede que tardes un tiempo, pero lo conseguirás.

—Mi padre no lo consiguió.

—Ah, bueno —repuso el abuelo, vacilando—, no sé qué decirte. Creo que sí que lo consiguió durante un tiempo. En la época en la que se casó. Pero creo que después se le olvidó.

En la época en la que se casó. Las palabras me recordaron a Himalaya y Folsom. Les había reservado asientos, pero llegaban tarde. Al mirar a mi alrededor los vi abriéndose paso entre la multitud. El abuelo Smedry les hacía gestos con entusiasmo, aunque estaba claro que ya nos habían visto.

Pero, bueno, así es el abuelo.

—Lo siento —dijo Folsom mientras él y su mujer se sentaban—. Hemos estado empaquetando algunas cosas de última hora.

—¿Todavía estáis decididos a seguir con eso? —les preguntó el abuelo.

—Nos mudamos a las Tierras Silenciadas —respondió Himalaya, asintiendo—. Creo... Bueno, aquí hay poco que pueda hacer por mis colegas Bibliotecarios.

—Organizaremos una resistencia clandestina para Bibliotecarios buenos —añadió Folsom.

—*Falsotecarios* —dijo Himalaya—. ¡Ya he empezado a trabajar en un folleto!

Sacó una hoja: «Diez pasos para ser menos malvado —decía—. Una guía práctica para los que quieran quitarle el adjetivo al nombre.»

—Suena... genial —respondí.

No estaba seguro de qué otra cosa decir. Por suerte para mí, mi padre eligió ese preciso instante para hacer su entrada..., lo que me viene estupendamente bien, además, porque esta escena empezaba a quedar demasiado larga.

Los monarcas estaban sentados tras una larga mesa de cara a un podio elevado. Todos guardaron silencio cuando se acercó mi padre, que iba vestido con la túnica oscura que lo identificaba como científico. La multitud calló.

—Como quizás hayan oído —dijo, y su voz se oyó por toda la sala—, hace poco que regresé de la Biblioteca de Alejandría. Pasé un tiempo como Conservador y escapé de sus garras con el alma intacta gracias a mi inteligente plan.

—Sí —masculló Bastille—, su inteligente plan y una ayuda que no se merecía.

Sing, que estaba sentado delante de nosotros, le lanzó una mirada de desaprobación.

—El objetivo de todo esto —siguió explicando mi padre— era obtener acceso a los legendarios textos reunidos y controlados por los Conservadores de Alejandría. Tras haber logrado fabricar unas lentes de traductor con las Arenas de Rashid...

Se oyeron murmullos entre el público.

—... fui capaz de leer los libros en el idioma olvidado. Los Conservadores me atraparon y me convirtieron en uno de ellos, pero seguía conservando el libre albedrío necesario para sacar las lentes de entre mis pertenencias y utilizarlas para leer. Así pude estudiar los contenidos más valiosos de la biblioteca.

Dejó de hablar y se inclinó sobre el podio, esbozando una sonrisa triunfal. Es cierto que sabía cómo resultar encantador cuando quería impresionar a los demás.

En aquel momento, al mirar aquella sonrisa, juraría que lo había visto en alguna parte, mucho antes de mi visita a la Biblioteca de Alejandría.

—Lo que hice —siguió explicando mi padre— fue peligroso; puede que algunos lo califiquen de audaz. No estaba seguro de si, al convertirme en Conservador, contaría con la libertad suficiente para estudiar los textos, ni si sería capaz de utilizar mis lentes para leer el idioma olvidado. —Hizo una pausa teatral—. Pero lo hice de todos modos. Porque así somos los Smedry.

—Esa frase me la ha robado, por cierto —nos susurró el abuelo Smedry.

Mi padre siguió hablando.

—Me he pasado las dos últimas semanas escribiendo las cosas que memoricé cuando era Conservador. Secretos perdidos en el tiempo, misterios solo conocidos por los incarna. Los he analizado, y soy el único capaz de leer y entender las obras que acumularon a lo largo de dos milenios. —Miró a los presentes—. Gracias a todo esto he descubierto el método empleado para crear los Talentos de los Smedry y transmitírselos a mi familia.

«¿Qué?», pensé, conmocionado.

—Imposible —dijo Bastille, y la multitud que nos rodeaba se puso a charlar animadamente.

Miré a mi abuelo. Aunque el anciano suele estar más loco que una expedición de contadores de pingüinos a Florida, de vez en cuando capto una chispa de sabiduría en su rostro. Es mucho más profundo de lo que suele parecer.

Se volvió hacia mí, me miró a los ojos, y me di cuenta de que estaba preocupado. Muy preocupado.

—Espero que este descubrimiento dé grandes frutos —dijo mi padre tras silenciar a la multitud—. Con algo más de investigación, creo que podré averiguar cómo conceder Talentos a las personas normales. Me imagino un mundo, en un futuro no demasiado lejano, en el que todos tengan un Talento de los Smedry.

Y ahí acabó. Se retiró del podio y bajó para hablar con los monarcas. En la sala, por supuesto, todo el mundo hablaba del tema. Me encontré de pie, abriéndome paso hasta la parte baja de la sala, donde estaban los monarcas; los caballeros que los protegían me dejaron pasar.

—... necesito acceder a los Archivos Reales —les decía mi padre a los reyes.

—Que no son una biblioteca —tuve que susurrar.

Mi padre no se dio cuenta.

—Creo que allí hay algunos libros que podrían serme útiles en mis investigaciones, ahora que he recuperado mis lentes de traductor. En la Biblioteca de Alejandría destacaba la ausencia de un libro en concreto; los Conservadores afirmaban que su ejemplar se había quemado en un accidente muy extraño. Por suerte, creo que quizás exista otro aquí.

—Ya no está —dije, aunque mi tono parecía bajo comparado con el murmullo de tantas conversaciones.

Attica se volvió hacia mí, al igual que varios de los monarcas.

—¿Cómo dices, hijo? —preguntó mi padre.

—¿Es que no has prestado atención a todo lo sucedido la última semana? —le espeté—. Mi madre tiene el libro. El que tú quieres. Lo robó de los archivos.

Mi padre vaciló y después asintió en dirección a los monarcas.

—Perdonadnos —se excusó, y me llevó a un lado—. ¿Qué es lo que estás diciendo?

—Lo robó —repetí—. El libro que tú querías, el que escribió Alcatraz I. Lo cogió de los archivos. ¡De ahí todo el lío de la última semana!

—Creía que había sido un intento de asesinar a los monarcas.

—Eso solo fue una parte. Te envié un mensaje en plena crisis para pedirte que nos ayudaras a proteger los archivos, ¡pero no hiciste ni caso!

Agitó la mano con indiferencia.

—Estaba ocupado en cosas más importantes. Debes de haberte equivocado... Revisaré los archivos y...

—Ya he mirado. He repasado los títulos de todos los libros escritos en el idioma olvidado. Son todos libros de cocina, de contabilidad y cosas así. Salvo el que se llevó mi madre.

—¿Y permitiste que lo robara? —exigió saber mi padre, indignado.

Permitírselo. Respiré hondo.

La próxima vez que creáis que vuestros padres son frustrantes, os invito a volver a leer este pasaje una vez más.

—Creo que el joven Alcatraz hizo todo lo que pudo por evitar el susodicho robo —dijo una voz nueva.

Mi padre se volvió, y detrás de él estaba el rey Dartmoor, con su corona y su túnica azul. El rey me saludó con la cabeza.

—El príncipe Rikers ha hablado largo y tendido sobre el suceso, Attica. Supongo que no tardaremos en ver una nueva novela.

«Maravilloso», pensé.

—Bueno —repuso mi padre—, supongo que..., bueno, esto lo cambia todo...

—¿Qué significa eso de darle Talentos a todo el mundo, Attica? —quiso saber el rey—. ¿De verdad te parece juicioso? Por lo que he oído, los Talentos de los Smedry pueden ser muy imprevisibles.

—Podemos controlarlos —respondió mi padre, agitando de nuevo la mano con indiferencia—. Ya sabéis cómo sueña la gente con tener nuestros poderes. Pues bien, yo seré el que haga realidad esos sueños.

Así que de eso iba todo: mi padre quería asegurar su legado. Sería el héroe que logró que todos pudieran contar con un Talento.

Pero, si todos tenían un Talento de los Smedry..., ¿qué pasaba con nosotros? Ya no seríamos los únicos con ellos. La idea me mareó un poco.

Sí, sé que es egoísta, pero así fue como me sentí. Creo que quizá sea ese el resumen final del libro: después de tantas dificultades, después de tanta lucha para ayudar a los Reinos Libres, seguía siendo lo bastante egoísta como para querer quedarme los Talentos solo para mí.

Porque los Talentos eran lo que nos hacía especiales, ¿no?

—Tendré que pensar más sobre el tema —dijo mi padre—. Al parecer, habrá que buscar ese libro. Aunque signifique enfrentarse a... ella.

Saludó a los reyes con la cabeza y se alejó. Esbozó una sonrisa para recibir a la prensa, pero me daba cuenta de su preocupación. La desaparición del libro le había fastidiado los planes.

«Bueno —pensé—, ¡debería haber prestado más atención!»

Sabía que era una estupidez, pero no podía evitar la sensación de haberle fallado. De que era culpa mía. Intenté quitarme la idea de la cabeza mientras regresaba con mi abuelo y los demás.

¿Habrían sido mis padres alguna vez como Himalaya y Folsom? ¿Radiantes, cariñosos y emocionados? De ser así, ¿qué había salido mal? Himalaya era una Bibliotecaria, y Folsom, un Smedry. ¿Estaban condenados al mismo destino que mis padres?

Y Talentos de los Smedry para todos. Recordé de nuevo las palabras que había leído en la pared de la tumba de Alcatraz I:

Nuestros deseos nos han hecho caer bajo. Quisimos alcanzar los poderes de la eternidad y otorgárnoslos, pero con ellos hemos traído algo que no pretendíamos...

La maldición de los incarna. Lo que retuerce, lo que corrompe, lo que destruye.

El Talento Oscuro.

Me daba igual adónde se dirigiera mi padre en su obsesión por descubrir cómo «fabricar» Talentos: estaba decidido a seguirlo. Observaría su actividad y me aseguraría de que no hiciera nada demasiado imprudente.

Debía estar preparado para detenerlo, en caso necesario.

Alcatraz sale del escenario. Sonríe al público, mira directamente a cámara.

—Hola —dice— y bienvenidos a este especial para después del libro. Soy vuestro anfitrión, Alcatraz Smedry.

—Y yo soy Bastille Dartmoor —añade Bastille, que se une a Alcatraz en el escenario.

Alcatraz asiente.

—Estamos aquí para hablaros sobre un terrible mal que afecta a la juventud de hoy en día. Una costumbre horrenda que los destruye por dentro.

Bastille mira a cámara.

—Se refiere, como es evidente, al hábito de saltarse todas las páginas del libro para leer primero las del final.

—Lo llamamos *ultipaginismo* —dice Alcatraz—. Quizá penséis que no os afecta ni a vosotros ni a vuestros amigos, pero los estudios demuestran que el ultipaginismo ha experimenta-

do un aumento del 4.000,024 por ciento tan solo en los últimos siete minutos.

—Así es, Alcatraz —dice Bastille—. ¿Y sabías que el ultipaginismo es la principal causa de cáncer en los murciélagos de la fruta domésticos?

—¿En serio?

—Como oyes. Además, el ultipaginismo provoca falta de sueño, hirsutismo en lugares raros y puede reducir la capacidad de jugar a *Halo* en un cuarenta y cinco por ciento.

—Guau —dice Alcatraz—. ¿Por qué iba a querer hacerlo nadie?

—No estamos seguros. Solo sabemos que ocurre, y que esta terrible enfermedad todavía no se comprende del todo. Por suerte, hemos tomado medidas para combatirla.

—¿Como meter horrorosos especiales para después del libro al final de estos para que la gente sienta náuseas? —pregunta Alcatraz, solícito.

—Así es —responde Bastille—. ¡Alejaos del ultipaginismo, chicos! Recordad, cuanto más sepáis...

—... ¡más podréis olvidar mañana! —concluye Alcatraz—. Buenas noches, amigos. ¡Y no os perdáis el especial de la semana que viene, en el que expondremos los peligros de esnifar gerbos!

Epílogo del autor

No, todavía no hemos acabado. Sed pacientes. Hasta el momento solo hemos tenido tres finales, así que podemos aguantar otro más. Mis otros dos libros tenían epílogos, así que este también. Y si tenemos que enviar a alguien a Valinor para justificar el último final, hacédmelo saber. Eso sí, no pienso casarme con Rosita.

En fin, ya lo tenéis. Mi primera visita a Nalhalla, mi primera experiencia con la fama. Habéis sido testigos de las acciones de un héroe y de las acciones de un idiota, y ya sabéis que el uno y el otro son la misma persona.

Sé que dije que en este libro me veríais fracasar... Y, en cierto modo, es cierto que fracasé. Permití que mi madre escapara con el libro de los incarna. Sin embargo, me doy cuenta de que quizá no fuera el gran fallo que estabais esperando.

Deberíais haberlo imaginado. Cuando esté a punto de producirse mi peor fracaso, no os lo advertiré. Si es una sorpresa, dolerá mucho más. Ya lo veréis.

SOBRE EL AUTOR

Brandon Sanderson es la segunda causa más importante de cáncer en los murciélagos de la fruta domésticos. El verdadero autor de este libro no es él, sino Alcatraz Smedry. Sin embargo, como Brandon es sinónimo de «aburridos libros de fantasía larguísimos que nadie quiere leer», Alcatraz supuso que sería un buen nombre para el autor ficticio de este libro. Quizás así los Bibliotecarios no descubran lo que en realidad se cuenta aquí.

Brandon Sanderson es una de esas personas molestas que siempre responden a las preguntas con otras preguntas. ¿Queréis saber por qué? ¿Acaso importa? ¿Qué esperáis descubrir? ¿Por qué queréis saber más sobre él? ¿Os dais cuenta de que es un tío muy bobo?

Fin (ya era hora).

SOBRE EL ILUSTRADOR

Hayley Lazo, supuesta artista y portavoz de los tiburones ballena huérfanos, todavía está en proceso de investigación. Un agente, gracias a su astuto disfraz de lámpara de escritorio, informa de que, de hecho, quizá sea simpatizante de los Bibliotecarios. Suponiendo que existan bibliotecas en Saturno. Podéis encontrar sus creaciones en *art-zealot.deviantart.com*.

AGRADECIMIENTOS

Quiero dar las gracias a mis increíbles agentes, Joshua Bilmes y Eddie Schneider, por ser, bueno, increíbles. Mi agradecimiento también a la primera editora de este libro, Jennifer Rees; gracias a su simpatía y su buen hacer editorial, el proceso de publicación fue mucho más sencillo. En Starscape, gracias a Susan Chang por darle un nuevo hogar a este libro, y a Karl Gold y Megan Kiddoo por conducirlo durante la producción.

Los influyentes Peter y Karen Ahlstrom tuvieron la amabilidad de leer el manuscrito y ofrecerme unas sugerencias excelentes. Janci Patterson también me ofreció su opinión, que resultó ser de gran utilidad, ¡a pesar de escribir sus comentarios en una deslumbrante tinta rosa!

Esta novela no sería lo que es sin las fabulosas ilustraciones interiores de Hayley Lazo y las ilustraciones de cubierta de Scott Brundage. La dirección artística, el diseño de portada y el mapa de Isaac Stewart (¿lo habéis visto en el interior de la sobrecubierta?) también son esenciales.

· Brandon Sanderson ·

Me gustaría darle las gracias a mi encantadora esposa, Emily Sanderson, que me ayudó con este libro de tantas formas que sería imposible enumerarlas todas. Finalmente, un agradecimiento especial a los estudiantes de sexto de la señora Bushman (¡vosotros sabéis quiénes sois!), que tanto entusiasmo han demostrado por mis libros.

BRANDON SANDERSON

**No te pierdas la próxima aventura de Alcatraz.
¡Lee aquí el primer capítulo!**

LAS LENTES
FRAGMENTADAS

Capítulo

Así que allí estaba yo, con un oso de peluche de color rosa en la mano. Tenía un lazo rojo y una linda sonrisa de osezno. Además, hacía tictac.

—¿Y ahora qué? —pregunté.

—¡Ahora lo tiras, idiota! —exclamó Bastille para meterme prisa.

Fruncí el ceño y tiré el oso a través de la ventana abierta, en dirección al cuartito lleno de arena. Un segundo después, la onda expansiva del estallido atravesó la ventana y me lanzó por los aires. Salí disparado de espaldas y me golpeé contra la pared.

Tras dejar escapar un jadeo de dolor, me deslicé por la pared hasta quedar sentado en el suelo. Parpadeé, veía borroso. Escamitas de yeso —de ese que ponen en los techos solo para que pueda desprenderse y caer al suelo en forma de teatral lluvia blanca cuando hay una explosión— se desprendieron del techo y cayeron al suelo en forma de teatral lluvia blanca. Una de ellas me dio en la frente.

—Ay —dije. Me quedé allí tirado, mirando arriba, mientras recuperaba la respiración—. Bastille, ¿ese osito de peluche acaba de estallar?

—Sí —respondió mientras se acercaba para mirarme.

Tenía puesto un uniforme azul grisáceo de estilo militar y llevaba suelta la melena lisa plateada. De la cintura le colgaba una pequeña vaina con una gran empuñadura asomando de ella. Allí se escondía su espada crístina; aunque la vaina solo medía unos treinta centímetros, si sacaba el arma tendría la longitud de una espada normal.

—Vale. De acuerdo. ¿Por qué acaba de estallar ese osito de peluche?

—Porque has tirado del pasador, estúpido. ¿Qué otra cosa esperabas que hiciera?

Gruñí y me senté. La habitación que nos rodeaba, dentro de las Reales Instalaciones de Pruebas Armamentísticas de Nalhalla, era blanca y anodina. La pared junto a la que antes estábamos de pie tenía una ventana abierta que daba al campo de tiro, que era un cuarto lleno de arena. No había más ventanas, ni tampoco muebles, salvo por un juego de armarios a nuestra derecha.

—¿Que qué esperaba que hiciera? No sé, ¿que sonara música? ¿Que dijera: «Mamá»? De donde yo vengo, los osos de peluche no tienen la costumbre de estallar.

—De donde tú vienes hacen muchas cosas al revés —repuso Bastille—. Seguro que vuestros caniches tampoco estallan.

—Pues no.

—Qué pena.

—En realidad, sería genial tener caniches explosivos, pero ¿ositos de peluche explosivos? ¡Eso es peligroso!

—Pues claro.

—Pero Bastille, ¡son para los niños!

—Exacto. Para que puedan defenderse, evidentemente.

Puso los ojos en blanco y se acercó de nuevo a la ventana que daba a la habitación llena de arena. No me preguntó si me había hecho daño; veía que seguía respirando y, en términos generales, con eso le bastaba.

Además, quizás os hayáis percatado de que esto es el capítulo dos. Puede que os preguntéis qué ha pasado con el capítulo uno. Resulta que, como soy superestúpido, lo he perdido. No os preocupéis, de todos modos era bastante aburrido. Bueno, salvo por las llamas que hablan.

Me puse de pie.

—Por si te lo estabas preguntando...

—Pues no.

—... estoy bien.

—Genial.

Fruncí el ceño y me acerqué a Bastille.

—¿Te molesta algo, Bastille?

—¿Aparte de tú?

—Yo siempre te molesto —respondí—. Y tú siempre estás un poco gruñona. Pero hoy estás siendo simplemente mala.

Bastille me miró, con los brazos cruzados. Entonces vi que se le ablandaba un poco el gesto.

—Sí.

Arqueé una ceja.

—Es que no me gusta perder —añadió.

—¿Perder? Bastille, has recuperado tu puesto entre los caballeros, has dejado al descubierto a un traidor a tu orden y has evitado que los Bibliotecarios secuestraran o mataran al Consejo de los Reyes. Si eso es perder, tu definición de la palabra es un poco rara.

—¿Más rara que tu cara?

—Bastille —la reprendí.

Ella suspiró y se inclinó para apoyar los brazos en el alféizar de la ventana.

—La Que No Puede Ser Nombrada huyó, tu madre escapó con un libro irreemplazable escrito en el idioma olvidado y, ahora que ya no se esconden tras la farsa del tratado, los Bibliotecarios están atacando Mokia con todas sus fuerzas.

—Has hecho lo que has podido. Yo he hecho lo que he podido. Ha llegado el momento de dejar que los demás se ocupen.

No parecía muy contenta al respecto.

—Vale. Sigamos con tu entrenamiento con explosivos.

Quería que estuviera bien preparado por si la guerra llegaba a Nalhalla. No era probable, pero mi ignorancia de cómo funcionan las cosas —como los ositos de peluche explosivos— siempre la ha frustrado.

Ahora bien, me doy cuenta de que muchos de vosotros sois tan ignorantes como yo. Por eso he preparado una guía práctica que explica todo lo que necesitáis saber y recordar sobre mi autobiografía de tal modo que este libro no os confunda. Metí la guía en el capítulo uno. Si alguna vez os liais, podéis consultarla allí. Soy un tío majo. Tonto, pero majo.

Bastille abrió uno de los armarios de la pared lateral, sacó otro osito de peluche rosa y me lo dio mientras me acercaba a ella. Tenía una etiquetita en el costado que, con letras adorables, decía: «¡Tira de mí!»

Lo cogí, nervioso.

—Responde con sinceridad: ¿por qué fabricáis granadas que parecen ositos de peluche? No es para proteger a los niños.

—Bueno, ¿cómo te sientes cuando lo miras?

Me encogí de hombros.

—Es mono. De un modo mortífero y destructivo. —«Más o menos como Bastille», pensé—. Me entran ganas de sonreír. Después me entran ganas de salir corriendo entre gritos, porque ahora sé que en realidad es una granada.

—Exacto —respondió Bastille mientras me quitaba el oso y tiraba de la etiqueta (bueno, del pasador). Después lo lanzó por la ventana—. Si fabricas armas que parecen armas, ¡todo el mundo huye de ellas! Sin embargo, de este modo desconcertamos a los Bibliotecarios.

—Eso es enfermizo —dije—. ¿No debería agacharme o algo?

—No te pasará nada.

«Ah —pensé—, este debe de estar defectuoso o ser falso.»

En aquel preciso instante, la granada estalló al otro lado de la ventana, y la onda expansiva me lanzó hacia atrás de nuevo. Me golpeé de espaldas contra la pared, solté un gruñido y otro fragmento de yeso me cayó en la cabeza. Sin embargo, esta vez conseguí aterrizar de rodillas.

Curiosamente, me sentía bastante ileso, teniendo en cuenta que acababa de salir volando por culpa de la explosión. De hecho, ninguna de las dos explosiones parecía haberme herido de gravedad.

—Los de color rosa —explicó Bastille— son granadas de onda expansiva. Lanzan lejos a personas y objetos, pero no hacen daño a nadie.

—¿En serio? —pregunté, acercándome—. ¿Cómo funciona?

—¿Tengo pinta de experta en explosivos?

Vacilé. Con aquellos ojos de mirada feroz y la expresión peligrosa...

—La respuesta es no, Smedry —añadió ella sin más mientras cruzaba los brazos—. No sé cómo funcionan estas cosas. No soy más que una soldado.

Después cogió un osito de peluche azul, tiró de la etiqueta y lo lanzó por la ventana. Me preparé y me agarré al alféizar. Sin embargo, esta vez la granada de oso dejó escapar un ruido sordo. La arena del otro cuarto empezó a amontonarse de un modo extraño; de repente, algo tiró de mí a través de la ventana y me lanzó a la otra habitación.

Chillé mientras daba tumbos por el aire y después me golpeé de cara contra el montículo de arena.

—Eso es una granada de onda de succión —me explicó Bastille desde atrás—. Estalla a la inversa y tira de todo hacia ella, en vez de empujarlo.

—Mur murr mur mur murr —respondí, ya que tenía la cabeza enterrada en arena.

Cabe señalar que la arena no sabe demasiado bien. Ni siquiera con kétchup.

Saqué la cabeza y me apoyé en la pila de arena para enderezarme las lentes de oculantista y mirar por la ventana, donde Bastille estaba apoyada con los brazos cruzados, esbozando una leve sonrisa. No hay nada mejor que ver a un Smedry volando a través de una ventana para mejorar su humor.

—¡Eso no debería ser posible! —protesté—. ¿Una granada que estalla hacia atrás?

Ella volvió a poner los ojos en blanco.

—Ya llevas varios meses en Nalhalla, Smedry. ¿No va siendo hora de dejar de fingir que todo te sorprende o te desconcierta?

—Es que...

No estaba fingiendo. Me habían educado en las Tierras Silenciadas, me habían entrenado los Bibliotecarios para rechazar todo lo que resultara..., bueno, demasiado raro. Pero Nalhalla, la ciudad de los castillos, no tenía nada que no fuera raro. Costaba no sentirse abrumado por todo.

—Sigo pensando que una granada no debería ser capaz de estallar hacia dentro —insistí mientras me sacudía la arena de la ropa y caminaba hacia la ventana—. Quiero decir, ¿cómo consiguen que funcione así?

—¿No será cogiendo lo mismo que se mete en una granada normal y poniéndolo del revés?

—Pues... no creo que se haga así, Bastille.

Ella se encogió de hombros y sacó otro oso. Este era morado. Se dispuso a tirar de la etiqueta.

—¡Espera! —exclamé mientras me metía por la ventana. Se lo quité—. Esta vez me vas a contar primero qué hace.

—Eso no tiene gracia.

Arqueé una ceja, escéptico.

—Este es inofensivo —dijo ella—. Una granada cometodo. Vaporiza todo lo que tenga cerca que no esté vivo: rocas, madera muerta, fibras, cristal, metal. Todo. Pero no afecta ni a las plantas, ni a los animales, ni a las personas. Obra maravillas contra los Animados.

Miré el osito de peluche morado. Los Animados eran objetos a los que se les había insuflado vida a través de las artes oculantistas oscuras. Ya había luchado contra uno creado a partir de novelas románticas.

—Esto podría resultar útil.

—Sí, también funciona bien contra los Bibliotecarios. Si un grupo carga contra ti con esas armas suyas, puedes vaporizar las armas sin hacerles daño.

—¿Y su ropa?

—Desaparece.

Alcé el oso mientras meditaba la opción de vengarme por haber salido volando por la ventana.

—Así que me estás diciendo que si te lanzo esto y estalla...

—¿Te pegaría una patada en la cara? —preguntó fríamente Bastille—. Sí. Después te graparía al muro exterior de un castillo bien alto y te pintaría en la cabeza: «Comida para dragones.»

—Ya. Bueno..., ¿por qué no lo guardamos?

—Sí, buena idea —respondió mientras me lo quitaba y lo volvía a guardar en el armario.

—En fin... Me he percatado de que ninguna de estas granadas son lo que se dice... mortales.

—Por supuesto que no. ¿Por quién nos tomas? ¿Por bárbaros?

—Por supuesto que no. Pero estáis en guerra.

—La guerra no es excusa para hacer daño a la gente.

Me rasqué la cabeza.

—Creía que la guerra iba, precisamente, de hacer daño a la gente.

—Esa es la forma de pensar de los Bibliotecarios —respondió Bastille mientras cruzaba los brazos y entornaba los ojos—. Muy poco civilizada. —Vaciló—. Bueno, incluso los Bibliotecarios usan ya muchas armas no letales en los últimos tiempos. Lo comprobarás si la guerra llega hasta aquí.

—Vale..., pero a ti no te importa hacerme daño a mí de vez en cuando.

—Tú eres un Smedry. Es distinto. Ahora, ¿quieres aprender para qué sirven el resto de las granadas o no?

—Depende. ¿Qué me van a hacer?

Me miró, gruñó algo y se dio media vuelta.

Parpadeé. Ya estaba acostumbrado a los malos humores de Bastille, pero aquello parecía raro incluso para ella.

—¿Bastille?

Se alejó hasta el otro lado del cuarto y dio unos golpecitos en una zona del cristal que hicieron que la pared se volviera translúcida. Las Reales Instalaciones Armamentísticas de Nalhalla eran un castillo con muchas torres en un extremo de la ciudad de Nalhalla. Nuestra atalaya nos permitía ver gran parte de la capital.

—¿Bastille? —pregunté de nuevo mientras me acercaba.

—No debería estar riñéndote de este modo —dijo, con los brazos cruzados.

—¿Y cómo deberías estar riñéndome?

—De ningún modo. Lo siento, Alcatraz.

Parpadeé. Una disculpa. ¿De Bastille?

—La guerra te tiene preocupada de verdad, ¿no? ¿Mokia?

—Sí. Desearía que pudiera hacerse algo más. Que pudiéramos hacer algo más.

Asentí porque la comprendía. Mi huida de las Tierras Silenciadas se había ido convirtiendo en una bola de nieve que aumentó con el rescate de mi padre de la Biblioteca de Alejandría y la posterior intervención para evitar que Nalhalla firmara el tratado con los Bibliotecarios. Ahora, por fin, las cosas se habían calmado, y, como cabía esperar, los demás —gente con más experiencia que Bastille y que yo— se habían hecho cargo de las tareas más importantes. Yo era un Smedry, y ella, una caballero de Cristalia en toda regla, pero solo teníamos trece años. Incluso en los Reinos Libres, donde la gente no prestaba tanta atención a la edad, aquello significaba algo.

Bastille se había pasado la infancia entrenando y había obtenido el título de caballero muy joven. El resto de su orden esperaba que siguiera entrenando y practicando para compensar anteriores errores. Se pasaba la mitad del día ocupada con sus tareas en Cristalia.

En general, yo me pasaba los días aprendiendo. Por suerte, era mucho más interesante que ir al colegio en casa. Aprendía sobre cosas como el uso de las lentes oculantistas, cómo negociar y cómo utilizar las armas de los Reinos Libres. Empezaba a comprender que ser un Smedry era como una especie de mezcla entre agente secreto, comando de las fuerzas especiales, diplomático, general y catador de quesos.

No os mentiré: era guay que te rayas. En vez de pasarme el día sentado escribiendo trabajos de biología o escuchando al señor Layton, de la clase de álgebra, ensalzar las virtudes de las ecuaciones de segundo grado, podía lanzar granadas de osito de peluche y saltar de edificios. Al principio era muy divertido.

Vale, era muy divertido SIEMPRE.

Sin embargo, faltaba algo. Antes, aunque había estado dando tumbos sin saber bien lo que hacía, participábamos en acontecimientos importantes. Pero en aquel momento no éramos más que..., bueno, que críos. Y eso fastidiaba.

—Tiene que pasar algo —dije—. Algo emocionante.

Miramos por la ventana, expectantes.

Pasó volando un pájaro azul. Que, sin embargo, no estalló. Tampoco resultó ser un pájaro ninja secreto de los Bibliotecarios. De hecho, a pesar de mi teatral declaración, no pasó nada interesante en absoluto. Y seguirá sin pasar durante los siguientes tres capítulos.

Lo siento. Me temo que este libro va a ser bastante aburrido. Respirad hondo. Lo peor está por llegar.